키스중독증 2

키스중독증 2

작가의 말

안녕하세요. ☆은반지☆ 입니다.

제 이름으로 첫 책을 낸 지가 바로 엊그제 같은데, 벌써 두 번째 책이 나왔네요. 두 번째 역시 첫번째 책이 나올 때와 똑같은 설레임과 딱 그만큼의 떨림이 느껴집니다.

이런저런 일들이 많았지만 〈키스중독증〉이 '출판의 옷'을 입고 두 번째 책으로 나올 수 있었던 것은 온라인상으로나 오프라인상으로 제 글을 읽어주시고, 사랑해주시고 아껴주셨던 여러분들, 그리고 지금 이 순간, 이 책장을 펼쳐들고 계시는 독자 여러분들 덕분이라고 생각해요. 정말 감사합니다.

〈테디보이〉보다 더 어린 시절에 썼던 소설 〈키스중독증〉을 읽으시는 여러분들이 어쩌면 유치하다고 생각하실지도 몰라요. 또 아직은 미숙하다고 생각하는 분들도 계실 거예요. 하지만 그런 평가마저도 저에겐 정말 소중한 밑거름이 된다고 생각합니다. 그리고 여러분들의 조언과 충고, 비평에 힘입어 조금씩이나마 발전해 나가는 저의 모습을 지켜봐 주신다면 지금보다 더욱더 노력하는, 겸손한 ☆은반지☆가 되겠습니다.

처음 〈테디보이〉를 내고 나서 제 이름과 함께 나머지 소설들도 여러분들에게 많이 알려지게 되었습니다. 덕분에 인터넷으로 〈테디보이〉와 〈키스중독증〉을 비롯하여 나머지 제 소설들까지 읽어주시는 분들이 많이 늘어났고, 〈반지귀신〉 회원들도 참 많이 늘어났답니다. 정말 고마운 일입니다. 그리고 이번 〈키스중독증〉의 출간이 저를 사랑해주시는 여러분들이 조금 더 제 이야기에 푸욱~ 빠져주시는 계기가 되었으면 하네요.

소설 쓰랴, 공부하랴……. 그리고 저를 사랑해주시는 여러분들의 충고와 제 소설을 힘껏 비평해주시는 여러분들의 조언에 따라 여러 가지 시도를 해보느라 힘든 일도, 괴로운 일도 적지는 않았습니다. 하지만 지금 이 책을 두 손에 들고 계시는 독자 여러분들 덕분에 그 모든 걸 잊고 환하게 웃을 수 있답니다.

언제나 저의 기둥이 되어주시는 반지귀신 여러분과 팬 여러분, 언제나 감사드립니다. 여러분에 대한 제 사랑을 어떻게 표현하면 좋을지….

또한 저에게 소중한 경험과 발전의 발판을 마련해 주신 늘푸른 소나무 출판사의 여러분들께 진심으로 감사드립니다. 그리고 힘들 때마다 저에게 힘을 보태준 엄마·아빠, 정은이, 태곤이…. 제 가족들에게도 언제나 큰 고마움을 느끼고 있답니다.

돌아보면 모든 일이 다 감사할 일뿐이에요.

미숙하지만, 여러분 앞에 선보이는 저의 두 번째 소설 〈키스중독증〉이 여러분의 입가에 잔잔한 미소를 띄워드릴 수 있는 책이 되었으면 좋겠네요. 책을 펴는 순간 슬몃 웃음이 묻어나는….

감사합니다, 여러분.

언제나 좋은 하루 되세요.

2003년 6월, 푸르른 잎새에 맑은 햇살 부서지는 초여름의 어느 날
유정아

제1장
대학생 소민

#51

그러니까……. 천천히 말해봐! -_-+ - 수영
쳇. -_-^ 그러니까…… 나 다시 집 나왔어. -_-+ - 다연
왜! @0@! - 수영
난 여기가 좋아. >_< - 다연
썩을……. 당장 나가! >0<! - 수영
-_-;;; - 소민
아아~ 행복했던 둘만의 스위트 홈은 어디로 날아가고……. ㅠ_ㅠ
도대체 이 놈은 왜 돌아온 거야……. ㅠ0ㅠ!
자자~ 다연아 -_- 천천히 말해봐. - 소민
네. (_*) 사실은요……. 주절주절 꿍얼꿍얼…….

〈다연이의 얘기 -_-;〉
오오! 사랑스런 우리 베이비~. ^0^* 맛있는 밥 먹자~. 아~ 해봐.
아~. >_< - 다연엄마
내 손으로 먹을 수 있어요. -_-^ - 다연
오오~ 반찬이 맘에 안 드니? ㅜ_ㅜ 이봐! 집사! 프랑스풍 대신 우
리 다연이가 좋아하는 중국풍 반찬으로 깔아! -_-+ - 다연엄마
옙, (_) - 집사

1분 뒤……. ㅡ_ㅡ;;

자~ 자장면~ 탕수육~ 양장피~ 삭스핀~. 호호호~ 먹고 싶은 대로 골라 먹어라~. >_< - 다연엄마

네. -_-^ - 다연

자~ 엄마가 먹여줄까? 아~. >_< - 다연엄마

에이! 밥상 치워! -_-+ 안 먹어! - 다연

오오~ 맘에 안 드니? 집사! -_-+ 이거 치우고 우리의 한식으로 차려와! -_-+ - 다연엄마

옙! (_) - 집사

여긴 살 곳이 아니야……. 탈출해야겠어. +ㅁ+! - 다연

- 끝 - -_-;;;;;;;

주절주절 꿍얼꿍얼~. 이렇게 된 거야. -v-* - 다연

띠파! 난 삭스핀도 못 먹어봤는데! ㅠOㅠ! - 수영

전 다연이의 황당무계한 얘기를 듣고 식탁을 뒤엎었슙니다. -_-;; 소민녀석은 제 등을 토닥거려주며 동변상련을 느끼게 해줬슙니다. 우흑~. ㅠOㅠ!

야, 내가 탕수육 시켜줄게. -_-; - 소민

진짜? ㅜO-? - 수영

그래. -_- - 소민

다연이는 저와 소민녀석을 빤히 지켜보더니 말했슙니다. -_-

둘이 갑자기 변했네? -_- - 다연

뭐가? -_- - 소민

아니요, 그게…… 뭐랄까……. 예전엔 그냥 '아~ 서로 좋아하는구나' 라고만 느꼈는데……. 지금 보니까…… 서로 사랑한다고나 할까? 뭐…… 하여튼 예전과 다른 느낌이 들어요. -_-a - 다연

탕수육 한번 시켜준다는 말에 혹한 저의 모습과 절 달래는 소민녀석의 모습이 서로를 사랑하는 모습으로 보이나 봅니다. -_-;;

어…… 어쨌든 -_- 너 여기서 살 거라고? - 수영

어. -v-* 잘 부탁해~. - 다연

누구 맘대로? -_-^ - 수영

내 맘이다! 메~ 롱! -_-+ - 다연

-_-^ - 수영

전 언젠간 저 눈의 혓바닥을 뽑아 버리리라 +_+ 하고 다짐했습니다. -_-;

소민오빠. 가희란 여잔 어디 갔어요? -_-+ - 다연

어? 갔어. -_- - 소민

소민녀석 이제는 괜찮나 봅니다. 그냥 무심코 말하는 게. -_-;

쓰읍……. -_- 갑자기 초밥이 먹고 싶어집니다……. +_+

초밥 먹을 사람~. 0_0/ - 수영

…….

너무나 조용한 침묵이 이어졌습니다. -_-;; 전 혼자서 쓸쓸히 초밥집으로 향했습니다. -_-;;;;

우흑~. ㅠ_- 변하긴 뭐가 변해. 여전하구만~. -_-^

아저씨~ 초밥 모듬집 주세요~.)_(- 수영

초밥을 사들고 룰루~ 랄라~ 집으로 돌아가는데, 제 앞을 가로막

는 사람이 있었습니다······. -_-^ 얼굴을 들어 쳐다보니 가희······
그녀였습니다······.
여긴 왜 나타난 거야? -_-^
안녕하세요? -0- - 수영
네······. 저······ 잠깐 얘기 좀 할 수 있을까요? - 가희
못하는데요? -_- - 수영
잠깐만 할 수 있게 해주세요······. - 가희
가희란 여자는 벌써 울먹울먹거리며 슬픈 눈으로 절 쳐다보고 있었습니다. -_-; 전 눈물에 약합니다. -_-;; 가희란 여자와 함께 '뚜비뚜바' 라는 카페에 들어갔습니다. -_-;
카페 이름 죽이네. -ㅁ-;;
전 모카커피요······. 뭐 드실래요? - 가희
전 오렌지주스요. -_- - 수영
소민오빠와 전 언제나 만날 때마다 모카커피를 마셨어요······. 모카커피랑 오렌지주스요. - 가희
네······ 그······ 그러셨어요? -_-^ - 수영
띠파! 그래서 어쩌라고! -_-+
오렌지주스와 모카커피가 나오자 가희논이 입을 열었습니다.
저······ 단도직입적으로 말할게요······. 이제 그만 소민오빠 포기하세요. - 가희
네? -_-^ - 수영
참 나······. 단도직입적으로 말 안 하면 빙빙 돌려서 말하려고 했냐? -_-^ 그리고 뭐, 포기하라고? 웃기는 소리하고 있네. -_-+

너 같은 놈 때문에 하늘의 '웃기네'란 노래가 나온 거야. -_-+
(그동안 쌓인 게 많았음 -_-;)
소민오빠…… 포기해요……. 소민오빤…… 나만 좋아해요. - 가희
이봐요. -_-^ - 수영
이 놈…… 심각한 착각에 빠져 있습니다. -_-^ 소민녀석이 지만 좋아하는 줄 알다니……. -_-+
소민오빠…… 당신보고 사랑한다고 말한 적 있나요? - 가희
있는데요? -_-^ - 수영
가희란 사람은 또 눈에 눈물이 고이더니 울먹거리며 말했습니다.
소…… 소민오빤 나만 좋아해요. 그리고 앞으로도 나만 좋아할 거라고요……. - 가희
저기요……. 뭔가 잘못 아셨나 본데, -_-^ 전 당신 우는 거 보려고 온 거 아니거든요? -_-+ - 수영
가희란 여자는 절 정말 살벌하게 째려봤습니다…….
오메~. -_-;; 죽일 듯이 째려보네. -_-;;
아니야! 아니라고! 오빠는 나만 좋아해! - 가희
전 들고 있던 메뉴판으로 가희놈의 머리통을 내리쳤습니다. -_-^
참 나……. 추잡해서 못 봐주겠네……. -_-+ 야, 혹시 너 또라이 아냐? -_-^ 너 정신병원 가야겠다? - 수영
ㅠ_ㅠ…… - 가희
띠파! 너 잘 걸렸다! +ㅁ+! 다연이놈까지 와서 내 속을 긁어놨는데…….
너! 딱 걸렸어! +ㅁ+! - 수영

가희눈의 머리통을 마구마구 쥐어박으려는 순간…… 제 손이 어떤 사람에 의해서 저지되었습니다.

헉! 현우야! ⊙0⊙! - 수영

그만해…… 수영아……. - 현우

현우는 한숨을 푹~ 쉬더니 저에게 말했습니다.

우리 사촌 누나야……. 그만해…… 수영아……. 내가 대신 사과할게……. - 현우

아…… 그…… 그랬니? -_-;; - 수영

가희눈이 현우 사촌 누나였다니……. -_-;; 전혀 성격도 다릅니다. -_-;; 그러고 보니……생긴 건 좀 닮았네.

우리 누나가 요즘 노이로제에 걸렸어……. 일주일 전에 소민선배가 누나보고 제발 떨어지라고…… 그랬거든……. 그 말 듣고 너한테 찾아온 거야……. 일주일 만에. - 현우

아…… 그…… 그래……. - 수영

노이로제라니……. 남자는…… 이렇게 한 여자를 망쳐놓을 수도 있다는 걸 조금…… 알게 되었습니다……. 나도…… 나도 가희…… 당신한테 소민녀석이 가버렸을 때…… 이렇게 아팠었는데……. 이 사람은…… 얼마나 더 아플까…… 하는 생각이 들었습니다…….

수영아…… 그만 가……. - 현우

응? 아니야~. 내가 부축해줄게! 내가 이렇게 때려서 이 여자 이러는 거거든. -_-;; - 수영

너에게 부축받긴 싫어! - 가희

흠칫……. 무섭습니다……. 아아…… -_-;; 여자가 한을 품으면 오뉴월에 서리가 내린다는데……. -_-;;

그냥 가……. - 현우

으…… 응. 조…… 조심해서 가~. -_-;; - 수영 (쫄았음 -_-;)

전 초밥을 들고 터벅터벅 걸어왔슙니다.

내가…… 좀 너무했나? -_-;; 여자 머리통을 그렇게 후려쳤으니…… 쩝. -_-;; (이제 알았군 -_-;)

집에 들어서니 소민녀석이 기다리고 있었는지 절 보자마자 벌떡 일어나 초밥을 뺏어가더군요. -_-;;

야~ 초밥 왜 이렇게 늦게 사왔냐? 쩝쩝. -0- - 소민

오빠……. - 수영

응? 야~ 맛있다. 다연이 지금 자. 아무래도 오늘 너무 무리했나봐. 쩝쩝. -0- - 소민

오늘…… 가희…… 란 여자 만났어. -_- - 수영

툭……. -_-

소민녀석은 먹던 초밥과 입안에 있던 초밥을 주르륵 흘렸슙니다.

으엑~ 드러! -_-+

더러워! -_-+ - 수영

그…… 그래서…… 너한테 뭐라 안 그러디? -_-;; - 소민

나보고 오빠랑 깨지라네? -_- - 수영

소민녀석은 주먹을 꽉 쥐는 걸로 대답을 대신했슙니다. -_-;;

그래서 내가 메뉴판으로 머리 갈기고 왔어. -_- - 수영

그…… 그래? -_-;; - 소민

소민녀석 일부러 신경 안 쓰려고 노력하는 게 제 눈에 다 보입니다…….
휴……. -_-=33
오빠……. - 수영
야~ 새우초밥 맛있다~. 먹을래? - 소민
내일…… 가희란 여자…… 만나고 와……. 그러고 다 정리하고 와……. - 수영
뭐? - 소민
소민녀석과 저 사이에 조용한 침묵이 흘렀습니다……. 녀석은 믿을 수 없다는 듯이 절 쳐다보았습니다…….
너……. - 소민
다…… 다 정리하고 와……. ^-^ - 수영
소민녀석은 웃고 있는 절…… 껴안아 주곤…… 말했습니다.
고마워……. 고맙다…… 수영아……. - 소민

#52

소민녀석은 절 살짝 껴안아 준 다음 나가기 위해 점퍼를 집어 들었습니다…….
꼭…… 꼭 일찍 돌아올게……. - 소민
응…… 응. ^-^ - 수영
겉으론 웃었지만 속으론 '유수영 바보, 멍텅구리, 멍개, 해삼……' -_-; 이렇게 되풀이하고 있었습니다……. 전…… 지금 사랑하는 남자를 다른 여자의 품에 보내버린 것입니다. 아주 잠시간이지만……. 쾅! 하는 문소리와 함께 녀석이 나가버리자 괜히 눈에 눈물이 고이더군요……. 후……. =33
미쳤어……. - 다연
다…… 다연이 깼어? ^_^;; 배고파서 깼구나? 밥해……. - 수영
다연이는 횡설수설하는 절 한심한 듯 바라보다 말했습니다. -_-^
유수영…… 넌 미쳤어……. 넌 지금 소민오빠를 가희년한테 그냥 보내버린 거야! - 다연
알아…… 아니까…… 그만해……. - 수영
다연이는 고개를 푹 숙이는 절 뚫어져라 쳐다보곤 말했습니다.
가자. - 다연
어딜? ㅜ_-; - 수영

소민오빠…… 미행하러. - 다연

이거…… 범죄가 아닐까? -_-;; - 수영

됐어! -_-+ 이번에 감시 안 하면 그 가희논이 소민오빠 입술에 입술박치기 할지 누가 아냐? -_-+ - 다연

이…… 입술박치기? 후욱후욱……. -..,+ - 수영

저와 다연이는 소민녀석을 따라갔습니다. 소민녀석은 어디론가 전화 걸고 '뚜비뚜바' 카페-_-;; 에 들어갔습니다. -_-;;

야, 여기 앉아. -_-;; 흐음……. 아마도 그 여자 만나려나 본데……. 여기 체리주스하고 오렌지주스요. -_- - 다연

나도 오렌지주스 마실래. -_- - 수영

그냥 마셔! -_-+ - 다연

저와 다연이가 티격태격하고 있을 동안 -_-; 어디선가 높은 여자 목소리가 소민녀석의 이름을 부르며 달려오고 있었습니다…….

가희…… 논이구나……. 울컥! -_-^

소민오빠! - 가희

어…… 왔구나……. - 소민

소민녀석 얼굴이 착잡해집니다……. 가희논은 정반대로 얼굴이 밝게 변한 채 소민녀석의 팔뚝에 -_-^ 얼굴을 비비대며 활짝 웃고 있습니다……. 행복해 보입니다.

오빠! 난 오빠가 나한테 돌아올 줄 알았어~. 오빠랑 내가 얼마나 사랑했었는데~. ^-^ - 가희

그래……? - 소민

소민녀석…… 굉장히 어두운 목소리입니다…….

제 얼굴이 우울해지자 다연이는 오렌지주스를 쭈욱 마시고 자신의 손으로 제 입꼬리를 쭈욱~ 올려주면서…….
못생긴 얼굴…… 웃지도 않으면 진짜 더 못생겨 보여. -_- - 다연
^_^;; - 수영 (어색한 웃음 -_-;)
오빠……. 내가 얼마나 오빠 보고 싶었는지 알아? 오빠가 그 이상한 여자애랑 놀아나는 것 보고 내 마음이 얼마나 쓰렸는데……. ^_^ 그래도 뭐 이제 괜찮아~. 오빠가 다시 내 곁으로 왔으니까. 그 여자앤 잊어버려~. 얼굴도 못생기고 성깔도 더럽더니만~. ^-^ 글쎄 그 애가 내 머리통 때린 거 있지? 아휴~. 거기에 이따시만한 혹이 생겼지 뭐야~. - 가희
참아…… 참아……. -_-;; - 다연
+ㅁ+! - 수영
뭐…… 뭐? 이상한 여자애? 하! 소민녀석과 놀아나? 성깔 더러워?! +ㅁ+!
하지만 이것보다 더 화나는 게 있다면…… 소민녀석 니가 아무런 말도 안 하고 그냥 가희논 말을 다 들어주고 있다는 거…… 그거야…….
오빠…… 오빠 이제 나한테 올 거지? 그치? - 가희
박가희……. - 소민
소민녀석이 매력적인 보이스로 가희논을 불렀슙니다…….
응? ^-^ - 가희
떨.어.져. - 소민
전 소민녀석의 그 말을 듣고 마음속으로 '한번만 더 말해버려!' 하

고 외쳤습니다. -_-;;

오…… 오빠? - 가희

떨어지라고 했지! 맞고 싶지 않으면 떨어져……. - 소민

가희논은 부들부들 떨며 소민녀석의 팔뚝과 얼굴을 쓰다듬던 손을 내렸습니다…….

그때만큼 기분이 통쾌한 적은 없었던 거 같습니다. -_-;;

오빠…… 오빠 왜 그래? 자…… 장난 그만 쳐~. - 가희

떨고 있다……. 떨고 있어……. 저 가희란 여자…….

난 수영이가 정리하고 오라고 해서 온 것뿐이야. 니가 말하는 그 이상한 애 말야……. 그리고 너 아직도 사람들 뒤깡 까는 버릇 못 고쳤냐? - 소민

오…… 오빠……. - 가희

이제 수영이한테 이상한 부탁 같은 거 하지 마. 걔는 마음이 약해서 너한테 미안하니까 나랑 헤어지자고 말할 애야……. 한번만 더 수영이 눈앞에 나타나면 그땐 여자고 뭐고 없을 줄 알아. - 소민

오오! 소민녀석! 나이스 샷! 야호호호호~. >_< (기쁨의 함성 -_-;)

거짓말……. 오빠는…… 오빠는 나만 사랑해……. - 가희

그건 옛날이지……. 아직도 옛날 일 가지고 운운하지 마. 귀찮아. 알아? 그리고…… 사실은 수영이 니 말대로 그렇게 이상하고 성깔 더러운 아이이긴 해! - 소민

뭐야!? -_-^ 저 자식 뭐라고 씨부렁거리는 거야? -_-^

다연이는 쿡쿡 웃다가 제가 쳐다보면 흐음! 하고 먼 산을 바라봤습니다. -_-;

20 키스중독증 2

하지만…… 내가 사랑하는 여자야……. - 소민
소민녀석 말에…… 눈물 한 방울이 체리주스 잔으로 톡…… 하고 떨어졌습니다…….
……저 표현력 죽이지 않습니까? -V-* (죽어라 -_-^)
그러니까 이제 그만 날 놔라. 니 기억에서 날 놓아줘. 민호도 말야……. 민호도…… 새로운 사랑을 찾았으니까……. 더 이상 내 앞에도…… 민호 앞에도 나타나지 마.- 소민
거짓말……. - 가희
가희란 여자는 거짓말…… 거짓말 하며 중얼거렸습니다……. 하아…… 아파 보입니다…….
그러니까 있을 때 잘하란 말이 있는 거야! +ㅁ+!
……헛! -_-;; 만약 가희논이 소민녀석하고 있을 때 잘했으면 저와 만나지도 못했을…….
아…… 안돼! 있을 때 못해야 돼! -_-;;;;
거짓말이 아냐……. 정신 차려 박가희. - 소민
소민녀석은 비수 같은 말을 가희논에게 퍽퍽 -_-; 꽂았습니다. 이렇게 차갑게 대해야 여자가 빨리 잊을 수 있다는 거…… 잘 알고 있나 봅니다.
소…… 소민오빠…… 내가 잘못했어……. 내가 뭐할까? 응? 내가 잘못한 거 다 고칠게! 다신 바람 같은 거 안 피고…… 나한테…… 나한테 돌아와……. 응? - 가희
아…… 저 여자 되게 비참하다……. 사랑이란 게…… 저런 것일 수도 있구나……. - 다연

저건 사랑이 아니라…… 집착이야……. - 수영
그래…… 저건 사랑이 아니라…… 집착이야…….
전 벌떡 일어나서 말리는 다연이를 밀친 뒤 가희란 여자에게 다가갔습니다. 소민녀석은 눈이 ◉_◉ ←이렇게 되었고……. -_-;; 전 가희란 여자를 팍 끌어안았습니다.
너 뭐야! 놔! 놔……. 놓으라고……. 흐윽……. - 가희
울지 마요……. - 수영
가희란 여자는 제 어깨에 얼굴을 묻고 엉엉~ 울고 있었습니다…….
아픔이란 거…… 금방 사라진대요……. 언젠간…… 아련한 추억이 된대요……. 그러니까…… 그 아련한 추억으로 남을 때…… 이 눈물이 얼마나…… 아까워요? 울지 마요. - 수영
너 때문이야! 너 때문에…… 너 때문에 소민오빠가 변했어! - 가희
다연이가 한심하게 가희논을 바라보더니 말했습니다. -_-
참 나……. 그렇게 사랑하면…… 그 사랑하는 사람을 보낼 때 웃으며 보내주는 거라고 책에 써 있던데……. 넌…… 정말 추악하구나. -_-^ - 다연
다연이의 말에는 하나하나 뼈가 있습니다……. -_-;;;;
카페 사람들은 저희들을 쳐다보며 웅성거리고 있었습니다. -_-;
아…… 나 진짜 얼굴 팔리기 싫은데……. ㅠㅁㅠ
그만하고 가자…… 수영아……. - 소민
소민녀석은 제 손을 잡고 밖으로 나갔습니다. 다연이도 소민녀석의 손을 잡고 쫄랑쫄랑 밖으로 나왔습니다.

너……. - 소민
불쌍해……. - 수영
뭐가? - 소민
나도…… 나도 저렇게 되면…… 어떻게 될까…… 하고 생각이 드니까…… 저 여자…… 너무 불쌍해. - 수영
전 고개를 푹 숙였습니다. 소민녀석은 환~ 하게 웃으며 제 손을 잡았습니다.
야, 돼지야! 니가 왜 저렇게 돼! 너 잊었냐? ^-^ 내가 너랑 결혼한다고 하지 않았냐? - 소민
소민녀석은 그 말을 하곤 제 손을 더욱더 꼬옥 잡아주었습니다.

#53

수민.번외.여자는 싫어

수민아……. 수민이는 나만 기다려 줄 거지, 응? 수민이는 나만 사랑해 줄 거잖아……. 기다려줘…….

으아아악! - 수민

젠장…… 또 그 꿈이다……. -_-^

어느 날부터인지 모르지만…… 수영누나와 떨어져 일본에 온 이후로 이상한 꿈을 꾼다……. 자신을 기다려 달라며 씽긋 웃고 있는……. 얼굴은 모르겠지만 웃고 있는 것처럼 보이는 어떤 여자가 나에게 말을 거는 꿈……. 그 꿈만 꾸면…… 내 하루는…… 엉망진창이 되어 버리고 만다.

야! 유수민! 오늘 히라주쿠에서 헌팅 어때? ^-^ - 다카시

내 절친한 친구 다카시……. -_- 한국인이지만 일본 이름이 더 폼난다며 붙인 이름이 오호리아 다카시……. -_-; 이 녀석 원래 이름은 김복성이다. -_- 복성. -_- 쿠쿡. —_—

헌팅? -_- ……안돼! - 수민

왜에~. ㅠㅁㅠ! 니만 있으면 여자들 한 2명은 건질 수 있단 말야! 가자~ 가자~. >_< - 다카시

이상하게도…… 그 꿈을 꾼 날…… 여자를 만지거나 껴안으면 온

몸이 찌릿찌릿 경고를 주는 듯한 반응을 느낀다……. 띠발…… 죽을 때가 다 됐나 보다. -_-^
아~ 이번만! 이번 한번만! ㅠㅁㅠ! - 다카시
후……. 알았어. - 수민
난 한 명밖에 없는 한국인 친구…… 이름만 다카시인 -_-;; 친구의 부탁을 들어줄 수밖에 없었다……. 사실은 다카시가 히라주쿠 같이 가면 1000엔 준다는 말에 흔들리고 말았지만……. -_-;;
야! 가자! ^_^* - 다카시
옷도 멋지구리하게 입고…… 머리발 살리고…….
솔직히 말하지만…… 이곳 일본은…… 멋있게 보이지 않으면 왕따를 당하는…… 졸라 웃기는 곳이다. -_-^ 아무리 성질이 더러워도 옷이나 신발이 굉장히 비싼 메이커면 대접해 주는 이곳은…… 일본이다.
아…… 난 그래서 한국이 좋아. -_-;;
야! 여자들 죽인다! +_+ - 다카시
그래? -_- - 수민
여전히 느끼는 거지만…… 일본 여자들…… 진짜 못생겼다. -_-^ 저 면상으로 어떻게 돌아다니는 건지……. -_- 치마는 허벅지가 다 보이도록 드러내고……. -_-^ 만약 우리 누나가 일본 학교에 다닌다면 도시락 싸들고 말리겠다. -_-;;
야! 카마야! 쟤 어때? +_+ - 다카시
내 일본 이름은…… 우치카와 카마야……. 학교에 다니느라 대충 지어낸 이름이다. -_-;;

다카시가 가리킨 아이는…… 일본인답지 않게 수수한 옷을 입은……. 뭐랄까…… 그냥…… 그냥 끌렸다.
쟤? - 수민
응! 옷을 되게 수수하게 입었는데도 굉장히 눈에 띄어! - 다카시
아아~ 우리의 복성군…… - O -;; 작업 들어간다. -_-
〈이봐. 시간 있으면 차나 할래? ^-^ 〉 - 다카시
다카시가 일본어로 쭁얼쭁얼거리자 그 아이는 못 알아듣겠다는 듯 뭐라고 중얼거렸다……. 내가 듣기엔…… 분명…… 한국말이었다.
저기요 -_-;; 뭐라고 그런 거죠? - ??
아…… 저…… 한국인이니? -_-; - 다카시
어? 한국말 할 줄 아네요! +ㅁ+! 반가워요! 여기서 도쿄로 가려면 얼마 정도 들죠? +_+ - ??
난 어슬렁어슬렁 다카시와 그 여자애에게 다가갔다……. 그 여자애가 날 쳐다봤을 때…… 무어라 말해야 할까…… 몸이 움찔거렸다. 하마터면 그 여자애의 볼을 쓰다듬을 뻔했다…….
왜 그랬을까……?
도쿄로 가려면 얼마나 드냐고요! —O—! - ??
너 이름이 뭐냐? - 수민
저요? 전 강미지예요! 미지! ^-^ 그건 그렇고 도쿄까지 얼마나 드냐고요! -O-! - 미지
한 15,000엔 정도 들걸? -_-;; - 다카시
15,000엔!? 아악! 뭐가 그렇게 비싸! -_-+ - 미지
그 아인 꽤 이쁘장하게 생긴 핑크색 지갑을 열고 20,000엔을 꺼냈

다. -_-;
5,000엔밖에 안 남아……. ㅠ-- 미지
너…… 여기 왜 온 거니? - 수민
나도 모르게 부드러운 목소리가 나왔다.
미지란 아인 날 빤히 보더니 얼굴이 빨개진 채 꿍얼거렸다…….
몰라요……. *-_-* - 미지
뭐? -_-;; - 다카시
모른다고요! 그냥…… 그냥! 무작정 왔어요! - 미지
하……. 황당한 아이다. -_-^ 일본이 얼마나 위험한 곳인데…….
곳곳에서 원조교제가 이루어지고……. -_-^ 이러다가 얘 큰일나
겠군. -_-^
너…… 갈 곳 없지? - 수민
…….
…….
와아~ 집 되게 좋다! +ㅁ+ - 미지
-_-^ - 다카시
저기가 니 방이니까 거기다 짐 풀어. -_- - 수민
미지란 아이가 방에 들어가자 다카시가 날 벽에다 쾅! 밀어붙였다.
씨……. 졸라 아프다. -_-^
너…… 저 여자애한테 무슨 짓을 하려고 집까지 데리고 온 거야?
+ㅁ+! - 다카시
난 그런 짓 안 해.-_-^ 넌 내가 그럴 거라 생각하냐? - 수민
아……. -_-;;; 아무튼 남자 여자 둘이 같이 있으면 무슨 썸씽 있다

대학생 소민 27

는 게······ - 다카시

너나 그런 썸씽 생기지 않게 조심해. -_-+ - 수민

난 다카시를 집으로 보내고 소파에 앉아 TV를 켰다······. 짜증나게 뭐라고 씨부렁거리는 것만 들린다. -_-^ TV를 끄고 소파에 머리를 기댔다.

내가 왜······ 저 아일 내 집으로 데리고 왔을까? 갈 곳이 없단 말에 측은해서? ······아냐 아냐. -_-; 유수민 니가 그렇게 착했냐? ······.

우리 누나를 닮아서일까? 긴 생머리와······ 담갈색 눈빛······ 오물오물거리는 입술이 닮았다······. 그래서······ 그래서 데려왔나 보다. -_-;;

와~ 여기는 샤워기에서 이상한 거품까지 나와요~. ^0^ - 미지

아······ 아 그래? 나······ 난 내 방으로 들어가야겠다······. - 수민

문을 콰앙~ 닫고 침대에 털썩 누웠다······. 수건으로 머리를 톡톡 두드리며 향긋한 오렌지 향을 풍기는 그 아이를······ 안아 버릴 뻔 했다······.

미지란 아이 생각을 하다가 스르르 잠이 들어버렸나 보다······. 벌떡 일어나 보니 새벽이다······.

-_- 휴······.

아······ 목말라. -_-^ - 수민

일어나 보니 내 침대에 여자가······ 누워 있다.

누구지······?

그 여자의 얼굴을 덮고 있는 머리칼을 쓸어 올려 보니 미지다······.

미지…….

야, 너 왜 여기서 자냐? -_-^ - 수민

우웅…… 엄마……. - 미지

허억! @0@! 나…… 나도 남잔데…… 얘가 미쳤나? -_-;;

미지는 내 허리를 감싸 안아 내 가슴에 자신의 얼굴을 문질렀다. 얼굴이 급속도로 빨개졌지만 그 아일 밀치지 못해 나 혼자 허둥지둥대다 밤을 새고 말았다. -_-^

아아~ 잘 잤다! 어? 왜 이렇게 눈밑이 퀭~ 해요? o_O - 미지

아아…… 그럴 일이 있었어. =_= - 수민

그 아이가 기지개를 켜며 웃는 모습을 보니…… 나도 기분이 좋다. 근데…… 이상하게도 저 아이…… 웃는 모습이…… 꿈에서 날 괴롭히는 그 여자의 웃음과 비슷하다…….

몇 살이에요? o_O - 미지

16살. - 수민

근데 이렇게 커요? 와~ 18살은 되어 보이는데! o_O - 미지

내가 겉늙었다는 거야 뭐야? -_-^

전 이제 15살이에요! ^-^ 오빠라고 불러도 괜찮죠? 근데…… 오빠……. - 미지

왜? -_- - 수민

내가 일본에 진짜로 왜 왔는지 알아요? ^-^ - 미지

내가 어떻게 아냐? -_- - 수민

내가 무뚝뚝하게 대답하자 미지란 아인 씨익 웃으며 말했다…….

꿈에서…… 어떤 남자가 자꾸만 자길 찾아오라고 해요. 그래서

'당신은 어디 있는데요?' 하고 물으니까 자신은 일본에 있대요. 날 찾아오라면서 절 보고 울었거든요……. 그게 머리 속에서 너무나 생생해서 당장 돈 들고 일본으로 온 거예요. ^-^ 근데 그 사람 웃는 모습이 오빠랑 너무 닮은 거 있죠? ……오빠……? 오빠 왜 그래요? - 미지

난 물을 먹다가 사레에 걸려 캑캑거렸다. -_-^
이 아이랑 나랑 너무 사연이 비슷하잖아? -_-
아니…… 아니야. -_- - 수민
근데…… 오빠는…… 여자친구 있어요? - 미지
침묵이 흘렀다…….
어떤 말을 해야 할까?
내 얼굴에 없을 거라 말하면 거짓말이겠지……. - 수민
아…… 그렇구나. ^-^ - 미지
그 아인 씁쓸한 웃음을 남기고 방으로 들어갔다. 내 머리 속엔 그 아이의 웃음이 영원히 남아 있을 거 같았다.
저녁쯤이 되자 미지는 짐을 들고 나에게 왔다.
이제 그만 갈게요. ^-^ 고마웠어요. - 미지
그래……. - 수민
뭐라고 말하고 싶은데…… 어떻게든 무슨 말을 하고 싶어하는 내 몸이…… 이상하다.
달칵…… 하는 작은 문소리가…… 내 마음을 울렸다.
갔다…… 그 아이는…….
핏……. 유수민…… 너 미쳤냐? 여자한테 무슨 미련이 있다

고……. - 수민

난 나 혼자 웃으며 담배에 불을 붙였다…….

16살에 담배 피운다고 뭐라고 핍박하지 마쇼. -_-;; 16살이면 뭐가 뭔지 다 알게 되는 나이니까. -_-;;

후……. - 수민

무언가 이상하고 찜찜하다. 그 아이의 웃음이 내 머리 속에 계속해서 입력되고 있다. 왜일까?

난…… 한참 후에야 웃으며 답을 알아냈다.

난…… 그 아이를…… 좋아했다……. 아직도…… 그 아이의 웃음이…… 내 머리 속에 울려 퍼지고 있다…. 그 아이의…… 씁쓸한 블랙커피 같은 웃음이…….

#54

오빠! 파이팅! +ㅁ+! - 수영
퍽퍽퍽! (-_-;)
그…… 그래……. 아야……. -_-^ - 소민
오늘은 녀석의 대입시험 날입니다. ^-^ 쿠쿠……. +_+ 전 녀석의 등을 퍽퍽퍽 치며 즐거워했습니다. -_-;;
이때 안 때려보면 언제 때려보리~! +_+!
쭈봉이와 포도는 소민녀석의 다리를 마구마구 긁으며 응원해 주었습니다. -_-;;
근데 오빠 o_o 무슨 무슨 학교 지망했어? - 수영
경희대, 연세대, 이화여대. -v- - 수민
이화여대는 뭐야? -_-+ - 수영
여자가 많잖아~! +_+! 한번 지망해 봤어. - 소민
그…… 그래? 자…… 잘봐! -_-;; - 수영
소민녀석은 갑자기 표정이 뾰로통해지더니 안 가고 가만히 서 있었습니다. -_-;;
왜…… 왜 그래? 안 가? -_-; - 수영
너…… 진짜 모르는 거야? -_-+ - 소민
뭐…… 뭘!? o_o;; - 수영

소민녀석은 한숨을 휴우~ 하고 쉬더니 제 목을 끌어당겨 입에다가 촉~ 하고 살짝 입맞춤을 해주었습니다……. 제 얼굴은 순식간에 빨개지고, 소민녀석은 씨익 웃으며 말했습니다.
시험 잘 보는 비법이었어~. 간다! - 소민
전 웃으며 녀석을 배웅해 준 다음 허둥지둥 교복을 입고 학교로 갔습니다. ^-^
하아……. -_-=33 - 수영
휴우……. -_-=33 - 지희
지희야, 뭐 걱정되는 일 있니? -_- - 수영
너야말로. -_- - 지희
난 소민오빠 때문이지 뭐……. -_-; - 수영
지희는 괜히 샤프를 뒹굴뒹굴 굴리다가 떨어지면 줍고…… 데굴데굴 굴리다가 떨어지면 줍고를 반복하고 있었습니다. -_-;;;
민호오빠 걱정되니? -_- - 수영
응……. 뭐!?!?!?!?! ㅇㅇㅇ! 아…… 아니야! *o_o*- 지희
그…… 그래. -_-;; - 수영
지나친 부정은 강한 긍정이라고 누군가 말했습니다. -_-;; 전 왠지 재미있어서 씨익 웃으며 말했습니다.
아~ 그렇구나~. 근데 지희야, 오늘 민호오빠 시험 본 다음에 미팅 나간대~. 이제 곧 대학생 될 텐데 마지막으로 미팅 한번 해보겠다고. ^_^ - 수영
그…… 그래? 하하하…… 조…… 좋겠구나……. -_-^ - 지희
어~ 그 여자 진짜 이쁘대~. 뭐라 그러더라? 탤런트 김혜수를 닮

대학생 소민 33

앉다던가~. 민호오빠 글래머 타입 진짜 좋아하잖아~. ^_^ - 수영
그…… 글래머……!? O_O;; - 지희
응~ 짱이라던데~. (-_-)b - 수영
지희는 제가 말할 때마다 몸을 움찔움찔하는 것이…… -_-;; 슬슬 열을 받기 시작하나 봅니다. -_-;;
쭉쭉빵빵이라던데~. 민호오빠 좋겠지? 그치?? 헉! O_O;; - 수영
지희는 또다시 언젠가 보여주었던 공책 찢기를 보여주고 있었습니다. -_-;;
하하하……. +口+! 하하하! +口+! - 지희
지…… 지…… 지희야……. O口O…… - 수영
지희는 공책을 쭉쭉 찢으며 정말 미친놈처럼 웃었습니다. -_-;; 이럴 땐 거짓말이라고 말할 수도 없는 거고……. ㅠ口ㅠ……
유수영…… 너 시험 보는 데 어딘지 알아? -_+ - 지희
네……. -_-;; - 수영
가자. -_-^ - 지희
지희야. -_-;; 괜찮니? - 수영
응. -_-^ - 지희
시험을 끝내고 나오는 사람들은 -_-;; 주위에서 불길이 이글이글 타고 있는 지희를 보며 반경 5m 이내로 안 들어오려고 노력하고 있었습니다. -_-;; 지희 옆에 있는 전 손수건으로 땀을 닦으며 소민녀석을 기다리고 있었습니다. -_-;;;
저어기~ 멀리서 소민녀석과 민호오빠가 걸어 나오는 게 보였습니다. -_-;;

지희야 -_-; 민호오빠 나왔……. 지…… 지희야? - 수영
민호오빠는 왜 그런지 몰라도 옆에 웬 여자를 데리고 함께 걸어 나오고 있었습니다. 그것을 본 지희는 갑자기 고개를 숙이고 얼굴이 어두워졌습니다.
하긴…… 내가 미쳤지……. 저런 놈을 좋아하다니……. - 지희
지희야……. - 수영
핏……. 멀대녀석 여자 많이 꼬이는 거 알면서 이러는 나 정말 비참하지? 그치? - 지희
지희야……. - 수영
전 지희의 손을 꽈악 잡아주었습니다.
지희도…… 민호오빠 좋아했구나. 민호오빠도…… 지희 좋아하는데…….
지희야…… 있잖아……. - 수영
야야~ 돼지야! - 소민
—_—;;; - 수영
지희는 피식 웃으며 가보라고 손짓했습니다…….
싫어. - 수영
뭐? -_-;; 가봐~. - 지희
싫어. 내 이름은 돼지가 아니라 유수영이야, 유수영. +_+ - 수영
-_-;; - 지희
전 지희의 손을 잡고 뒤돌아 갔습니다. -_- 소민녀석의 황당해 하는 목소리가 울려퍼졌습니다.
야! 돼지야아아~ 어디 가냐~~ 냐냐~! - 소민

이…… 이 썩을 놈이……. -_-^ 빠직!

전 오기가 생겨 계속해서 걸어갔습니다.

야, 너 부르잖아. -_-;; - 지희

내 이름은 유수영이지 돼지가 아니야! +ㅁ+! - 수영

지희는 황당해하며 저에게 질질 끌려 왔습니다. -_-;; 그때 두두두두~ 하며 뛰어오는 발걸음과 함께 제 어깨를 잡아당기는 손이 있었으니……. -_-;;;

야, 돼지! -_-^ 왜 불러도 그냥 가는 건데? - 소민

누구세요? —.— - 수영

뭐? - 소민

전 돼지가 아니라 유수영인데요. -_-^ - 수영

주위 사람들은 저를 보고 "어머어머! 쟤가 그 돼지인가 봐!" 하며 쿡쿡 웃고 있었습니다. -_-;;;

씨이……. -_-^

놔주세요. -_-^ 전 돼지가 아니걸랑요? ……으읍! - 수영

길 한복판에서 소민녀석은 마구 비꼬는 절 빤히 보다가 갑자기 촉! 하고 입을 맞추었습니다……. *@ㅠ@*

됐냐? -_- - 소민

뭐…… 뭐야! *O_O*! - 수영

뽀뽀하면 너 조용해지잖아. -_- - 소민

……. -_-…… - 수영 (맞는 말이라 침묵 -_-;)

수영아…… 나 그만 갈게. ^-^ - 지희

응? 아…… 그래……. ^^ - 수영

전 지희가 가는 걸 빤~ 히 보다가 소민녀석을 째려봤습니다. -_-
뭐야? -_- - 소민
오빠 때문에 말 못했잖아! +ㅁ+! - 수영
뭘? -_-a - 소민
아까 오빠가 날더러 돼지라고만 안 불렀어도 지희한테 민호오빠랑 우읍! - 수영
소민녀석은 계속해서 쭝얼쭝얼거리는 제 허리를 감싸 안고 찐~ 하게 뽀뽀를 해주었습니다……. -_-;;;;;
놔아아! +ㅁ+! 이제 안 통해! - 수영
진짜 안 통하네……. 흐음……. -_- 야, 조용히 좀 해. 지금 우리 주위에 누가 있는지 알아? -_- - 소민
주위를 두리번두리번 보니까 사람들이 둘러싸고 저희 둘을 빤히 바라보고 있었습니다. -_-;;
전 '끄악!' 하며 소민녀석의 팔뚝을 잡고 마구 뛰었습니다. ㅠ_ㅜ
야! 그만 뛰어. -_-;; - 소민
헉헉……. 오빠…… 때문…… 헉……. ㅜ_-;; - 수영
아~ 진짜…… 너……. - 소민
뭐…… 뭘……? ㅇ_ㅇ;; - 수영
소민녀석은 심각하게 제 볼을 쭈~ 욱 잡아당기며 말했습니다.
이제 그만 유혹해라~ 응? - 소민
뭐…… 뭐!? *ㅇ_ㅇ* - 수영
가자. -_- 쭈봉이랑 포도 기다리고 있을 텐데 밥 줘야지. 근데 여기 어디냐? -_-;;; - 소민

어? O_O;;;; - 수영

소민녀석과 저는 10초 동안 서로를 빤히 바라보다 소민녀석이 조용히 말했습니다…….

길…… 잃어버렸다……. -_-;;;;;;;;; - 소민

그날은 길을 찾느라 비린내 나는~ 시내 어딘가를~ 내 세상처럼 누벼가며~ -_-;; 한참 동안 돌아다녔습니다. -_-;;;;

#55

오빠. 다연이 어딨어? -0- - 수영
어? -_- 집에 갔겠지. 걔네 엄마 다연이 어디 있는지 이제 다아~ 알걸? -_-;; - 소민
-_-; - 수영
아침에 일어나 다연이가 안 보이기에 걱정이 되어서 어디 갔냐고 물어봤더니…… -_-;; 지네 엄마한테 집으로 강제로 끌려갔답니다. -_-;; 허허허.
오빠. 학교 안 가? O_O - 수영
넌 고3이 시험 끝나고 학교 가는 거 봤냐? -_- 쯧쯧쯧. 니 서방님은 오늘 만찬이 있단다~. -_- - 소민
그…… 그래? O_O;; - 수영
일찍 자고 있어. - 소민
소민녀석은 제 머리를 툭툭 건드려주며 씽긋 웃었습니다. *-_-*
언제 봐도 장난기 가득하지만 그 속엔 진지함과 사랑스러움이 잔뜩 담긴 웃음입니다……. ^-^
학교에 가니 지희가 어두운 얼굴로 문제집을 풀고 있었습니다. 지희는 스트레스가 쌓이면 언제나 공부로 풀었습니다. -_-;;;
지희야! - 수영

어? 수영이 왔구나……. ^-^ - 지희

지희 눈이 퀭한 게…… -_-;; 밤새 공부했나 봅니다……. -_-;;

지희야 괜찮니? -_-; - 수영

그럼~. 요즘 공부가 너무 잘 돼서 문제야. ^-^ - 지희

그…… 그래. - 수영

공부가 굉장히 잘된다면 지금 지희의 몸 상태는 최악일 텐데……. 지희는 몸이 엄청 건강한 대신 한번 병에 걸리면 굉장히 타격을 준다고 합니다. -_-; 언젠가 장염에 걸렸을 때 지희는 무려 이주일 동안 끙끙~ 앓았습니다. -_-;;

지희야…… 너 열 나는 거 같아……, 얼굴이 창백해……. - 수영

무슨 열이 나~? -_- 내 몸 건강한 거 알면서 그러네. - 지희

그래도……. 양호실 한번 가볼래? - 수영

됐어……. - 지희

지희는 책에 코를 박고 -_-;; 굉장히 열심히 문제를 풀었습니다.

으휴…… 걱정됩니다. -_-=33

야~ 나 왔다. 스머프~. 〉〈 - 민호

-_-;; - 수영

지희는 아무 말 없이 계속해서 연필을 꾸욱 쥐고 책상에만 눈을 고정시켰습니다. -_-;; 민호오빠가 아무리 툭툭 건드려도 꿋꿋이 멈춰 있더군요. -_-;

수영아…… 얘 왜 그러니? -_-; - 민호

그…… 그럴 일이 있어요~. 근데 민호오빠는 오늘 학교 안 나와도 되는데 왜 나왔어요? o_o - 수영

40 키스중독증 2

어? 아…… 내가 오늘 주번인데…… -_-^ 주번은 꼭 나와야 되더라고. 짜증나. -_- - 민호
네……. -_-;; - 수영
민호오빠는 계속해서 지희를 툭툭 건드리다가 지희가 좀 이상한 걸 알곤 지희의 머리를 손으로 짚었습니다.
야…… 너 열…… 장난 아냐. - 민호
하아……. 놔……. - 지희
지희는 얼굴이 새~ 빨개진 채 힘없이 민호오빠의 손을 툭 밀쳐내려 했으나 민호오빠는 인상을 찌푸린 채 손을 내렸습니다.
야, 스머프. 너 양호실 가야겠다. - 민호
상관하지 말고…… 가……. - 지희
지희는 더듬더듬 말하며 위태롭게 몸을 움직였습니다. -O-;;
지희야, 그냥 양호실 가자~. 너 되게 아파 보여~. - 수영
괜찮다고 했잖……. - 지희
말하다 말고 지희는 책상에 푸욱~ 엎어졌습니다……. 저와 민호오빠의 눈은 정말 커졌습니다. 민호오빠는 허둥지둥 지희를 업고, 전 울먹거리며 지희를 데리고 양호실로 갔습니다…….
쓰파……. 권지희 너 죽으면 내가 가만 안 둔다……. - 민호
지…… 지희야……. ㅠOㅠ - 수영
으음……. - 지희
문이 덜컹~ 하고 열리더니 양호선생이 저희 셋을 놀란 눈으로 보며 지희를 침대에 얼른 눕혔습니다.
허유~ 애 열 좀 봐! 어떻게 했기에 이런 거야? 40도가 넘네~ 넘

어! - 양호선생

스머프…… 빨리 안 아프게 해줘요……. 빨리요……. - 민호

그래…… 걱정마라……. - 양호선생

지…… 지희 괜찮죠? 왜 그러는 거예요? ㅠ_ㅠ - 수영

양호선생은 한숨을 쉬더니 말했습니다…….

지독한 독감이구나……. 도대체 어떻게 했기에……. 하마터면 병원까지 실려갈 뻔했구나……. - 양호선생

병…… 병원요? ㅠ_- - 수영

그래……. 이제 그만 수업에 들어가 보렴……. - 양호선생

양호선생은 저희 둘을 남겨두곤 교무실로 갔습니다……. 민호오빠는 이마를 한 손으로 쥐어 감고 지희를 안타깝게 쳐다보고 있었습니다…….

바보같이…… 아프면서 안 아픈 척하긴……. 지가 무슨…… 전교 1등이야……. 이럴 땐 머리도 안 좋으면서……. 아플 땐 아프다고 말을 못해…… 왜……. - 민호

민호오빠는 한 손으로 지희의 머리칼을 쓰윽 올리더니 한 손으로 지희의 두 손을 감싸 안고 얼굴을 내리깔아 지희의 입에 살짝 입맞춤을 했습니다.

이 바보야……. 이제 너 아프면…… 내가 널 감싸 안아줄게. 언제나…… 널 지켜봐 줄 테니까……. - 민호

민호오빠는 약간 얼굴이 붉어지면서 말했습니다.

나한테 와……. 사랑한다…… 지희야. - 민호

^-^ - 수영

왠지 뿌듯~ 했습니다……. 저 두 사람…… 행복할 거 같습니다……. 언제나 행복할 거 같습니다…….
전 조용히 양호실에서 나왔습니다…….
하아~ 기분 좋다! ^-^ - 수영
전 옥상으로 마구마구 뛰어 올라갔습니다. 시원하게 바람이 부는 걸 느끼며 옥상에 털썩 주저앉아 눈을 감고 소민녀석을 생각했습니다……. 조용히 웃는 얼굴…… 슬픈 얼굴…… 활짝 웃는 얼굴……. 모든 게 제 머리 속에 뒤엉켜 절 웃게 하고 있었습니다.
보고 싶다……. - 수영
지금 이 순간 소민녀석이 너무나 보고 싶습니다.
한참을 앉아 있으니까 비가 후드득 떨어지기 시작했습니다.
아아~비다! -_-;; - 수영
옥상 문을 덜컹~ 열고 교실로 후다닥 뛰어 들어가니 -_-;; 아이들은 이미 집으로 갔고 저의 가방만 덩그러니 있더군요……. 책상 위에 있는 지희의 '먼저 간다'는 쪽지를 보고 씽긋 웃으며 가방을 메고 현관으로 나갔습니다.
하……. 비 엄청 온다. +_+;; - 수영
한 걸음 앞으로 나갈 용기도 내기 힘들 정도로 비가 억세게 내리고 있었습니다. 침을 꾸울꺽~ -_-;; 삼키곤 앞으로 한 걸음씩 나갔습니다. 얼마 안 가 비로 온몸이 잔뜩 젖었습니다. -_-;;
아아~ 짜증나. -_-^ 교복 빨아야 되겠다. - 수영
어느새 어깨까지 닿는 머리칼이 바람에 휘날리며 제 몸을 으슬으슬 춥게 만들고 있었습니다.

으으으…… 진짜 춥다. 덜덜덜……. -_-;; - 수영
한참을 걸어가니 집이 보였습니다. -_-;;; 덜덜 떨면서 집 열쇠를 꺼내 문을 덜컹 열고 집안으로 들어서니 소민녀석이 당황한 얼굴로 절 쳐다보고 있더군요. -_-;;;
야! 너 꼴이 이게 뭐야! +ㅁ+;; - 소민
추…… 추워……. 에취~. >ㅁ< - 수영
소민녀석은 덜덜 떨고 있는 제 모습을 보고 놀란 눈을 하더니 제 옷을 벗기기 시작했습니다. *@_@*
무…… 무슨 짓이야! +ㅁ+;; - 수영
걱정 마. 안 볼 테니까. - 소민
소민녀석은 자신의 윗옷을 벗더니 속옷만 입고 있는 절 -_-;; 꽈악~ 껴안았습니다. 그리곤 이불을 덮었습니다……. -0-;;
에…… 에취~. >ㅁ<! - 수영
바보같이 비를 다 맞고 오냐? 으휴……. - 소민
에취~. >ㅁ<! 우…… 우산이 없어서. 에취~. >ㅁ<! - 수영
으휴……. -_-=33 - 소민
녀석의 탄탄한 가슴이 느껴졌습니다. 전 손을 녀석의 가슴에 올린 채 계속해서 기침을 하고 있었고 소민녀석은 그런 절 더욱 꼬옥~ 안아 주었습니다. -_-;;;
야…… 너 움직이지 마……. - 소민
으…… 응? 에취~. >ㅁ<! - 수영
소민녀석은 참을 수 없다는 표정을 짓더니 빤히~ 제 얼굴을 보며 애국가를 불렀습니다. -_-;;

오…… 오빠 왜 그래? -_-;; - 수영
야……. -_-;; 불타는 남성의 본능을 잠재우는 노래는 애국가밖에 없어. -_-;
동해~ 물과~ 백두산이~. -_-;; - 소민
-_-;;;;;; 에취. >ㅁ<! - 수영
야, 너 왜 이렇게 사이즈가 작냐? -_-; - 소민
조용히 해! -_-+ - 수영
쭈봉이와 포도가 저희 둘을 어리둥절하게 바라보다 지네끼리 방방 뛰어놀며 저희 둘의 눈을 즐겁게 해주었습니다. -_-;;;
쿡쿡……. 포도 엎어진 거 봐~. - 수영
너 움직이지 말랬지! 후……. - 소민
소민녀석은 입으로 자신의 머리칼을 불며 절 쳐다봤습니다…….
녀석은 지금 엄청난 인내심을 발휘하고 있습니다. -_-;;;;
전 웃으며 말했습니다…….
오빠가 감기 걸리면 내가 전복죽 해줄게~. ^-^ - 수영
그래……. 그래라…… 이 둔탱이……. -_- - 소민
소민녀석은 계속해서 애국가를 부르고 있었습니다……-_-;;;
대~ 한 사람~ 대한으로 길이 보전하세~. -_-;;; - 소민
차츰 몸이 따뜻해지는 걸 느끼며 4절까지 계속되는 소민녀석의 애국가를 웃으며 듣고 있었습니다……. -_-;;
너 지금 내 모습이 재미있어서 웃는 거냐? -_-^ - 소민
아니~ 아니~ 기뻐서 웃는 거야~. ^-^ - 수영
어떻게 알았는지 -_-;; 소민녀석은 살짝 절 흘겨보고는 제 머리를

쓰윽 부비거려주다 절 더욱더 껴안으며 말했숩니다…….
으아~ 진짜 빨리 결혼하고 싶다. 유수영…… 널 내 눈에 묶어두게……. ^-^- 소민
쳇. 이미 묶여 있다 뭐~. -_- - 수영
그때…… 소민녀석의 웃는 모습이 제겐 굉장히 멋있었던 걸로 기억됩니다. ^-^

#56

띠이잉~ 불합격입니다. -_-……
아이 씨파! -_-+ - 소민
뭐야? -_-;; 떨어졌어? - 수영
나른한 일요일……. -_-; 녀석은 전화기를 집어 던지곤 씩씩거렸습니다. -_-;;;;;;
이화여대 떨어졌어! -_-^ - 소민
이화여댄 당연히 떨어지지! -_-+ - 수영
아아~! 진짜! 내가 거길 얼마나 기대했는데! - 소민
으휴……. -_-=33 - 수영
녀석은 다른 곳으로 전화해 보더니 전화길 내려놓고 퉁명스럽게 말했습니다. -_-
경희댄 합격했대. -_- - 소민
안 기뻐? -_-;; 거기 딥따 세~. - 수영
별로. -_-^ 난 오히려 이화여대 떨어진 게 너무나 아쉬울 뿐야. 으휴. -_-=33 - 소민
-_-;;;;;; - 수영
이화여대 빼고 다 합격한 소민녀석은 툴툴거리며 경희대를 선택했습니다. -_-;;;

내일부터 가는 거야? O_O - 수영

응. -_- - 소민

가자! 옷 사러 가야지. ^-^ - 수영

됐어. -_-=33 - 소민

그…… 그래? -_-;; - 수영

아~ 민호녀석은 합격했을까? -_-;; - 소민

어디어디 썼는데? O_O - 수영

경희대, 중앙대, 동덕여대. -_- - 소민

민호오빠도 소민녀석과 꽤 비슷한 부류였슙니다. -_-;;;

야, 가자. ^-^ - 소민

어딜? - 수영

이쁘게 하고 나와. -_-^ - 소민

어디를! -_-+ - 수영

가면 알아. -_- - 소민

소민녀석은 방으로 쏘옥~ 들어가 버렸슙니다. -_-;;

이쁘게 하고 나오라는 말에 -_- (말하면 다 듣는다 -_-;;) 전 제 방에 들어가서 어깨에 살짝 닿을 듯한 머리를 단정히 정리하고 노란색 폴라티에 오렌지색 카디건을 걸친 다음 약간 긴 체크무늬 치마를 입고 나왔슙니다. ^-^

나왔……? O_0? - 소민

뭐야 그 반응은? -_-+ - 수영

소민녀석 절 벙하게 보다가 머리를 부비거려 주더니 씨익 웃으며 말했슙니다. 소민녀석은 회색 세미정장을 입고 있었슙니다.

쓰읍~ 멋있군. *@_@*

가자. ^-^ – 소민

소민녀석은 제게 손을 내밀었습니다. 전 웃으며 그 손을 잡았고 녀석과 함께 길을 걸어갔습니다. 녀석이 손을 내밀면 언제나 잡아줄 자신이 있는 저입니다……. 그리고 언제나 저에게 손을 내밀어주는 녀석은…… 소민녀석밖에 없을 것입니다. ^-^

오빠 여기는……? -_-;; – 수영

그래. 라이브 카페. ^-^ – 소민

그땐 자세히 못 봤는데 카페 이름이 'SOSO'였습니다. -_-;;

들어가 보니 민호오빠, 지희, 민재, 지민이…… 우리의 심청양까지 -_-;; 다 와 있었습니다.

어어어~ 왔다! 왔어! 휘익~. – 민재

왜 이렇게 늦은 거야? -_- – 지희

쳇. -_-^ –심청

소민녀석은 웃으며 비어 있는 자리에 털썩 앉았습니다. 들어가 보니 손님들도 전보다 많이 있었고 분위기도 완전히 카페에서 나이트로 변했습니다. +_+;;;

이 카페…… 어떤 때는 라이브 카페로…… 어떤 때는 나이트로 변하는 데야. ^_^– 소민

와~ 멋있다. +_+ – 수영

전 지희와 민호오빠를 보았습니다……. 민호오빠가 지희의 어깨에 손을 올리고 있었습니다. ^-^

뭐…… 뭘 봐! *-_-* – 지희

아니…… 아니 보기 좋아서~. ^-^ - 수영

그래? -_- - 소민

소민녀석은 제 손을 잡았던 손을 어깨에 올리면서 술을 벌컥벌컥 마셨습니다.

쳇. 아주 닭살을 떨어라 떨어. -_-^ 민재야~ 우리도 저렇게 해보자~. >_< - 지민

시…… 싫어……. ㅠ_-;; - 민재

-_-^ - 지민

지민이는 민재 어깨에 자신의 손을 올리곤 술을 벌컥벌컥 마셨습니다. 순간 -_-;; 여자와 남자가 뒤바뀌었다는 생각이 들었습니다. -_-;;

뭐야? 놀아야지! 야 나가자! 여자들 다 나가! >_< 오늘은 부킹 한번 들어오게 만들어 보자고~. >_< - 심청

심청양은 -_-;; 남자들을 저~ 쪽 테이블로 보내버린 뒤 저희들을 이끌고 스테이지로 -_-;; 나갔습니다.

심청양은 춤을 정말 잘 췄습니다. +_+! 지희도 만만치 않게 추고 지민이도 꽤 췄습니다. -_-;; 전 멀뚱멀뚱 서 있었습니다. 아 쪽팔려……. -_-;;;;;;

야 유수영! 뭐해! -_-+ 안 추고! - 지희

나…… 나이트 처음 와봤단 말야……. ㅠ_ㅠ…… - 수영

으휴……. -_-=33 - 지민

야! 니네 뭐해? 안 추고? >_< 아싸~. - 심청

지희는 무언가 생각하더니 씽긋 웃으며 말했습니다.

너…… 나 따라해봐. ^-^ - 지희

으응? -_-;; - 수영

지희는 살짝 살짝 손과 몸을 흔들며 춤을 추었습니다……. +_+

와아~ 이쁘다……. +ㅁ+!

저도 조금씩 따라해보자 지희가 잘했다며 계속 그렇게 추라고 말해주었습니다. +_+!

야~ 유수영! 잘 추네! ^-^ - 지민

헤헤헤…… 진짜? -v-* - 수영

그런 표정 짓지 마~. 읍수~. -_-;; - 지민

쳇. -_-^ - 수영

그렇게 춤을 추고 있자 슬슬 주위에 남자들이 몰려 들었습니다……. +_+ 지희와 심청양은 -_-;; 더욱더 격렬하게 몸을 흔들었고 지민이는 머리를 살짝씩만 흔들며 추고 있었습니다.

지…… 지민아…… 이제 그만 내려가자. -_-;; - 수영

무슨 소리야! 이제 본격적인 스테이지인데! >_< - 지민

전 두리번거리며 소민녀석을 찾았습니다. 아마도 그쪽으로 가야 할 거 같습니다……. 소민녀석이 민호오빠와 조용히 앉아서 얘기하는 모습을 보고 웃으며 그쪽으로 달려가려는 순간 제 손목을 누군가 잡았습니다……. +ㅁ+;;

뭐…… 뭐야? O_O;; - 수영

수영아……. 너 여기 웬일이니? O_O - 지후

지…… 지후오빠……. -_-;; - 수영

제 손목을 잡은 사람은…… 편한 힙합을 입고 있는 지후오빠였습

니다……. -_-;
여기 놀러온 거야? - 지후
네. -O-- 수영
지후오빠는 씽긋 웃으며 말했습니다…….
잘 추더라……. 다시 한번 춰봐. ^-^ - 지후
네? -_-;; - 수영
지후오빠가 '빨리~' 라고 독촉하는 바람에 미심쩍긴 하지만 지희가 가르쳐줬던 춤을 추기 시작했습니다. 어느새 지후오빠가 거기에 맞춰 춤을 춰주고 있었습니다. 사람들은 저희 두 사람을 위해 무대에서 물러나 있었습니다. 전 지후오빠를 보고 씽긋 웃으며 계속 췄습니다…….
야…… 유수영…… 봉 잡았네……. -_-;; - 지희
지희의 목소리가 들리고…… 그때 무대 위로 당당하게 뛰어든 사람이 있었으니 이름하여…….-_-;; 안소민군이라~. -_-;;;;;
소민녀석은 제 허리를 끌어당기더니 말했습니다.
너…… 나랑 춰. -_-^ - 소민
소민녀석은 허리에 있던 손을 떼고 제가 흔드는 것에 따라 조금씩 몸을 맞추어 주었습니다……. 지후오빠와 출 때는 왠지 모를 편안함이 느껴졌지만……. 소민녀석의 눈과 몸짓에 얼굴이 빨개지는 걸 느끼면서도 계속 췄습니다……. 사람들은 휘파람을 불며 같이 춰 주었습니다……. -_-;;
야…… 띠바……. 남자들이 니 몸에 안 붙게 해……. - 소민
소민녀석은 춤을 추다가 소곤거렸습니다. -_-;;

춤추는 건데 어쩔 수 없잖아. ㅠ_-; - 수영
아…… 젠장……. -_-^ - 소민
소민녀석은 제 허리를 휘어 감곤 무대에서 나갔습니다. -_-;; 어느새 지후오빠는 사라졌고 -_-;; 소민녀석은 자리에 앉아 잔뜩 화난 눈을 보였습니다. -_-;;
너…… 내가 빤히 있는데 남자랑 그런 춤을 춰? -_-^ - 소민
하하하…… 잘못했어요……. ㅠ_ㅠ 하지만 심청언니가…… 나가서 추자고 했는데……. -_ㅜ - 수영
으휴……. -_-^ - 소민
소민녀석은 제 옆으로 와 부드러운 다비도프 향을 풍기며 제 허리를 감싸 안았습니다.
난 아무한테도 너 주기 싫어. - 소민
웃으면서 소민녀석을 보다가 무대를 보니 지희가 마구 끌려 나오고 있었습니다. -_-;;;;;;;;;
왜 그러는 거야! 재미있게 놀고 있는데! - 지희
야, 스머프. -_-^ 나 열 받게 하지 마. 자꾸 그러면 여기서 화악~ 덮쳐버린다! +ㅁ+! - 민호
뭐…… 뭐?! *ㅇㅇㅇ* - 지희
지희는 어안이 벙벙한 채 저희가 있는 자리로 끌려와 민호오빠 옆에 털썩 앉았습니다. -_-;;
지희야, 지희야 왜 그래? -_-;; - 수영
아…… 아니야. -_-;; 순간적으로 놀라서 그런 것뿐야. - 지희
고개를 돌리는 순간 소민녀석의 얼굴이 제 앞에 떠억~ 하니 와 있

었습니다. -_-;;;
떠억! @0@!
뭐…… 뭐야! - 수영
야, 못 참겠다. - 소민
소민녀석은 그 말을 한 뒤 제 입에 자신의 입을 제 멋대로 맞추었습니다. +ㅁ+;;
10분이 지나서야 녀석은 입을 뗀 뒤 말했습니다. -_-;;
이 입에선 이상하게 사탕 맛이 나……. - 소민
그…… 그래요? *-_-* - 수영
더 먹고 싶어. ^_^ - 소민
전 소민녀석의 입을 손으로 막은 채 소리쳤습니다.
내일 하자, 내일. -_-;;; - 수영

#57

그래서 말이죠~. 여러분은 어쩌구 저쩌구, 씨부렁씨부렁, 꿍얼꿍얼. -_-;; - 물리샘
=_=…… - 수영
전 2학년이 됐습니다. ^-^; 시간 참 빨리 갑니다. -_-; 신입생들이 들어오고 소민녀석은 여전히 이화여대 못갔다고 투덜대며 -_- 학교 가길 싫어하고……. 일상적인 하루입니다. ^-^
거기! 자는 애! -_-+ - 물리샘
저…… 저요? O_O;; - 수영
아니! 니 뒤에! -_-+ - 물리샘
물리샘이 가리킨 사람은…… 민재였습니다. -_-;; 전 민재와 지민이와 같은 반이 되었습니다. ^-^ 지희는 홀로 뚜욱~ 떨어져서 쓸쓸히 지내고 있습니다. -_-;;
야 이민재! 일어나! - 물리샘
민재는 끄떡도 않고 꿋꿋이 책상에 엎드려 자고 있습니다. -_-;; 물리샘은 열을 받았는지 씩씩대며 계속 쾌액~ 쾌액~ =_=; 소리를 지르고 있었습니다. -_-;; 그때였습니다. -_-
지민이가 벌떡 일어나더니 뚜벅뚜벅 민재에게 다가갔습니다. -_-;
뭐…… 뭐야! -_-;; -물리샘

이 녀석 깨우러 가요. -_-^- 지민

지민이는 민재 앞에 서더니 손을 높~ 이 쳐들곤…… -_-;; 콰아앙! -_-;;;;; 책상을 부쉈습니다. -_-;;;

으헉! - 민재

신성한 수업시간에 잠이나 자고……. 넌 매일 잠만 자냐? 니가 무슨 잠보냐? 도대체 정신상태가 어떻게 된 거야? 너 내일부터 나랑 정신수련하러 다닐래?!?!??! +ㅁ+! 내가 꼭 이래야만 되겠어? 너 이제부터 잘 거야, 안 잘 거야!?!+ㅁ+! - 지민

지민이는 따발총 쏘듯이 두두두두두 -_-;; 말을 쏟아내기 시작했습니다. 민재는 짜증이 나는 듯 얼굴을 찌푸리고 말했습니다.

안 잘게요……. -_-^- 민재

지민이는 알았다는 듯이 자리에 앉았습니다.-_-;; 민재는 정말 자연스럽게 -_-;; 보관실로 가서 새 책상을 꺼내와 털썩 앉았습니다. -_-;;;;; 정확히 5분 동안에 일어난 일이었습니다. -_-;;

이…… 이게 무슨 일이지? -_-;; - 물리샘

흔하게 있는 일이에요~. -_- - 반아이1

이민재 책상 이번으로 7번 바꾼 거예요~. - 반아이2

적응되면 괜찮아요. -_- -반아이3

저희 2학년 3반 아이들은 -_-;; 오히려 지민이와 민재의 싸움을 즐겨보고 있었던 것입니다. -_-;;; 그리고 전 숙달된 몸놀림으로 -_- 부숴진 책상 잔부스러기를 구석 쪽으로 쓰윽 쓰윽~ 밀어 치웠습니다. -_-;; 부서진 책상을 치우는 건 제 담당입니다. -_-;;

애들이 무슨 영화를 찍나……? -_-^- 물리샘

우리 반 와따예요. (-_-)b - 반아이1 -_-;;
그때 종이 울리자 선생님은 황당한 눈으로 나갔습니다.
쉬는 시간 동안 아이들은 자연스럽게 부서진 책상 부스러기를 구경하며 이번엔 몇 개 더 조각났군…… 이번엔 좀 약하군…… 하면서 평가를 하고 있었습니다. -_-;;
야, 나 왔다~. >_< - 지희
응. -_- - 수영
뭐야? 또 책상 부쉈어? -_- - 지희
응……. -_-;;;;;;;;;;; - 수영
지희는 아무렇지도 않게 말하곤 제 자리 옆에 털썩 앉았습니다.
야, 수영아! 우리 오늘 경희대 한번 가보자. ^-^ 멀대랑 소민오빠도 볼 겸. ^-^ - 지희
응? 그래. ^-^ - 수영
학교가 끝나자 전 지희와 버스정류장에서 만나기로 약속하고 집으로 후닥닥 갔습니다.
으음…… 이쁘게 보여야 할 텐데……. -_-;;
쭈봉아~ 포도야~ 나 왔다~. >_< - 수영
멍! 멍! (밥 줘~ -_-;;) - 쭈봉 & 포도
전 쭈봉이와 포도에게 사료를 양껏 부어주고 대충 옷을 꺼내보았습니다.
흐음…… 정장으로 입어볼까? o_o…….
전 연보라색 여자 정장을 꺼내 입고 거기에 어울리는 연한 살구색 구두를 신었습니다. 머리는 살짝 묶었고 귀에는 별 모양 귀고리를

했습니다.
오오~ 유수영…… 이쁘다~ 이뻐~. 우헤헤헤~. -v-* (공주병…… 쿨럭~ -_-;)
버스정류장으로 나가보니 지희가 최대한 여성스러움을 표출한 옷을 입고 있었습니다.
이쁘네~. +_+;;
오오~ 유수영! 오늘 옷발 서는데! -_- - 지희
너두 그렇다 뭐. ^^;; 가자! - 수영
한참 버스를 타고 가니 '경희대학교' 표지판이 보였습니다. ^_^ 저흰 서둘러 내려서 교문까지 걸어갔습니다. 지희를 눈독 들이는 사람들이 많더군요. -_-;;
캠퍼스에 후다닥~ 들어가서 -_-;; 쭈욱 한번 둘러봤습니다.
와…… 여기 캠퍼스 이쁘다……. - 지희
응……. +_+ - 수영
한참을 돌아다니다 여자들이 모여 있는 곳으로 가보았습니다. 소민녀석과 민호오빠가 -_-;; 꾸벅~ 꾸벅~ 졸고 있었습니다. -_-^
어머~ 귀여워~.)_< 난 소민이 타입이 좋더라~. - 여자1
무슨~ 카리스마 있는 민호가 멋있지~.)_< 까아~. - 여자2
발끈! -_-^ - 수영 & 지희
둘이 자고 있는 모습을 보니까 꼭…… 한 폭의 그림 같아…….
0_0 - 여자3
지희는 더 이상 못 참겠는지 민호오빠에게 다가갔습니다. -_-;;
주위 사람들은 "쟤 뭐야?"라면서 수군거리고 있었습니다. -_-;;

뻐억~.
아악! 어떤 시방새……? 스…… 스머프! O_O;;; 니가 여기 웬일이야? – 민호
잘~ 한다! -_-+ – 지희
야. 안소민! 일어나봐! -_-^ 수영이 와 있어! – 민호
구라 까지 마. -_- – 소민
소민녀석은 여전히 고개를 숙이고 잠에서 못 벗어나고 있었습니다. -_-^
오빠, 나 왔어. -_- – 수영
어? 진짜 왔네. O_O – 소민
여자들은 수군거리더니 지네들끼리 우르르르~ 사라져 버렸습니다. -_-;;;;;;;
야! 너 내가 아무데서나 자라고 했어? -_-+ – 지희
피곤한데 어쩌라고……. =_= – 민호
민호오빠는 삐져 있는 지희를 끌어안더니 지희 어깨에 얼굴을 묻고 다시 쿨~ 쿨~ 자고 있었습니다. -_-;; 지희의 얼굴은 순식간에 빨개졌지만 어쩔 수 없다는 듯 민호오빠의 머리를 쓰다듬어주며 자장가를 불러주고 있었습니다. -_-;;;;
야, 유수영. 여기 웬일이냐? O_O – 소민
응? 그…… 그냥 왔어~. ^^; – 수영
소민녀석은 믿을 수 없다는 듯 말했습니다.
니가? 스스로? -_-? 야~ 거짓말 안 해도 돼~. 권지희가 가자고 보채서 온 거지? – 소민

지…… 진짜야! +ㅁ+! - 수영

소민녀석은 소리를 빽~ 빽~ 지르는 절 보고 씽긋 웃더니 말했슙니다.

알았어~ 알았어~ 우리 돼지……. -_- - 소민

내가 왜 돼지야! +ㅁ+! - 수영

너 토끼보고 뭐라고 불러. -_- - 소민

토…… 토끼라고 부르지…… O_Oa - 수영

그거와 똑같은 원리야. -_- - 소민

아~ 그렇구나……. -_- - 수영

무언가 찝찝합니다. -_-a

소민녀석은 웃긴다는 표정을 지으며…….

야 너 진짜 바보 아냐? 쯧쯧쯧……. 내가 이런 애를 데리고 살아야 한다니……. -_- - 소민

내…… 내가 왜 바보야! +ㅁ+;; - 수영

아냐 아냐, 너 바보가 아니라 돼지였지. -_- - 소민

이씨! 거기 안 서! +ㅁ+! - 수영

너라면 서겠냐? 쿡……. - 소민

그날…… 경희대 캠퍼스에서 소민녀석과 신나게 숨바꼭질을 했슙니다. -_-^

으아악! 꼭 잡고 말 거야! +ㅁ+! - 수영

#58

너…… 여기 또 왜 왔냐? -_-^ - 수영

오랜만에 가지는 소민녀석과의 일요일입니다. ^-^ 하지만 그 일요일을 와장창! 깨버리는 놈이 있었으니…… 이름하여 다연양이라……. -_-^

우리 집 밥은 맛없어. -_- 니가 만들어준 밥이 더 맛있어. - 다연

그래? 그럼 더 먹어~. ^-^ ……이럴 줄 알았냐!?!??! +ㅁ+! 당장 가! - 수영

걱정 마. -_- 안 그래도 갈 거야. 나 오늘부터 독서실 다닐 거니까. 우물우물. ㅡ.ㅡ - 다연

오호~ 그래서 새벽 6시에 찾아와 밥 달라고 울고불고 한 거냐!?! +ㅁ+! - 수영

응. -_- 꾸울꺼억~. 잘 먹었어 ~〉_〈 - 다연

다연이는 식탁에 천원을 내려놨습니다. -_-^

이게 뭐야? -_-^ - 수영

밥값. -_- - 다연

다연이는 이 말을 하고는 SM5란 멋진 차를 타고 ㅠ_ㅠ(가난한 자의 슬픔…… -_-;;) 사라졌습니다. -_-^

전 천원을 제 주머니에 쑤욱 넣고 -_-;; 늦잠을 자고 있는 소민녀

석을 깨우러 갔습니다. -ㅁ-;

오빠! 일어나! 일어나! 〉ㅁ〈! - 수영

전 녀석의 엉덩이를 찰싹~ 찰싹~ 때리며 사디스트의 기질을 조금 느꼈습니다. -_-;;;;;;

녀석은 엉덩이를 매만지며 일어났습니다.

야, 유수영. 누가 내 엉덩이 만지래. =_= - 소민

오…… 오빠가 안 일어나니까 그렇지~. *-_-* - 수영

쯧쯧쯧……. 얼굴 표정 봐라. -_- - 소민

내…… 내 표정이 어떻길래……. o_o (니 표정 엽기다 -_-;)

전 녀석에게 토스트를 던져주고 방에서 나왔습니다. -_-

쮸봉아~ 밥 묵자~. 〉_〈 포도 넌 먹지 마! 쉣! 쉣! -_-+ - 수영

쮸봉이는 너무 안 먹어서 말랐고…… -_-;; 포도는 너무 먹어서 다이어트가 필요했습니다. =ㅁ=^

강아지는 주인을 닮는다더니 딱이네. -_- - 소민

무슨 뜻이야? -_-^ - 수영

좋은 뜻이야. -_- - 소민

전 소민녀석을 째려보았습니다. -_-^ 포도는 그때를 틈타 쮸봉이의 사료를 아구아구 순식간에 먹어버리고 끄억~ 하는 트림을 내더니 아무 일도 없었다는 듯 누워 있었습니다. -_-; 쮸봉이는 슬픈 눈을 하며 소민녀석에게 안겼습니다. -_-^

쮸봉아~ 포도가 그렇게 니 밥 뺏어 먹었어? 웅? 으휴~ 니가 주인을 잘 만났어야지~ 이제부터 내가 밥 줄게~. - 소민

오빠, 무슨 뜻인지 나의 호기심을 팍 자극하는데? -_-^ - 수영

좋은 뜻이라니깐~. -_- - 소민

소민녀석은 쭈봉이에게 우유를 덜어서 주었고, 전 우유를 향해 반짝이는 눈을 보이는 포도를 꽈악 껴안고 절대 못 가게 했습니다.

무…… 무슨 강아지가 힘이 이리 세……. 끄억~. @0@!

소민녀석은 포도의 눈빛을 보더니 딱 한마디만 했습니다.

누구 닮았네. -_- - 소민

그 누구가 누구야? -_-+ - 수영

저도 모르게 주먹을 꽉 쥐면서 포도를 안고 있던 손에 힘이 들어가자 포도는 '깨갱~ 깨갱~' 거리며 -_-;;; 살려는 욕구를 강하게 나타냈습니다.

소민녀석은 피식 웃으며 간단명료하게 말했습니다.

너! -_- - 소민

뭐야! +ㅁ+! 어떻게 여자친구한테 그럴 수 있어? 돼지라 그러질 않나, 빙신이라 그러질 않나……. 그리고 강아지한테 그렇게 차별을 하면 안 되는 거야! >ㅁ<! - 수영

그래서? -_- - 소민

뭐!? ㅇㅁㅇ…… (황당함의 극치 -_-;) - 수영

그래서 어쩌라는 거야? -_-^ - 소민

ㅠㅇㅠ! #$@$%@%@#~!*#&$%&@*#*@#$@!ㅠㅇㅠ! - 수영

뭐래냐? -_-a - 소민

ㅠ_ㅠ……. (포기 -_-;;) - 수영

소민녀석은 굉장히 부드럽고 싱그러운 웃음을 (-_-?) 지으며 말했습니다.

귀엽단 말야……. 아무리 봐도……. ^-^ - 소민

내가~? 우헤헤헤~. -V-* - 수영 (착각도 지랄병이다 -_-;;)

아니 쭈봉이. -_- - 소민

울컥울컥! @0@! 나 삐.졌.어! +口+!(쯧쯧 -_-;)

전 휙 돌아서 포도를 그냥 놔두고 제 방으로 후닥닥 들어 가버렸습니다. =_=;;

야! 너 왜 그래? - 소민

몰라! -_-+ - 수영

몰라~. 알 수가 없어~. 흠흠……. -_-;; (언제 적 유머를 -_-;)

전 이불을 뒤집어쓰고 엄정화의 〈다가라〉를 틀어놓은 채 소리를 질렀습니다. -_-;

다 가라! 헤이 보이! 어어엉~. ㅠ0ㅠ! - 수영

야, 유수영. 너 미쳤냐? -_-;; 왜 그래! - 소민

몰라! >口<! 말 시키지 마! 다 가. 다 가라……. T^T - 수영

전 이불을 뒤집어쓰고 베개를 주먹으로 퍽퍽 치며 -_-;(헉! -_-;) 한참 동안 삐진 티를 다 냈습니다. -_-;; 소민녀석은 제 방문을 열고 이불을 뒤집어쓰고 있는 절 보더니 이마를 묵묵히 짚으면서 말했습니다.

잘못했어. 안 그럴 테니까 나와. -_-^ - 소민

싫어! >口<! 오빠 또 나한테 돼지라고 그럴 거잖아! - 수영

띠파! 나 배고프단 말야! 밥해! -_-+ - 소민

소민녀석은 콰앙~ 하고 문을 닫았습니다…….

그래…… 난 너의 식모밖에 안되지? -_-…… 돼지논에 빙신논이

64 키스중독증 2

란 말이지?O_O (착각의 나래 속으로 빠진 수영 -_-;)

야! 밥 안 해? -_-^ - 소민

네, 안소민씨가 시키면 그렇게 해야죠. (-_-) - 수영

뭐? -_-; - 소민

밥하라면서요~. 저 돼지논에 빙신논이거든요? 그러니까 비켜주실 래요?

(-_-) - 수영

야, 너 왜 그래? -_-;;;; - 소민

밥하라면서요……. (-_-) - 수영

제가 고개를 휙~ 휙~ 돌리자 소민녀석은 제가 고개를 돌리는 쪽에 자신의 얼굴을 들이대며 이렇게 말했습니다. -_-

야~ 화 풀어~. 내가 잘못했어~ 응? **^_^** - 소민

아…… 아니에요. 저 돼지논이라 밥해야 돼요. (_*) - 수영 (흔들리고 있다 -_-;)

우웅~ 왜 그래……? 난 수영이가 해주는 밥이 맛있어서 해달라는 건데……. **^_^** - 소민

커헉~ 피…… 분출하겠습니다. *O_O*

녀석에게 저런 면이 있었다니……. 떠억~ 떠억~. ㅇㅁㅇ!

화…… 화 풀었단 말야! >ㅁ<! 이제 얼굴 그만 들이대! - 수영

그래? -_- - 소민

헉! 저 엄청난 표정변화! +ㅁ+! 나중에 소민녀석 연기자 시켜야겠습니다. -_-;;

야, 그럼 빨리 밥해. -_- - 소민

응? 으응······. ㅇ_ㅇ;; - 수영
오늘 소민녀석의 또 다른 면을 보게 된 하루였슴니다. +ㅁ+;;;
오빠, 한번만 더 웃어봐~ 응? +ㅁ+;; - 수영
아~ 됐어. 이제 화내지 마. -_- - 소민

#59

지희. 번외. 소박맞은 여인?!
　세상에서 가장 기분 더럽고 개 같은 느낌이 생기는 일 중 하나는…… 소박을 맞는다는 거였다. -_-^

미안……. 우리…… 헤어지자.
말도 안되는 그 말 한마디에 나 권지희…… 17살의 처녀 가슴은 완전히 짓이겨졌다. -_-^
지희야…… 기운 내~. 남자가 한둘이니? ^-^ - 수영
그래! 남자가 한둘이냐?! 아자! 아자! 아자…….
흑흑……. ㅠ_ㅠ 나 어떡해~. 그 자식 못 잊겠어. ㅠ^ㅠ - 지희
지…… 지희야~. ㅜOㅜ! 울지 마~. - 수영
바보 같지만 그래도 착한 내 친구 수영이는 내가 울자 그 두 배로 펑펑~ 울더이다……. -_-;; 오히려 내가 수영이를 달래줬다.
난 수영이와 함께 짚으로 사람 모형을 만든 뒤 그 자식 이름을 붙이고 심장 쪽을 바늘로 콕콕 찔렀다. -_-;;
야, 이래도 괜찮을까? O_O;; - 수영
야~ 미신이야! 한번 해보는 거지 뭐! -_-^ 쳇. 나를 차고서도 잘 되나 보자! -_-+ - 지희

성이 안 풀린 나는 여자화장실에서 포효하며 그 짚인형을 뜯고 깨물고 바늘로 마구마구 쑤셨다. -_-;;

지…… 진정해! 지희야! +ㅁ+;; - 수영

커헉~ 커헉! -_-^ - 지희

솔직히…… 나 차인 적…… 많다. -_-^ 하지만 이렇게 열 받는 이유는…… 그 자식이 나와 헤어진 이유가 쭉쭉빵빵 여자를 좋아한다는 것 때문이었다. -_-+ 난 그때부터 몸매 좋은 여자에겐 무조건 욕설을 내뱉고 침을 뱉으며 걸어갔다. -_-;; 유치하다 해도 상관없다. -_-^ 처녀 가슴에 못을 박은 남자들이 날 이렇게 만들었기 때문이다! -_-+

지희야! 지희야~ 헉헉. -ㅁ-;; - 수영

왜 그래? -_- - 지희

그…… 그때 너 차버린 놈……. 우리가 저주한 게 효과가 있었나 봐……. =ㅁ=;; - 수영

뭐!? O_O - 지희

니가 짚인형 머리를 집중적으로 물어 뜯고 -_-;; 그랬잖아~. 근데, 그 자식 머리 삭발하고 왔어 ~. 어제 개한테 머리카락을 다 뽑혔대나 뭐래나~. +ㅁ+! - 수영

난 수영이를 데리고 그 자식 반으로 갔다. -_-;; 완전히 삭발을 한 그 자식의 모습을 보고 반에 스님이 와 있는 줄 알았다. -_-;;

그 자식이 날 흠칫! 하며 쳐다보자 난 최대한 살기 띤 미소를 지으며 유유히 반을 지나쳤다…….

후훗. -V-*. 날 버린 죗값이야! (이런 여자 만나면 안된다 -_-;;)

68 키스중독증 2

아휴~ 속 시원하다! >_< - 지희
근데 지희야……. 저 오빠가 자꾸 너 쳐다본다. -_-;; - 수영
뭐? O_O - 지희
난 오빠라는 말에 샤라라랑~ 머릿결을 살짝 휘날리고 -_-;; 최대한 이쁜 척을 하며 뒤를 보았다. -_-;;
O□O…… - 지희
부드럽게 흘러내리는 은색 머리……. 날 쳐다보다 놀라서 귀엽게 커진 흑진주색 같은 눈, 오똑한 코, 앙증맞게 다물어져 있는 연분홍색 입술……. 꼬…… 꽃소년이다! *□*
지…… 지희야? -_-;; - 수영
수영이가 손으로 내 눈앞을 휘이~ 휘이~ 저었을 때야 정신을 차리고 그 남자를 계속 쳐다보았다……. 그 사람은 친구들과 웃으며 저~ 쪽으로 사라지고 있었고…… 그 무리 중 한 사람이 우리 쪽으로 달려오고 있었다…….
야, 유수영. 너 왜 여기 나와 있어? 교실로 들어가. - 소민
응? O_O;; 아…… 알았어~. - 수영
-□-; - 지희
수영이 논의 서방님이 달려오셨구만. -_-;; 쓰읍~. 아무리 봐도 미남이란 말야……. +□+! 도발적인 빨간색 머리칼을 오묘하게 소화하고 컬러 렌즈를 꼈는지 연한 하늘색 눈빛에 키도 크고…… 입술도 새~ 빨간 게…… 도발적이네……. *O_O*
수영아 가자. -_- - 지희
응? 어~. ^-^ - 수영

하긴…… 수영이 논 귀엽게 생겼지……. -_-;; 갸름한 얼굴에 땡그란 눈……. 누구라도 키스하고 싶은 빨간 입술에 비례가 잘 맞는 코……. 키도 꽤 크고……. 띠파……. +_+…… 생각해 보니 난 키도 작고, 눈은 부리부리하고, 입술은 퉁퉁 부어서 순대껍질 같고 코는 주먹코잖아. -_-^ 이거 딸리네……. -_-^

에휴 권지희. 남자한테 소박맞은 게 몇 번째냐? -_-=33 - 지희

언제 한번 사랑점을 본 적이 있다. 남자는 많이 생기겠지만 진정한 사랑은 찾아오기 힘들겠다고……. 지금 그 말이 갑자기 왜 생각나는지……. 그땐 그냥 흘려들었는데…… 휴~.

지희야, 웬 한숨이야? 어디 아파? O_O - 수영

아니. -_-=33 남자가 없어서 그래~. 남자가! +ㅁ+! - 지희

남자가 왜 없어? O_O;; 여기 우리 반에도 얼마나 많은데! - 수영

그래그래…… 내가 너한테 뭘 바라겠니……. -_-;;;

괜히 한숨을 푹푹 쉬다가 여자아이들의 수군거리는 소리와 함께 까악까악 왠지 팬클럽 분위기를 내는 소리 때문에 일어나 보았다…….

어? 쟤가 니가 말하던 그 돼지!? O_O -??

그 사람이다……. 은색 머리…….

어~ 맞아! 수영아 얜 이민호야! 내 축마고우 친구지. -_-v - 소민

이름이…… 이민호구나. 멋지네! +_+…….

이 사람을 빤히 보고 있자니…… 내 걸로 만들고 싶다는 생각이 들었다. 다시는…… 소박 같은 거…… 안 맞을 거 같은 예감……. 하지만 그 사람은……. -_-;;;

그건 그렇고…… 이 땅꼬마는 뭐냐? -_- - 민호
따…… 땅꼬마! -_-^ 내가 제일 싫어하는 말을 하다니……. +ㅁ+!
따…… 땅꼬마!??! -_-^ - 지희
아아~ 권지희…… -_-;;; 성깔 나왔구나……. 아…… 안돼…… 안
돼……. 더 이상 폭발하다가는 이 남자 못 꼬신다. -_-;;;;
어? 스머프 같애~ 스머프~. 푸풋! 〉_〈 - 민호
빠직……. —_—^
+ㅁ+! - 지희
이런 첫 만남은 싫단 말야……. ㅠ_ㅠ…… 하지만 이런 첫 만남이
영원히 계속될 줄이야……. ㅠ_ㅠ
…….
……
야! 스머프. 너 걸어다니고 있는 거 맞냐? 쿠쿡……. 기어 다니고
있는 거 같아……. —,.— - 민호
뭐…… 뭐야!?!? +ㅁ+! - 지희

소박맞은 여인!?

#60

끄억~ 지~ 지~ 각이다! TOT! - 수영
소민녀석은 오늘따라 아침 일찍 나가버렸고 전 늦잠을 자버렸습니다. ㅠ_ㅠ……. 아침 9시……. ㅠ_뉴…… 전 늦었다 싶어 버스를 탔습니다. -_-;;
휴…… 유수영 미쳤어…… 미쳤어……. -_-; - 수영
전 버스 안에서 괜히 머리를 콩콩 쥐어박으며 있다가 왠지 시선이 느껴져 뒤를 돌아보니 노란색으로 탈색한 머리를 가진 남자가 킥킥거리며 웃고 있었습니다. -_-^
전 내릴 때가 되어 허둥지둥 내렸습니다.
아자! 전력질주! 두두두두! +_+! - 수영
다행히 1교시 전에 도착해 숨을 고르며 앉았습니다. =ㅁ=;
오오~ 나이스 타이밍! 짝짝짝! +_+! - 민재
헉헉헉…… 브이~. -_-v - 수영
지랄. -_- - 지민
-_-;;;; - 수영
전 자리에 앉아 선생님이 오길 기다렸습니다……. -_- 한 5분 정도 앉아 있으니 선생님이 들어왔습니다……. 근데 샘 뒤에…… 노랑머리는? 헉! =ㅁ=;; 나보고 웃었던 놈이다! +ㅁ+! (이런 거만 잘

기억한다 -_-;)
새로 전학 왔는데, 이름은 이선민이다. 경기도에서 전학 왔단다.
선민아 ^-^ 인사해라. ^-^ -샘
안녕? 이선민이라고 한다. ^-^ 반가워. - 선민
반가워~. *)ㅁ(*! - 여자애들. -_-;
씨파……. -_-^ - 수영
이선민이었단 말인가……. 이선민……. 저와 중학교 때 잠깐 사귀었던 녀석……. (꽤 바람녀였다 -_-;;) 하지만 사이코라는 걸 알고 바로 깨졌던 놈인데……. 저 자슥이…… 왜 여기를? O_O……
어~ 수영이! 오랜만인데! ^-^ - 선민
선민이란 자식은 저를 향해서 걸어오더니 제 앞에 턱~ 하고 앉았습니다. -_-^
뭐야? -_-+ - 수영
전 선민녀석만 보면 왠지 모르게 차가워집니다. -_-^ 지희가 민재만 보면 차가워지는 것처럼……. —_—;;
워워~ 이런~ 여전히 성깔 있군. ^-^ - 선민
너 뭐야? - 민재
민재가 보라색 머리칼에 비치는 보라색 눈빛으로 선민이를 뚫어지듯이 차갑게 쳐다봤습니다. 허억~. -_-; 지민이 버금가는 차가운 눈이었습니다. =ㅁ=;;
남자친구? - 선민
아니야! +ㅁ+! - 민재
-_-^ - 수영

민재가 남자친구 아닌 건 알지만 그렇게까지 부정할 줄이야. -_-^
쓰파……. -_-^

그럼 뭔 상관이야? -_-^ - 선민

나도 정말 상관하기 싫어! +ㅁ+! 하지만 이렇게라도 얘 안 지키면 난……-ㅠ…… 소민형한테 죽는단 말야! ㅠOㅠ! - 민재

-_-;;;;;; - 수영

소민? 안소민? - 선민

어? 이름 아네? =ㅁ= - 민재

유수영, 너 안소민이랑…… 사귀냐? - 선민

응. - 수영

그 자식이 잘해주던? -_-^ - 선민

"잘해주긴 개뿔이……. -_-^ 돼지라고 놀리고, 날 식모로 알고, 싸가지 만땅에 왕자병 말기 환자야" -_-^ 라고 말해주고 싶었지만……. -_-;; 저 자식은 그렇게 말하면……. 읍수……. @0@;;; 다시 사귀자고 지랄 떨 껍니다. -_-^

그……그러엄~. ^_^ 매일매일 밥해주고~ 매일 아침마다 모닝키스 해주고 매일 밥도 만…… 만들어줘~. ㅜ_- - 수영

근데 얼굴과 말이 다른 거 같은데? -_-;; - 선민

우흑~. ㅠ_ㅠ…… 아…… 아냐~. 얼마나 잘해주는데~. - 수영

그래? -_-a - 선민

민재와 지민이는 절 안타깝게 쳐다보며 나란히 혀를 끌끌 찼습니다. -_-;;;

하지만…… 난 그 사람보다 더 잘해줄 자신 있어. ^-^ - 선민

덜컹~. *ㅁ*······
선민자식의 단호한 얼굴을 보자 심장이 덜커덩~ 하고 주저앉았습니다. =ㅁ=;;
이······ 이 심장이 왜 이래? =ㅁ=;
얘들아~ 나 왔······. 야, 이 자식 왜 여기 있냐? -_-^ - 지희
권지희······ 오랜만이네. ^-^ - 선민
얘 전학 왔어. -_- - 수영
지희는 제가 선민이 자식과 사귈 때부터 말렸었습니다. =ㅁ=;; 그때 지희 말을 들을걸~. 우흑~. ㅠ_ㅠ······
너 수영이한테 다시 한번 더 집적대봐라. 너 그때처럼 소민오빠한테 디지게 죽을 줄 알아! -_-^ - 지희
그때······ 처럼? 그럼······ 선민이가 언제 소민녀석에게 디질라게 죽은 적이 있단 말인가? O_O;;
저 지희야. 소민오빠가 선민이 만난 적 있어? O_O - 수영
어? 아······. -_-;; - 지희
킥······. 만난 적 있지. - 선민
너 조용히 해! - 지희
지희가 싸늘한 눈으로 선민이를 쳐다보며 말했습니다.
뭔데 그래? 나한테 말 못하는 거야? - 수영
수영아 그게······. - 지희
지희가 저에게 막 말을 하려는 순간 지켜만 보고 있던 선민이가 킥 웃으며 말했습니다.
안소민······ 중학교 다닐 때 날 찾아왔었어. - 선민

#61

세상에는 두 가지 사랑이 있지……
슬픈 사랑……
행복한 사랑…….
우리는…… 언제나 행복한 사랑으로 이어지길 난 바랄뿐야.

뭐?! - 수영
안소민……. 나 중학교 다닐 때 찾아와서 너 포기하라고 하더군. 난 너 포기 못한다고 하니까 날 반 병신 만들어 놓고 갔어. -_-=33 그 때만 생각하면 정말 죽이고 싶을 정도로 싫어. -_-^ - 선민
재수 없는 놈…….- 지희
지희는 시건방지게 선민녀석을 쳐다보면서 팔짱을 끼고 조용히, 싸늘하게 중얼거렸습니다…….
오오오~ +ㅁ+;; 권지희양! 쳐다보는 모든 이를 얼음으로 만들고 있습니다~. 대단한 신기록입니다~. (올림픽 버전 -_-;)
하지만 난 포기 못하고 널 만나러 왔지, 유수영. ^-^ - 선민
미친놈. -_-^ 내가 말했잖아. 나 너 절라 싫어해. -_-+ - 수영
싫어하면 좋아하게 만들면 되지~. -v-* - 선민
내가 널 좋아할 거라고? 웃기지 마. -_-^ 지민이가 우릴 보며 "안

녕~"이라고 말해줄 날 기다리고 있구만. -_-+ (지민이는 지금까지 우리보고 안녕이란 말을 한번도 안 해줬다 -_-;)

얘 누구야? -_- - 지민

어!? +ㅁ+! 얘도 꽤 이쁘게 생겼네? o_O - 선민

선민이는 지민이의 턱을 붙잡고 쓰윽 얼굴을 들이대며 말했습니다. -_-; 지민인 얼굴을 찌푸리더니 손바닥으로 선민이 얼굴을 쫘악~ 하고 때렸습니다. -_-;;;

아악! - 선민

어디다가 면상 들이대고 있어. -_-^ 쏠려 짜샤! - 지민

선민이가 고개를 들었을 땐 얼굴 정면에 손바닥 자국이 쩌억~ 하니 나 있었습니다. -_-;;

이런 젠장……. 앤 얼굴만 이쁘지 성격은 개떡이잖아. - 선민

야, 개떡 맛있어. -_- - 지희

지희의 한마디로 주위에는 팽귄들이 뽈뽈 기어다녔습니다. -_-;

아…… 권지희 절라 썰렁해. -_-;; - 지민

—_—;; - 수영

뭐야! 지희~ 그걸 유머라고 한 거였어? >_< - 민재

지희는 많은 사람들의 눈총을 받으며 자신의 반으로 사라졌습니다. -_-;; 아마도 제 생각엔 공책을 쭈욱~ 쭈욱 찢으며 '왜 그런 말을 했을까' 자기비하를 하고 있을 겁니다. -_-;;

그건 그렇고 넌 도대체 누구냐? -_-^ - 선민

선민이가 가리킨 건 민재였습니다. 민재가 험악하게 선민이를 째려보며 막 말을 하려는 순간 지민이는 활짝~ 꽃미소로 -_-;;; 주위

에 있는 남자들을 휙휙~ 쓰러트리며 말했습니다. -_-;;

내 남자친구~. >_<* - 지민

뭐?! =ㅁ=! - 민재

민재는 황당하단 듯이 지민이를 쳐다봤지만 뒤에서 지민이가 주먹을 꽈악 쥐자 울먹이며 말했습니다.

민호혀엉~ 보고 싶어~. ㅠ0ㅠ! - 민재

지민이는 말없이 민재를 구석으로 끌고 가더니 "다시 한번 말해봐" -_-^ 하면서 민재를 구타하고 있었습니다.

오호라! +ㅁ=! 이게 바로 학교폭력! +ㅁ+! (할말 없다 -_-;;)

유수영. - 선민

왜? O_O - 수영

선민이는 절 진지하게 쳐다보더니 말했습니다…….

난 한시도 널 잊은 적이 없어……. -_- 선민

난 한순간에 너 잊어버렸는데? -_-; - 수영

저 꽤 잔인합니다. -_-;;

선민이는 인상을 파악! 쓰며 말했습니다.

정말? 정말정말정말정말정마알~~? +ㅁ+! - 선민

정말. -_-;;; - 수영

말? 말타기. +_+ - 선민

기름. -_- - 수영

젠장! 졌잖아! >0<! - 선민

전 오로지 선민녀석만 보면 생각나는 말이 딱 하나 있습니다. -_-

미.친.넘……. -_-;;;;

#62

그러니까…… 선민이란 자식이 왔다? -_-^ - 소민
응. =ㅁ= - 수영
저녁입니다. 야심한 저녁. -_-;; 소민녀석은 저녁 늦게 들어와 물을 마시다 선민이 얘길 듣고는 물을 푸우 ~ -_-;; 뱉어버린 채 플라스틱 컵을 터질듯이 잡고 있숩니다. -_-;;;
니네 반에 전학까지 왔단 말야? -_-^ - 소민
어. -_-; - 수영
젠장……. —_—^ - 소민
오빠 언제 한번 선민이 찾아가서 죽어라 팼다며? =_= - 수영
소민녀석은 멈칫하더니 쓰윽…… 하고 -_-;; 엄청나게 살기 띤 눈으로…….
그 자식이…… 말했냐? - 소민
네……. 아니아니……. -_-;;;; - 수영
맞군……. - 소민
소민녀석 주위에 엄청난 검은 오로라가 퍼지면서 녀석의 눈빛은 금방이라도 터질 듯했고, 주먹은 꽈악 쥔 채 힘줄이 여기저기서 불끈불끈 -_-; 거렸숩니다. 녀석은 입술을 살짝 깨물고 조용히 중얼거렸숩니다. -_-;;;;

"죽.었.어." -_-;;;;;;;

근데 오빠, 선민이 왜 찾아온 거였어? -_-+ - 수영

어? -_-;; 그건 말이지……. 왜긴 왜야!! 니가 그 자식이랑 사귀고 있었잖아! - 소민

그것 땜에 온 거야? 정말? 정말정말정말정말정말…… 으읍! @0@! - 수영

전 선민이를 따라하다 -_-;; 소민녀석이 입에 식빵을 처박는 바람에 조용히 입을 다물고 있어야 했습니다. -_-;

먹을 거 주니까 조용하네. -_- 역시 옛 어른들의 말은 하나도 틀린 게 없군. - 소민

소민녀석 대학교 갔다고 저한테 괜히 잘난 척, 아는 척 으쓱으쓱~ 어깨를 들어올리며 -_-^ 절 깔봅니다. -_-+

언제 한번 그 어깨 위를 부셔 버리리라. 쿠오오오오~. +ㅁ+!

아~ 왜 이렇게 어깨가 욱신거리지? -_-? - 소민

-_-;;;; - 수영

야, 돼지야. 너 바람 안 폈지? -_-+ - 소민

오빤 미팅 같은 거 안 갔지? -_-+ - 수영

쭈봉이와 포도가 저희 둘을 어리둥절 바라보다 지네끼리 개껌 가지고 질겅질겅 씹으며 놀고 있습니다. -_-;;

아…… 개들아. 그 껌 맛있니? -_-;; 한번 씹어봤는데 졸라 맛없던데. -_-;;

제가 그 개들을 보고 있자 소민녀석은 버럭 소릴 지르며 말했습니다. -_-;

야! 너 왜 내 말 씹어! 내 말이 짜파게티야?!??! +ㅁ+! - 소민
도대체 자기 말을 씹는 것과 맛있는 짜파게티는 무슨 관계가 있단 말인가. -_-;;;;
아…… 아니. ;; - 수영
야, 난 너 믿는다 믿어~. -_-+ - 소민
오빠. 자꾸 믿는다고 강조하는 사람은 사실은 그 사람을 믿지 못하는 거래~. -0- - 수영
소민녀석은 한번 절 흘낏 차갑게 째려보았습니다. -_-;;
헉 무섭다. -_-;;
소민녀석은 한숨을 푸욱~ 쉬더니 말했습니다.
그래, 믿을 수가 없다고……. 그 자식이 너한테 돌아왔다면……
휴……. - 소민
누구? ㅇ_ㅇ - 수영
선민이 자식 말야! 그 새끼 얼마나 진드기인지 알아!?!?+ㅁ+! 옛날에 나한테 죽도록 맞았어도 너하고 깨진다는 말 안 했던 녀석이야! - 소민
소민녀석이 저렇게 흥분하는 것은 처음 봅니다. -_-;; 얼굴을 씩씩~ 거리며 빨개진 채 -_-;; 눈은 부릅뜨고 죽일 듯이 벽을 바라보고 있고, 손은 벽을 쾅쾅쾅! 치며 -_-; 정말 선민자식이 싫은지 얼굴 표정이 오만 가지로 변하더군요. -_-;;
그때 수민녀석이 안 도와줬으면 그 자식 너 스토커처럼 쫓아다녔을 거야. 후……. 생각만 해도 열 받는다. +ㅁ+ - 소민
아무튼 말야…… 그 자식 정말 맘에 안 들어! 그 자식과 같이 있지

마! 으윽! 내가 죽을 거 같아. +ㅁ+;; - 소민

-_-;; 아…… 알았어. - 수영

소민녀석은 가슴을 움켜쥐고 말했습니다. -_-;;

씨파…… 관절염. -_-;; - 소민

녀석은 심장에 관절염이 있나 봅니다. (-_-?)

관절염은 트라스x 가 와땁니다~. 고조~ 한방 붙이면 48시간 동안 끄떡! 없습니다~. (-_-)b (뭐냐 -_-;;)

야, 내일부터 내가 학교 데려다 줄게. -_-^ - 소민

응? 응~. ^-^* - 수영

왠지 선민자식이 고맙습니다. -_-;; 그동안 소민녀석과 함께 있는 시간이 적었는데 선민자식 덕분에 뜻밖의 이런 데이트 시간이 생기다니~. 우헬헬헬~. -v-*

애 표정 또 그러네……. -_-^ 너 자꾸 그러면 저 멀리로 던져버린다. -_-+ - 소민

알았어~. 알아~ 떠~. -v-*,- 수영

이거 정말 안 되겠네. -_-^ - 소민

흠칫! -_-;;;; 전 소민녀석에게서 두 발짝씩 떨어진 뒤 방으로 후닥닥 ~ 들어갔습니다. -_-;; 그리고 전 잠이 들었습니다. -_-;;;; (어디서나 잠을 자는 저 굳은 심지~ -_-;;)

야! 야! 야 이 돼지야! +ㅁ+! - 소민

우움~? =ㅁ=;; - 수영

아, 진짜! -_-^ 너 자면서 침 흘리냐? -_-+ - 소민

푸헬~. 나가! 왜 들어와 있는 거야~. 그리고 내가 침을 흘리든 말

든 무슨 상관이야! >ㅁ<! - 수영

벌써 아침인가 봅니다. -_-;; 창가로 밝은 햇살이 환하게 비춰주는 걸 보아……. -_-;;

그런데 내 방이 이렇게 깨끗했었나? -_-;;;;

야, 내 방이야. -_-^ 어제 내 방에 들어와 자더라. -_-+ - 소민

-_-;;;;;;; - 수영

그럼 내가 들어간 곳이 소민녀석 방이었단 말인가. -_-;;

전 후다닥~ 일어나서 씻고, 교복으로 갈아입고 소민녀석 앞에 짜짠 ~ -_-;; 하고 나타났습니다. =ㅁ=;

야~ -_- 초스피드다. 정확히 5분 걸렸어~. 오오오~. +_+ - 소민

후후후. -_-v - 수영

뭐하냐? -_- 가자. - 소민

ㅇㅁㅁ…… (무시당한 수영 -_-;;) - 수영

녀석과 함께 하는 등굣길이 너무나 상쾌합니다. ^-^ 정확히 한 달 전에는 녀석과 함께 이렇게 다녔었는데…… 지금 녀석은 너무나 어른스럽고 멋진 남자로 변했습니다…… 까흑 ~)_<* 생각해보니 나 복받은 눈이잖아~. -_-; (이제 알았냐? -_-;)

야, 뭐해? -_-;; 얘 표정이 수시로 변하네……. 뭐 잘못 먹었나? 오늘 먹은 식빵이 상했나? -_-;; 유통기한은 넘었지만 버티려고 했는데……. -_-;; - 소민

우엑~ @ㅠ@! - 수영

전 소민녀석의 말을 듣고 심한 구역질을 느꼈습니다. -_-;; 오늘 아침, 식빵을 좋아하는 소민녀석이 왜 우유만 마시고 갔는지 알았습

니다. -_-^

오빠 나 갈게~. >ㅁ<! - 수영

어. 조심해! 차조심! 그리고…… 남자조심! -_-+ - 소민

응~ 응~ ^-^* - 수영

부드러운 미소를 지으며 절 향해 웃어주는 저 사람이 제 남자인 게 너무나 좋습니다. ^-^ 오늘 기분이 너무나 좋을 것 같습니다. >_<*

어? -_-;; 이게 뭐야? -ㅇ-;; - 수영

신발장을 여는 순간 제 눈앞에 보이는 작은 쪽지…….

뭐지? O_O 혹시…… 사랑의 편지!? +_+

전 허둥지둥 편지를 열어봤습니다. +ㅁ+

"나야…… 선민이. 우리 학교 체육관 앞에서 만나자?!"

#63

도대체 왜 오라는 거야? -_-^ - 수영
전 선민녀석의 말 그대로 학교 체육관으로 왔습니다. -_-^
나보고 오라고 그러곤 왜 안 오는 거야! -_-+ 아차. 소민녀석이 그 자식이랑 만나지 말라고 했는데……. 으음……. -_-;;; 괜찮겠지 뭐! ^-^ - 수영
전 체육관에 들어갔습니다. -_-
아무리 기다려도 안 오기에 들어가봤더니…… 어두컴컴한 게. 허어~. -_-;;.
아씨. 뭐야! 왜 안 오는……. 까악! 으읍! - 수영
누군가 제 손을 끌어 제 입을 막았습니다.
순간 놀랐지만…… 이…… 이 향기는…….
나야…… 안소민. - 소민
소…… 소민오빠? O_O;; 어…… 어떻게 여길……. - 수영
왜? 선민자식이 아니라서 그러는 거야? - 소민
그…… 그게 아니라……. - 수영
소민녀석 눈빛이 굉장히 차갑습니다.
어…… 어떡하지? -_-;;
내가 어제도 말했지? 그 자식 조심하라고. 이런 외진 곳에서 그 자

식이 널 덮치면 어쩌려고 그러는 거지? - 소민

오…… 오빠. - 수영

소민녀석은 차가운 목소리와 싸늘한 눈으로 절 쳐다봤습니다. 그리곤 저한테 조금씩 다가왔습니다.

오빠…… 왜…… 왜 그래? 으읍! - 수영

녀석은 순식간에 절 덮쳤고, 전 녀석에게 반항조차 못하고 두 손을 압박당했습니다. ……교복단추가 하나하나 풀려져 나가는 걸 느꼈습니다.

오…… 오빠! 싫어…… 싫어……. ㅠ_ㅠ - 수영

소민녀석은 끝까지 절 무시하고 결국 제 블라우스까지 아슬아슬하게 벗겨냈습니다. 그리곤 목과 어깨에 조금씩 입술을 대며 흔적을 남겨댔습니다. 전 몸을 움찔거리며 녀석의 옷자락을 잡았을 뿐입니다.

오빠…… 하지 마……. 그만해……. ㅠ_ㅠ - 수영

싫어……. - 소민

그때…… 체육관의 문이 콰앙! 하고 열리더니 벅찬 숨을 헉헉거리며 화난 눈을 무섭게 치뜨고 있는 선민녀석이 보였습니다.

뭐하는 거죠, 안소민 선배? - 선민

소민녀석은 제 어깨에 얼굴을 파묻고 말했습니다.

보고도 몰라? ……방해하지 말고 꺼져. - 소민

소민녀석은 차가운 눈빛으로 선민녀석을 바라봤고…… 선민이는 얼굴이 화끈~ 해지며 소민녀석의 얼굴을 -_-;; 퍼억~ 하고 날렸습니다. 전 옷매무새를 가다듬고 소민녀석에게 달려갔습니다.

오…… 오빠! 오빠! 이…… 이거 놔! - 수영

선민이는 제 손을 잡고 마구 끌고 갔습니다. -_-; 전 선민이의 손을 꽈악~ -_-; 깨물곤 소민녀석에게 달려갔습니다.

오…… 오빠~. ㅠ_ㅠ 괘…… 괜찮아? 응? - 수영

퉤! - 소민

소민녀석이 뱉은 침에는 피가 상당히 고여 있었습니다. 전 그걸 보고 열을 받아 선민이에게 마구 소리쳤습니다.

왜 사람을 치고 그래! - 수영

유수영…… 넌 열도 안 받아? 저 자식이 널 덮치려고 했다고! 너를 말야……. 내…… 소중한…… 보석을……. - 선민

전 순간 몸을 움찔거렸고……. 무언가…… 굉장히 잘못되고 있다는 게 느껴졌습니다……. 그러나 전 단호하게 말했습니다.

소민오빠라면 괜찮아. - 수영

전 소민녀석을 꽈악 끌어안았습니다. 소민녀석의 눈은 커졌고, 반대로 선민이는 조용히 고개를 숙였습니다…….

미안…… 미안해. 난 이 사람…… 너무 사랑하게 되어버린 걸…….

젠장! - 선민

선민이는 체육관 문을 꽈앙! 닫고 나갔고…… 전 주저앉아 눈물을 뚝뚝 흘렸습니다.

유수영……. - 소민

왜…… 흑……. 이 나쁜~ 놈아! ㅠ_ㅠ - 수영

미안하다……. 내가 어떻게 됐었나봐. - 소민

내…… 내가 얼마나 무서웠는지 알아? ㅠ_ㅠ…… - 수영

소민녀석은 절 안아주며 갑자기 크게 웃었습니다. -_-;;;
가…… 갑자기 미친 건가? -_-;;
왜…… 왜 웃어? O_O;; - 수영
니가 내 거란 걸…… 저 자식한테 통쾌하게 보여준 게 너무 기뻐.
그리고…… 니가 날 향해 보여준 그 믿음이란 걸 보게 돼서 너무
기쁘다. 정말……. ^-^ - 소민
전 소민녀석의 얼굴을 쳐다봤습니다. 이제 전…… 이 사람 없인 못
살 거 같습니다……. 이제 이 사람이 세상에 없다면 저도 이 세상
에서 없어질 거 같습니다.
그런데…… -_- 지금 치는 종 수업 시작종 아냐? -_-- 소민
순간 저희 둘 사이엔 침묵이 흐르고……. -_-…….
으갸갸갸! 지각이다! +ㅁ+! - 수영

제2장
약혼-결혼-신혼여행

#64

지…… 진짜? ㅇ_ㅇ…… - 지희
응……. (_*) - 수영
어제 있었던 일을 지희한테 다 말하니 지희는 한숨을 푸욱~ 쉬며 말했습니다.
소민오빠가 많이 참은 거야. -_- - 지희
뭐? -_-? - 수영
만약에 나라면…… 그냥 콱~ 덮쳐……. 지희
지희는 어디선가 들리는 파열음에 놀란 눈을 지으며 입을 꾸욱 닫았습니다……. 선민이가 어떤 남자애를 죽어라 패고 있습니다.
민재…… 민재다…….
쓰바…… 다시 한번 말해봐. - 선민
쿠쿡……. 이렇게 민감하게 반응하는 거 보니 꽤 상처가 있나 본데? - 민재
닥쳐! - 선민
선민이가 막 주먹을 날리려는 순간 민재는 그 손을 킥! 하고 웃으며 잡았습니다.
이제 더 이상 못 맞아준다……. - 민재
둘 다 그만해. - 지민

지민이는 선민에게 가더니 손수건으로 선민이의 피가 고인 입을 깨끗이 닦아주었습니다. 민재는 눈이 동그랗게 커진 채 그런 지민이를 멍~ 하니 바라볼 뿐이었습니다.

이민재, 니가 잘못했어. - 지민

뭐? - 민재

왜…… 사람 아픈 부분을 건드려? - 지민

하……. 뭐라고 한지민? - 민재

지희는 심각한 눈으로 쳐다봤습니다.

이민호, 이민재란 인간들은 딱 한 가지 버릇이 있습니다. 화나면…… 여자고 뭐고 하나도 없다는 거…….

저리 치워. - 선민

선민이는 지민이의 손을 쳐내며 말했습니다.

지민이는 슬프게 씽긋 웃으며…….

니 기분…… 다 알아. - 지민

선민이는 지민이를 빤히 쳐다보다 말했습니다.

너…… 내 여자친구 할래? - 선민

이 자식! - 민재

그만! 그만! 셋 다 그만해! - 지희

지희가 악을 지르며 세 사람의 사이를 잠시 휴전시켰습니다.

미쳤군. 니네 제발 교실에서 이런 짓거리 하지 마. 싸우려면 나가서 싸워. - 지희

민재는 피식 웃으며 말했습니다.

절라 엿같아. - 민재

민재는 거울을 부셔져라 치고서는 피가 뚝뚝 흐르는 손으로 그냥 나가버렸습니다.
쓰읍……. 기물 파손이네……. -_- (그런 거 따질 때냐? -_-;)
야! - 선민
선민이는 지민이를 쳐다보며 씨익 웃었습니다.
고맙다. - 선민
고맙다고 말하고 싶으면 민재에게 사과하고 와. - 지민
지민이는 몸을 부들부들 떨고 있었습니다. 아마도…… 좋아하는 사람에게…… 실망을 줬기 때문이겠죠.
선민이는 절 쳐다보며 말했습니다.
너…… 정말 나쁜 애다. 정말……. 킥~. - 선민
움찔. 선민이의 초록 눈빛이 왜 이렇게 슬퍼 보였는지……. 선민이의 그 표정에 내 마음이 왜 싸~ 아 하고 아팠는지……. 바보같이…….
야, 사과하러 간다 이 꼬맹아. 너 이제 싸움 같은 거에 함부로 끼어들지 마……. 너 한 대 때릴 뻔했잖아. - 선민
선민이는 지민이를 보고 씽긋 웃었고, 지민이는 고개를 숙이고 "빨리 사과하고 와"라고 하는 듯 계속 중얼거렸습니다.
핏……. 아주 난 모두에게 버림받았구만……. - 선민
선민이는 열려진 문으로 피식피식 웃으며…… 눈에는 잔뜩 눈물이 고인 채 나가버렸습니다. 교실에는 아주 익숙하지 않은 침묵이 흐르고 있었고…… 지민이의 울음소리만 조용히 퍼져 갔습니다.

#65

머리는 지끈지끈…… -_-^ 몸은 비틀비틀…… @_@ 그리고…… 얼굴은 우거지상……. -_-;; 그런 표정을 짓고 있는 사람은…… 바로 한지민양이라~. =_=

야, 이제 그만 얼굴 좀 풀어. -_-;; 너 얼굴 안 풀면…… 정말 무서워. -_-; - 지희

맞아. ㅡ..ㅡ - 수영

지민이는 화난 눈으로 저희 둘을 싸악~ -_-;; 하고 훑어보더니 말했습니다.

상관하지 마. -_-^ - 지민

네……. -_-;;;;; - 수영 & 지희

지민이가 언제쯤 "고마워"라고 말해줄까. ㅜ_ㅜ. (진심으로 '고마워' 하는 말은 한번도 안 들어봤다 -_-;;;)

지민이가 체육시간에 맞춰 체육복으로 갈아입는 순간…… -_-;; 탈의실 문이 드르르륵~ -_-;; 열렸습니다. 지금 여자아이들은 대부분…… 속옷 바람입니다. -_-;;;;

문을 연 사람은 민재였습니다. -_-; 민재는 한번 휙휙 돌아보더니 자신의 책상에서 체육복을 꺼내 갔습니다. -_-ㅋ;;;

까아아~. *)ㅁ〈* 민재야! 책임져! 〉_〈* - 여자애들 -0-;

민재는 한번 힐끗 보더니 말했습니다. -0-

볼 것도 없네. -_- - 민재

민재가 문을 닫자 교실은 광란의 분위기가 되었고 -_-;; 그 순간 민재는 변태로 몰락했습니다. =ㅁ=;; 지민이는 황당한지 어벙~ 하게 있다가 저희가 쳐다보는 걸 알고 -_-;; 허둥지둥 체육복을 갈아입었습니다. =_=;;

뭐…… 뭐해! *)ㅁ〈* 안 갈아입고. -_-+ - 지민

가…… 갈아입잖아~. -_-;; - 지희

전 지희와 함께 허둥지둥 체육복을 갈아입고 -_-;; 마치 지민이의 쫄다구처럼 옆에 찰싹 붙어서 갔습니다……. 고거 기분 더럽더랍니다. -_-;;;

야, 왜 이렇게 여자애들이 몰려 있어? O_O; - 지희

다시 스탠드 계단을 밟고 위를 보니…… 소민녀석과 민호오빠와 심청양입니다……. +_+;;; 소민녀석은 어벙하게 자신을 쳐다보고 있는 절 발견하더니 밝게 웃으며 말했습니다. -_-

야! 돼지야! 체육이냐!? ^0^* - 소민

제길……. -_-;;; 또 돼지래……. ㅜㅜ

소민녀석은 여자들을 손으로 물리치고…… -_-;; 발로 물리치고 (-_-?) 민호오빠는 미안하다고 인사하며 오고 있었습니다. -_-;; 우리의 심청양은 -_-;; 혼자 수많은 여자들의 째림을 받고 있군요. =ㅁ=;

야, 스머프~ 나 왔어~. 〉ㅁ〈! - 민호

으응……. -_-;; - 지희

민호오빠는 지희 앞에만 서면 천진난만한 남자아이로 변신합니다. -_-;;
야, 돼지야. 누구 보는 거야? -_-^ - 소민
어? 아…… 아무것도 안 봤어~. -_-; - 수영
소민녀석은 어느새 제 옆으로 오더니 말했습니다.
걱정돼서……널 놔두고 갈 수가 있나……. -_- - 소민
우헤헤헤~ 그랬어? -v-* - 수영
에이씨. 그냥 놔두구 가야겠다. -_-^ - 소민
자…… 잘못했어요. -_-;; - 수영
근데 내가 뭘 잘못한 거지? (-_-?);;;
그건 그렇고……. 민재녀석 어딨냐? - 민호
지희는 민호오빠를 붙잡더니 아까 있었던 일을 상세하게 말해줬습니다. 소민녀석과 민호오빠의 인상이 찌푸려졌습니다. -_-;;
선민이…… 불쌍했어……. - 수영
제가 약간 쓸쓸하게 말하자 소민녀석의 표정이 정말 무섭게 바뀌며 말했습니다. 읍수. -_-;;
지금 그 새끼 감싸는 거냐? - 소민
아…… 아니지요~. 아니지요~. -_-;; - 수영
아무튼…… 그 자식 마지막까지 발악하더군요. -_-^ - 지희
지금 저를 빼놓고 세 사람은 무언가 심각한 얼굴로 꿍얼거리며 말하고 있었습니다…….
아아…… -_-;; 이렇게 왕따가 형성되는구나……. -_-;;;;
제가 운동장에서 빙글빙글 동그라미를 그리고 있을 때 소민녀석이

절 힐끗 보더니 꼭 정신병자 보는 눈으로 바라보더군요. -_-;
너 뭐하는 거냐? -_-;; - 소민
오빠들이랑 지희가 나 왕따 시켰잖아! πOπ! - 수영
소민녀석과…… 지희와…… 민호오빠의 표정이 '황당하다, 저게 내 친구라니 -_-;; 어이없다……' 등등의 -_-;; 표정으로 딱 나뉘어졌습니다. -O-;;
소민녀석은 피식 웃으며 말했습니다.
가서 수업이나 해! -_-+ 구경할 테니까! - 소민

#66

텡텡텡~. -_-;;; 지금은 체육시간……. -_-;; 농구를 하고 있는 중입니다. =ㅁ=;; 제 짝은…… 민재였습니다. -_-; 지민이는 선민이와 같은 짝이 되었고 지희는 다른 남자애와 함께 농구대에 공을 정확히 넣고 있었습니다. -_-;
퍽!
아악! >ㅁ<! - 수영
어딜 보는 거야? -_-^ - 민재
키힝……. -_ㅠ - 수영
똑바로 해! +ㅁ+! - 민재
네……. ㅠ_ㅠ - 수영
민재는 계속해서 저에게 화풀이를 하고 있습니다. -_-^
쳇! 지민이가 아까 선민이 편 들어줬다고 저러는가 본데, 하나도 안 무섭다 뭐~. 쳇! >ㅁ<!
똑바로 안 해!?!? +ㅁ+! - 민재
네……. ㅜ_ㅜ - 수영
쬐…… 쬐금 무섭다 뭐……. -_-;;;;
그때 소민녀석은 어딜 갔는지 안 보였습니다. -_-^
저 자식이…… 왜 오는 거야? - 민재

응? o_o - 수영

고개를 돌려보니 선민이가 굉장히…… 정말 한 대 때려주고 싶은 웃음 -_-;; 을 지으며 오고 있었슙니다.

야, 너 지민이한테 가봐. - 선민

……. - 민재

민재는 아무 말 없이 농구대에 골만 계속해서 집어넣으면서 선민의 말을 자근자근 -_-;; 씹고 있었슙니다.

내가 수영이 맡을 거니까 넌 쟤 맡아! - 선민

꺼져. - 민재

민재는 싸늘한 보라색 눈으로 선민이를 쳐다봤슙니다.

지민이 누가 채갈지도 모르니까, 지금 해. -_-^ 좋은 말할 때 하라고! - 선민

민재는 고민하는 듯했슙니다. -_-;;

민재야~ 가봐~. 괜찮아~. ^-^ - 수영

그래도……. - 민재

내가 쭈쭈바 사줄게. -_-^ - 선민

쳇. -_-^ - 민재

민재는 눈앞에서 휘익~ 사라졌슙니다. -_-;;; 그리고 달려가며 말했슙니다.

쭈쭈바 사줘야 돼! - 민재

젠장……. ㅠ_ㅠ……

너 아까 보니까 농구대에 공 하나도 못 넣더라? - 선민

응? 으응……. -_-;; - 수영

자……. - 선민

선민이는 농구공을 통통 튕기더니 제 손에 쥐어주고는 제 손과 다리를 받쳐주며 제 손목을 움직여…… 농구대 쪽으로 공을 날려 보냈습니다.

와와! 들어갔다! +ㅁ+! - 수영

간단하잖아. ^-^ - 선민

응? 그…… 그렇네~. ^-^ - 수영

그럼 다시 한번 해볼래? 이번엔 드리블을 한번 해보자. 너 공 못 튀기지? -_- - 선민

응. -_-;; - 수영

선민이는 능숙한 폼으로 공을 튀겼습니다. 꼭 공이 손에 붙어 있는 것처럼 빠르고 능숙하게…….

자~ 손끝으로 공을 잡고 땅을 물렁거리는 고무라고 생각하면서 튕긴 다음 다시 손으로 잡고……. 자, 한번 해봐. ^-^ - 선민

으응……. 무…… 물렁거리는 고무? -_-;; 제…… 젤리라고 하면 안돼? O_O - 수영

맘대로 생각해. -_-;; - 선민

손으로 공을 살짝 잡고…… 땅을…… 젤리라고 -_-;; 생각하자. 황색이니까 바나나젤리…….바나나젤리……? 츄릅~. 흐흐흐 맛있겠다. @ㅠ@

야, 너 왜 침 흘려? -_-;; - 선민

@ㅠ@……. 어? -_-;; 아…… 아니야~. 아니야. -_-; - 수영

제가 공을 바닥에 내리치는 걸 반복하자 선민이가 잘했다며 웃어

주었습니다.
우헤헤헤~ 기분 좋다~. -v-*(금방 도지는 지랄병 -_-;;)
자~ 다시 한번 드리블해봐. - 선민
투웅~ 투웅~ 투웅~ 투웅~. -_-;;;;
와~ 잘했어! 그럼 골 넣는 거! - 선민
휘익~ 슈웅~. -_-;;;;
우오오~. 많이 늘었네! +口+! - 선민
헤헤헤…… 고마워~. =v=* - 수영
그래도 손목이 잘못됐어……. 다시 한번 해보자. - 선민
선민이는 제 뒤에 서서 제 손에 농구공을 쥐어주고 조용 조용히 말했습니다.
손은 자연스럽게 공을 쥐고……. - 선민
…….
그리고 손목에 힘을 주고……. - 선민
…….
그런 다음…… 힘차게…… 공을 농구대로 보내는 거야. - 선민
농구공이 휘익~ 농구대로 날아가는 순간…….
수영아…… 포기할게……. - 선민
……. - 수영
전 조용히 고개를 숙였고 선민이는 씽긋 웃으며 말했습니다.
선생님이 부른다~. 빨리 가자! ^-^ - 선민
선민아……. - 수영
뭐해? 빨리 안 가고~. ^-^ - 선민

전 선민녀석이 이끄는 손에 끌려 달려갔습니다…….
체육시간이 끝나고…… 아무 말 없이 땅만 바라보고 있는 선민이와…… 민호오빠에게 달려가는 지희…… 두 손을 잡고 있는 민재와 지민이……. 그리고…… 따뜻한 햇볕을 받으며 날 향해 환한 웃음을 짓고 있는…… 소민오빠…….
오빠! ^-^* - 수영
언제나…… 전…… 소민녀석에게만…… 달려갈 겁니다. ^-^…….

#67

오빠! 오빠아~. >_< - 수영

왜 그래? -_-^ - 소민

오빠 무슨 일 있어? o_O 정장까지 입고……. 나보고도 정장 입으라 그러고……. - 수영

쓰읍~. *@ㅠ@* 녀석! 풋! 멋있군~. +ㅁ=! (3가지 감탄사 -_-;)

아아~ -O-;; 오늘 집에 귀한 손님들이 오셔. -_-; - 소민

누군데? o_O - 수영

아주 아주~ 중요하신 분들. ^-^ - 소민

O_Oa - 수영

아무튼 집안 청소 다아~ 하고 -_-;; 정장까지 쫘악~ 빼입은 다음 쭈봉이와 포도를 잠재워 놓고 30분째 누군가를 초조하게 기다리는 소민녀석……. -_-^

도대체 누구야?

오빠! 누군데 그래? 응? o_O 여자야? 남자야? - 수영

둘 다야. -_- - 소민

이씨……. -_-^ - 수영

요자논이면 죽도록 팰려구 했습니다. -_-;;;;

그때 띵동~ 하는 소리와 함께…… 문이 덜컹 열리고…… 소민녀

석의 반가워하는 목소리가 울려 퍼졌습니다.

장모님! 장인어른! 엄마! 아빠! 어······? 넌 왜 왔냐? -_-^- 소민

자······ 장모님······ 장인어른????? O_O······. 그······ 그렇다면······.

수영아~ 엄마 왔어~. >ㅁ<! - 수영엄마

딸. 왔다. -_- 근데 니네 결혼한다며? O_O - 수영아빠

까으~ 수영이~ 오랜만이구나아~. >ㅁ<! - 소민엄마

수영양~ 나 왔어~. >_< - 시우아저씨 -_-;;

누나! 무슨 소리야! 결혼이라니! πOπ! - 수민

안소민······. 일 저질렀다며? - ??

야! 니네 결혼한다며!? 응?! OOO! - 다연

자······ 잠깐······. -_-;;; 지······ 지금 뭐가 어떻게 된 거야? -_- 그······ 그러니까······ 결론은······.

네. 결혼 준비하러 다 불렀어요. ^-^ - 소민

결혼!? O_O;; 웨······ 웨딩?! OOO! (웬 영어냐 -_-^) 그런데······ 소민녀석과 흡사하게 생긴 외모며······ 소민녀석보다 더 차가운 눈을 가지고 있는 저분은 누구? O_O;;

아아~ 수영아. 이 자식 내 동생 안석민이야, 석민~. ^-^ 너랑 동갑이야. - 소민

안녕하세요. 안석민이라고 합니다. - 석민

네? 네네······. -_-;; - 수영

어째······ -_-a 형보다 동생이 더 어른스러운 듯······. -_-;;;;

석민이란 사람은 차갑게 절 쳐다보다가 다시 눈을 홱~ 다른 쪽으

로 돌렸습니다. -_-;;

뭐…… 뭐야? -_-;;;;

수영아~ 결혼한다며~? >ㅁ<! 엄마가 스위스에서 쌔앵~ 하고 날아왔지! 까르륵~. - 수영엄마

우리 딸내미 많이 컸구나……. ^-^ - 수영아빠

아빠~. ㅠ_ㅠ 근데 결혼 준비라뇨? O_O…… - 수영

나보다 정신연령 낮은 -_-; 엄마한테 의지하느니 차라리 어릴 때나 컸을 때나 의지해왔던 아빠에게 계속 의지하는 게 낫지. -_-;;

결혼 준비라니……. -_-;;; 소…… 소민녀석 지 맘대로 정했단 말인가? O_O;;;

뭐야! 둘이 결혼한다고 해서 일본에서 날아왔더니! - 수민

수민아, 그게 무슨 소리야? O_O - 수영

수민이는 언제 머리를 잘랐는지 부드럽게 눈을 가리던 머리가 삐죽빼죽 머리로 바뀌었습니다. -_-;;

수민이는 한숨을 쉬더니…….

저 자식이 친척들한테 모두 연락해서 누나랑 결혼한다고 지랄발광을 떨었다고! +ㅁ+! - 수민

으…… 웅……. -_-;; - 수영 (수민이의 모습에 쫄았음 -_-;)

자자, 모두 앉아요. 앉으시죠. ^-^ - 소민

소민녀석은 뭐가 그리 좋은지 싱글벙글 헤죽헤죽 실실 -_-;; 웃으며 거실에 저의 엄마·아빠, 시부모님. 쿨럭~. *-_-* 수민이, 다연이, 자기 동생 석민이란 사람까지 털썩 앉혔습니다. 그리고는 진지하게 말했습니다.

전 분명히 엄마 아빠께 말씀드렸습니다. 엄마 아빠도 그러셨죠. 경희대에 가면 무조건 수영이와 결혼시켜 주신다고……. 저 약속 지켰습니다. -_-^ - 소민

아아~ -_-;; 그래서 1지망에 경희대 넣었구나. -_-;

그래, 약속은 지키마. 하지만 수영이는 아직 18살밖에 안됐잖니! 그리고 너한테 수영이는 아깝다. -_-+ 수영아, 오랜만이지~? 그때 호텔에 급한 요리 주문이 나와서 가버리고 말았단다. ㅠ_ㅠ 오늘은 내가 맛있는 거 해주마~. >ㅁ<- 시우아저씨 -_-;

소민녀석은 이마에 힘줄이 불끈 솟더니 말했습니다.

그럼 혼인신고라도 해주세요. -_-^ - 소민

뭐?! O_O…… - 소민엄마

호호호~ 우리 소민군~ 화끈해서 좋아~. >ㅁ<! - 수영엄마 (수영이는 엄마를 닮았다 -_-;;)

하지만 소민군……. 한번쯤 진지하게 생각해보는 게 어때? - 수영아빠 (수영이는 아빠를 절대! 네버! -_- 안 닮았다 -_-;;)

절대 반대예요! 아빠! -_-+ - 수민

나도야! 쳇! -_-+ - 다연

난 무조건 혼인신고라도 할 거예요! 안하면 경희대 휴학할 거예요! 난 엄마 아빠와의 약속을 지켰습니다. -_-+ - 소민

소민녀석은 옆에 있던 저의 손을 다부지게 잡고 사람들을 하나하나 쳐다봤습니다…….

이 녀석…… 정말 사람 감동시킵니다. ㅠ_ㅠ…… 이렇게 진지한 모습만 보여준다면 얼마나 좋을꼬~. ㅠ_ㅠ…….

가만히 있던 석민이는 이렇게 말했습니다. -_-;
형…… 한번 고집부린 건 안 꺾잖아요. 그냥 결혼시켜줘요. - 석민
그래도 말이다……. 아무래도 무리가 있을 듯한데……. -_- - 시우아저씨
내가 다 알아서 할게요 아버지. - 석민
소민녀석에게서는 부드럽지만 때론 차가워 보이는 다비도프향이 풍겼다면 석민녀석에게선 언제나 차갑게 느껴지는 민트향이 풍겼습니다.
난 절대 반대야! 절대 반대! +ㅁ+! - 수민
쳇! 나도 반대야! - 다연
처남 -_- 잠깐 이리로. - 소민
수민녀석은 잔뜩 화난 표정을 지었지만 소민녀석이 주는 이상한 종이를 펴보자마자 활짝 웃으며 말했습니다. -_-
결혼해도 돼~. 그럼~ 그럼~. 둘이 잘 어울려~. ^__^ - 수민
도대체 무슨 종이일까? -_-?
다연이는 뭐 시우아저씨 덕분에 거뜬히 해치웠습니다. -_-;
이젠 더 이상 방해요소가 없는 걸까……? *o_o* (괜히 심장이 두근두근 -_-;;)
하지만 그래도 수영이는 아직 어립니다. - 수영아빠
아…… 아부지……. ㅠ_ㅠ (아빠=방해요소 -_-;)
소민녀석은 제 아빠에게 꾸벅 고개를 숙이면서 말했습니다.
절 잘 아시잖습니까? 전 수영이 지켜줄 자신 있습니다. 지금 갑작스레 불러서 놀라셨겠지만 전 자신 있습니다. 지금까지 10년 동안

수영이만을 바라봤습니다. 절 믿어주십시오. - 소민

크흑~ ㅠ_ㅠ…… 감동이야. ㅠ_ㅠ…… 근데 10년 동안 나만 바라봐? -_-; 너 가희논도 봤었잖아! -_-+ 지한테 불리한 건 쏘옥 빼네. -_-+ 후욱 후욱. -_-^ (괜히 열받음 -_-;)

아빠는 잠시 고민하는 듯하더니 시우아저씨께 씽긋 웃으며 말했습니다.

아주…… 괜찮은 녀석을 아들로 뒀구만. ^-^ - 수영아빠

하하하! =v=* - 시우아저씨

시우아저씨 입이 귀까지 찢어졌습니다. -_-;;;;;;; 그때 소민녀석의 엄마 즉…… 저의 시어머님이 말했습니다. *-_-*

아유~ 둘이 어릴 때도 죽고 못 살더니 결국 이렇게 됐네……. ^-^ 아무튼…… 소민이 녀석 잘 부탁해요. 많이 부족하지만 수영양이 도와줘요. ^-^ - 소민엄마

그…… 그럼요~. ^-^ - 수영

무…… 무언가 굉장히 빠른 듯……. -_-;;;;;;;

딸…… ㅠ_뉴 잘살아야 돼! +ㅁ+! - 수영엄마

으응……. -_-;; - 수영

내가 아빠를 닮은 게 다행이다. -_-;; (너 엄마 닮았어 -_-)

누나……. - 수민

왜? - 수영

진짜……. 어느새 이렇게 커버리다니……. ㅠ_ㅠ 그동안 키운 보람이 있었어~. - 수민

그…… 그래~? -_-^ - 수영

수민이 자식 -_-^ 지가 절 키웠나 봅니다. -_-+
호박이 장미꽃한테 시집가네. -_- - 다연
-_-^ - 수영
호박=유수영 -_-;; 장미꽃=소민. -_-;; 짝짝짝! 정말 적절한 표현이군요! +ㅁ+!
젠장…… -_-^ 내가 이 짓거리하게 생겼나……. -_-^
우리 형 잘 부탁해요. - 석민
네? 네~. -_-;; - 수영
헉. -_-;;; 민트향을 온몸에 떡칠했나……. -_-;; 5m 근처만 다가와도 향이 풍기네……. -_-;;
수영양……. ㅠ_ㅠ - 시우아저씨
네~ 알아요~ 아저씨. ^-^ 아니아니…… 시아버지. *-_-* - 수영
사람들이 하나하나 저에게 인사하고……. 내가 좋아하는…… 아니 내가 사랑하는……. ^-^ 녀석을 바라보고 있자니…… 괜히 웃음이 나옵니다. 아까 녀석이 왜 그렇게 실실 웃었나 했더니…… 바로 이 기분이었구나. 이렇게…… 하늘을 둥둥 나는 듯한 행복감에 너무나 푸욱~ 빠져버려 나도 모르게 웃음이 나오는 이 기분……. ^-^
야. - 소민
응? ^-^ - 수영
이제 우린…… 법적으로 부부가 되는 거야. 공식적으론 아니지만……. 니가 졸업하면 우리 바로…… 공식적으로 부부가 되는 거야. - 소민
주위를 둘러보니…… 엄마 아빠 다시 스위스로 간다는 말이 들렸

고……, 수민이가 날 끌어안다가 -_-;; 소민녀석에게 몇 대 맞았지만-_-;;;;;; 그래도 결혼하지 말라며 찡찡대었고, 다연이가 안 어울려~ -_-;; 라고 저주를 퍼부은 것도…… -_-^ 석민이-_-;; 그 차가운 놈이 날 뚫어져라 쳐다보며 축하해 -_-; 하고 딱 한마디 남긴 것…… -_-;; 시우아저씨와 소민녀석 엄마인 내 시어머니가 결혼하면 만나자며 손을 잡아준 것……. 모든 게 머리 속을 훑고 지나갔습니다.
우리…… 그럼 부부야? O_O;; - 수영
응. 내일이면…… 우린 부부야. ^_^ 내가 내일 혼인 신고하러 간다. ^-^ - 소민
이제…… 전…… 유부녀가 된 것입니다. 두둥~. -_-;;;

#68

그…… 그래서? 니…… 니네 겨…… 결혼한 거야? O_O;; - 지희
빠르네. -_- - 지민
후훗. =v=* - 수영
아침에 학교 와서 떠벌떠벌. -_-;; 지민이와 지희에게 어제 있었던 일을 열심히 설명했습니다. -_-;
뭐야? 수민이도 왔었어? 에이~! 나 부르지! -_-+ - 지희
야, 수영이 동생이 왔는데 왜 너를 부르냐? -_-+ 너 민호자식한테 일른다. -_- - 지민
그…… 그냥~ 수민이랑 친해서 그런 것뿐야. (-_-) - 지희
-_-;;;; - 수영
오늘 3교시엔 컵케이크를 만든다고 합니다. ^-^* 전 앞치마를 들고 허둥지둥 지민이와 함께 가사실로 내려갔습니다. -_-
야야. 컵케이크가 컵에 담긴 케이크야? -_-? - 지민
아…… 아니 -_-;;; 컵처럼 생긴 케이크야~. -_-;;; - 수영
어쨌든 밀가루와 베이킹파우더…… 등등 -_-;; 필요한 재료를 반죽해 빵을 구웠습니다. ^-^
와~ 이쁘다! 이거 그냥 먹는 거야? O_O - 지민
너 정말 바보냐!? +ㅁ+! 꾸며야지! 무슨 맛으로 그냥 빵만 먹냐!?

-_-+ 어휴…… 이리 줘봐! -_-+ - 민재

어어? -_-;;; - 지민

민재는 생크림 짜는 것을 들고 이쁘게 회오리 모양으로 짜더니 꼭대기에 딸기를 올려놓는 걸로 마무리했습니다. +_+

오오~ 잘하는군! +_+! (니 걱정이나 해라 -_-;)

지민이와 민재가 웃으며 함께 빵을 만드는 모습을 보니 뭐랄까…… 부부가 부엌에서 음식을 만드는 모습이 떠억~ 하니 떠올랐습니다. ^-^

수영아 뭐해? O_O - 선민

어어? O_O;; - 수영

너 지금 뭘 하느라고 생크림도 안 짜고 민재랑 지민이만 보고 있는 거야? -_-=33 - 선민

어어? -_-;; 아아~. -_-;; - 수영

전 생크림 짜는 주머니를 집어 들고 3개의 컵케이크 생크림을 회오리로 -_- 만들고 위에 딸기, 체리, 귤 한 조각씩을 올려 놨습니다. ^-^ 헤헤헤…… 소민녀석 줄려고 만들었습니다. ^-^

누구 주게……? 안소민? ^-^ - 선민

엉? 엉~. ^-^ - 수영

전 작은 케이크 상자 속에 컵케이크 3개를 가지런히 넣고 싱글벙글 웃었습니다. ^-^

뭐야? O_O 그거 뭐야? +_+! - 지민

어? 케이크지~. >ㅁ<! - 수영

맛있게 생겼네……. +_+…… - 지민

휘이~ 휘이~ 잡귀야 물러나라~. -_- - 수영

-_-^- 지민

가사실에 있던 소금을 지민이에게 뿌리자 -_-;; 지민이는 제 머리를 주먹으로 때리는 걸로 마무리했숩니다. -_-;

어? 니네 케이크 만들었어? 와~ 좋겠다~. -ㅠ 우린 가사시간에 절라 이론만 줄줄줄 배웠는데……. ㅠ_ㅠ - 지희

지민이는 민재가 던져준 -_-;; 컵케이크를 한입 베어 물며 지희를 놀리고 있었숩니다. =ㅁ=;;

나 먼저 갈게~. >_<! - 수영

어? 야~ 같이 가! -_-+ - 지희

오늘은 나 먼저 갈게~! >ㅁ<! - 수영

전 케이크 상자를 들고 두두두~ -_-;; 학교를 빠져 나갔숩니다. 저 놈들이 같이 가면 다 뺏어 먹을 테니…… 먼저 나오길 잘했지.

ㅋㅋㅋ +_+ (이런 친구 조심하자 -_-;;)

아침에 소민녀석이 데이트하자며 학교 버스정류장에서 기다리라고 했숩니다. 저는 녀석이 시킨 대로 정류장에서 케이크 상자를 들고 가만히 기다리고 있었숩니다. ^-^

아이씨…… 왜 이렇게 안 와? -_-;;; - 수영

한참 구두를 딱딱거리며 기다리고 있는데 제 뒤에서 누군가 등을 쿡쿡 찌르길래 보니…… 소민녀석입니다. -0-;

오빠! >_< - 수영

오래 기다렸냐? ^-^ - 소민

아니~ 아니~. >_<! - 수영

근데 너 교복 입고 다닐 거라고? -_-;; - 소민

응~. 뭐 어때~? ^-^ - 수영

야, 그럼 원조교제로 볼 수도 있어. -_- - 소민

소민녀석은 제 교복 윗도리를 벗기고 자신이 입고 있던 초록색 남방을 입혀주었습니다. 교복이 사복 비슷해서 제법 어울렸습니다. 녀석은 제 교복 윗도리를 제 가방 속에 집어넣곤 팔을 내밀며······.

자~ 가자. ^-^ - 소민

소민녀석의 팔에 제 팔을 끼고 씽긋 웃으며 다니다가 ^-^ 어느 분위기 좋은 카페로 들어갔습니다.

너 뭐 먹을래? O_O - 소민

나? 체리주스~.)_< - 수영

체리주스 둘 주세요. -_- - 소민

체리주스가 나오자 소민녀석은 주스를 시원하게 마시다가 제 옆에 있던 케이크 상자를 보곤 궁금한 눈으로 말했습니다.

후후후······ +_+ 그거 뭐냐? -_- 나 줄 선물이냐? +ㅁ+! - 소민

으음······ 선물이긴 한데······. 맞춰봐~. 맞추면 줄게! ^-^ - 수영

뭔데? -_-^ - 소민

맞춰보라니깐~.)_<* - 수영

소민녀석은 조금 짜증이 난 듯했지만 그래도 꽤 부드러운 목소리로 말했습니다.

장갑? -_- - 소민

봄에 무슨 장갑~.)_< - 수영

-_-^ ······목도리. - 소민

봄인데 무슨~. >_< - 수영

아씨……. 뭔데 그래! -_-^ - 소민

소민녀석은 상자를 휙 뺏어가더니 아래위로 마구 흔들어 댔습니다. ㅇㅁㅇ!

아…… 안돼! +ㅁ+!

안돼! +ㅁ+! - 수영

깜짝! -_-;; - 소민

소민녀석은 깜짝 놀랐는지 상자를 그만 툭 하고 바닥에 떨어뜨리고 말았습니다.

아아아아……. ㅠ_ㅠ……

야, 왜…… 왜 울어! ㅇ_ㅇ;;; 뭔데 그래 응? - 소민

우아아앙~. ㅠOㅠ! - 수영

소민녀석은 바닥에 떨어진 상자를 펴보더니……. -_-;; 완전히 개떡이 된 -_-;; 케이크를 심각하게 바라봤습니다. -_-;;

이…… 이거 줄려고 그랬던 거야? -_-^ - 소민

끄억~. ㅠ_ㅠ 내가~ 으윽~ 가사시간에~ 끄억~ ㅠ_ㅠ 오…… 오빠 줄려고~ 만든 거……. 우앙~. ㅠOㅠ! - 수영

-_-;;; 아…… 진짜……. - 소민

끄억~ 끄억~ 우어어엉~. ㅠOㅠ! - 수영

가사시간에 열심히 만든 거……. ㅠ_ㅠ 지민이랑 지희한테 안 뺏기려고 눈썹 휘날리도록 달려온 거……. ㅠ_ㅠ 멋지게 줄려고 했는데…… 끄흑……. ㅠ_ㅠ…….

맛있네……. - 소민

ㅇ_ㅇ?! - 수영

맛있어. ^-^ - 소민

소민녀석은 다 뭉개진 케이크를 하나 집어서 생크림을 살짝 핥아 먹어 보더니 환하게 웃으며 말했슙니다. 맛있다고…… 맛있다고……. +ㅁ+!

그…… 그거…… -_ㅠ 안 먹어도 돼~. - 수영

됐어. -_-^ - 소민

소민녀석은 꿋꿋이 다 뭉개진 컵케이크를 크림 하나도 없이 다 먹었슙니다……. -_-;;;;

느…… 느끼할 텐데. 오…… 오빠…… 고마워. -_ㅠ - 수영

됐어……. 으윽……. -_-^ - 소민

집에 도착하자마자 소민녀석은 죽어라 물과 콜라 사이다를 복합해서 먹었다는 슬픈 전설이……. -_-;;;;

#69

추카~ 합니다~ 추카합니다~. -_-;;
으아! 꽃 내놔! +ㅁ+~! - 수영
나 돈 없다. -_-a - 소민
ㅠ_뉴…… - 수영
시간이 참 빠르게도……. 졸업식입니다. -_-…… 전 1년 동안 소민녀석의 협박 속에서 과외까지 하느라 공부에 시달렸지만 -_-;; 소민녀석과 같은 경희대로 못 가고 한국대로 갔습니다. =_=;; 졸업식에 소민녀석이 꽃도 안 들고 건들건들 나타나서 전 잔뜩 신경질이 나 있습니다. -_-^
꼬옻~. 꽃 달란 말이야~. >ㅁ<! - 수영
없는데 어쩌라고……. -_-^ 야. - 소민
제가 마구마구 발광하는 걸 지켜보던 소민녀석은 씨익 웃으며 말했습니다.
꽃보다 더 좋은 거 줄게. - 소민
뭔데? ㅠ_- - 수영
아무튼 권지희랑 함께 따라와. -_- - 소민
소민녀석은 정확히 일주일 전에 적금 깨서 -_-; 산 SM5란 차에다 저와 지희를 태우고 어디론가 달렸습니다. -_-;

어디 가는 거야? -_-; - 지희

몰라. -_-;; 꽃보다 더 좋은 거 주겠대. - 수영

소민녀석은 신화의 〈Trippin〉을 틀어놓고 신나게 달리기 시작했습니다. -_-;; 열어둔 창틈으로 스치는 바람에 녀석의 검은색 머리칼이 날렸습니다. 검은색 눈빛…… 흥얼거리는 입…… 살짝 웃고 있는 눈…… 그리고…… 엄청난 속도로 밟아대는 녀석의 차……. 끄어억~. @0@

오빠! 속도 좀 줄여! >ㅁ<! - 수영 (스피드에 약하다 -_-;)

와~ 시원하다~. -_- - 지희 (스피드에 강하다 -_-;)

마구 달려 10분 만에 도착한 곳은……. 여자들이 한 번씩은 들르고 싶어하는 곳……. 웨딩 숍이었습니다. ⊙_⊙

웨딩 숍 앞엔 민호 오빠가 멋있는 폼으로 검은색 세미정장을 입고 서 있었습니다. -_-; 아마 박찬호 흉내를 내고 있었던 거 같습니다. -_-; 민호오빠가 계속 "아~ -_- 결혼하고 싶다~"라고 외쳤기 때문입니다. -_-;;

야, 쟤 뭐하냐? -_-^ - 지희

지희는 오늘 졸업식에 민호오빠가 안 와서인지 잔뜩 심통이 나 있나 봅니다. -_-;;

야! 나 왔다. ^-^ - 소민

어 왔냐? -_- 야, 스머프, 이리 와봐. -_- - 민호

-_-+ - 지희

지희는 절대 발을 움직이지 -_-;; 않고 제 옆에 꼿꼿이 서 있었습니다.

민호오빠는 "으휴…… 정말 도도하다니깐……" -_-^ 하고 말한 뒤 지희의 손을 이끌어 아찔한 미소를 지으며 말했습니다.

가자……. ^-^ - 민호

놔…… 놔……. *-_-* - 지희

도도하긴~ 개뿔이……. -_-^ 실실거리기만 합니다. -_-+

야, 너도 가야지. -_- - 소민

소민녀석은 익숙하게 제 어깨에 팔을 두르곤 얼굴을 제 얼굴에 들이대며 씨익 웃었습니다.

오오~ 멋있구려. *@π@*

웨딩 숍에 들어가자 어떤 여자들이 우르르 -_-;; 오더니 저와 지희를 탈의실로 데리고 가서 -_-;;; 줄자로 저와 지희의 몸을 재었습니다. 너무 갑작스러워 -_-;; 저와 지희는 멍~ 하게 있었습니다. -_-;;;;

흐음……. 이 아가씨는 분홍색이 어울리겠고~ 이 아가씬 순백색이 어울리겠네요! 한번 입혀봅시다! ^-^ - 여자 드레서

지희에겐 분홍색 세련된 드레스를…… 저에겐 온통 순백색 드레스를 입혔습니다. -_-

어…… 어딜 만지는 거야! +ㅁ+! - 수영

까악!)ㅁ<! 이…… 새끼가 어딜 만져! - 지희

지희는 자신에게 드레스를 입혀주던 남자 드레서의 뺨을 때렸습니다. -_-;;

허리를 꽈악~ 조여서 숨을 못 쉴 지경이었지만 -_-;; 어떤 여자가 제 머리를 살짝 묶어 올려주자 전 완전 2월의 신부가 되었습니다.

우헤헤헤헤~ *-_-*

지희는 머리를 풀어서 조금 더 섹시하게 보였고, 전 단정하게 보였습니다. +_+!

촤락~ 하는 소리와 함께 지희가 들어가 있던 문의 커튼이 열린 걸 알 수 있었습니다……. 민호오빠의 감탄사와 지희가 쑥스러워하는 소리를 들을 수 있었습니다. 그리고 소민녀석이 지희한테 용됐다고 말하는 것도 -_-;; 들을 수 있었습니다.

약간씩 흘러내리는 머리를 만지작거리고 있자 제 옆에서 절 지켜보던 남자가 한마디 했습니다.

천사 같아요. ^-^ - 남자 드레서

지…… 진짜요? *o_o* - 수영

그럼요~. ^-^ 모든 신부는 천사인 걸요~. -남자

우씨 왜 갑자기 모든 신부로 바뀐 걸까? -_-;;;

전 그저 살짝 웃으며 답해줬습니다.

그때, "자~ 커튼 걸을게요." ^-^" 하는 말과 함께 촤라락~ 하는 소리가 들렸고 벙~ 한 눈으로 절 쳐다보는 소민녀석이 보였습니다……. 우헤헤헤~. *-_-* 저한테 반했나 봅니다. *@π@* (지랄병 -_-;)

야~ 유수영……. 너 장난 아니다……. - 지희

제가 살짝 돌아 지희를 보자……. 떠억~ 지희 장난 아니게 섹쉬합니다. +_+! 저렇게 소화할 수 있는 건 지희밖에 없을 거 같습니다. +ㅁ+! 민호오빠가 "와~ 수영이 진짜 이쁘다~"라고 말해줘서 저도 씽긋 웃어주었습니다. 하지만 소민녀석은 여전히 절 벙~ 하게 보고 있어서 그 앞으로 가서 손을 흔들어 보였습니다.
오빠~? 오빠 왜 그래? -_-;;; - 수영
아……//////// - 소민
헉! ◉_◉
소민녀석 얼굴이 정말 새빨갛습니다. +_+;; 녀석 얼굴이 이렇게 빨간 거 처음 봅니다! +ㅁ+!
야, 안소민! 안 어울려. -_-;; - 민호
다…… 닥쳐! -_-;;;; - 소민
오빠, 왜 그래…… 응? ◉_◉ - 수영
제가 최대한 귀엽게 보이려고 -_-;; 눈을 땡~ 그렇게 뜨고 소민녀석을 쳐다보자 소민녀석은 손으로 얼굴을 가렸습니다…….
어…… 얼굴 진짜 빨갛다……. -_-;;;;;
오빠? 오빠아~ 왜 그래에~? - 수영
수영아~ 쟤한테 얼굴 들이밀지 마라. -_- 그럼 쟤 너 덮치고 말 거다. ㅋㅋ - 민호
민호오빤 지희를 덮칠 듯이 바라보면서 -_-;; 말했습니다. 소민녀석을 쳐다보자 녀석은 절 쳐다보고 있었는지 고개를 획~ 돌리며 딴 짓을 하고 있습니다.
오빠야, 왜 그래? -_-;; - 수영
뭐…… 뭐가? -_- - 소민
뭐긴 뭐가? -_-^
눈은 땅바닥만 보고 있고…… 발은 계속 바닥을 치고 있고…… 날 쳐다보지도 않잖아! +ㅁ+!

전 발끈해서 소민녀석의 얼굴을 잡고 제 얼굴에 댔습니다. 정확히 녀석과의 얼굴 사이…… 3cm. -_-;;;;;

야////// 너…… 왜 그래! - 소민

오빠! +ㅁ+! - 수영

왜 소릴 지르고 그래! -_-^ - 소민

오빠, 나 봐. 오빠가 나 이곳에 데리고 왔잖아. 그리고 나 오빠한테 이쁜 모습 보여주려고 이렇게 입었는데 오빠가 나 안 보고 얼굴만 붉히고 있으면 어떻게 해…… 응? - 수영

제가 줄줄 말하자 소민녀석은 제 얼굴을 보고 씨익 웃더니 제 손을 꽈악 잡아주며 말했습니다.

이쁘다……. 너무 이뻐서…… 못 보겠더라. - 소민

^-^* - 수영

이쁘대~ 이쁘대~. 우헬헬헬~. *=ㅁ=* (도졌군 -_-;;)

민호오빠가 지희의 허리를 잡고 막 뽀뽀하려는 순간 지희는 손으로 민호오빠 얼굴을 밀치며 말했습니다…….

여기서 어떻게 해! *)ㅁ(* - 지희

아씨! -_-^ - 민호

헉! -_-;;; 민호오빠 삐지는 거 처음 봅니다. -_-;;;

민호오빠 쳇! 하며 얼굴을 돌리고 입은 두 발이나 나온 채 눈으로는 당황하고 있는 지희를 재미있다는 듯 쳐다보고 있습니다. -_-;

귀엽다…… 쩝……. *o_o*

야! 너 어디 보는 거야! -_+ - 소민

어어? -_-;; - 수영

122 키스중독증 2

소민녀석은 의미심장한 미소를 씨익 짓더니 말했습니다.
너…… 졸업했으니까…… 이제 우리 결혼식…… 해야지……. 안 그래? +ㅁ+! - 소민
뭐!?!? ㅇ_ㅇ;; 오빠, 우린 아직 어려. -_-;; - 수영
졸업하면 결혼한다 약속했어! -_-+ - 소민
오오~ 오랜만에 나온 카리스마! +ㅁ+! 뿜어지는 카리스마~. 멋있는 카리스마~. -_-;; 칼있으마……. -_-;;
네……. -0-;; - 수영
좋았어~. ^-^ - 소민
조만간 결혼식이란 거대 행사를 치를 거 같습니다. -_-;;;;;;

#70

아아…… 여기가 대학교구나……. ㅠ_ㅠ – 수영
얼씨구? -_-;;; 왜 울고 난리야? – 지희
—_—;; – 수영
입학식이 끝나고 지금은 신입생 환영식입니다. ^-^ 전 지희와 무슨 악연이 있었는지 한국대까지 같은 학굡니다. -_-+ 물론 지민이도……. 민재는 1년 동안 춤만 열심히 추더니 한국대에 춤으로 수석 합격했슴니다. +_+;;
야야~ 오늘 미팅건수 있는데 니네 갈래? -_- – 지민
당근이지~. >_<* – 지희
지희는 은근히 바람녀였던 것입니다. -_-;;
첫날부터 무슨 미팅이냐? O_O; – 수영
무슨~. 첫날 미팅이 얼마나 재미있는지 알아? -_-+ 갈 거야, 말 거야! – 지민
지민이는 가방끈으로 제 목을 졸라매며 말했슴니다.
켁켁. -_-;;; 가…… 가야지~. 쿠…… 쿨럭~. -O-;; – 수영
좋아. ^-^ – 지민
신입생 환영식이 얼렁뚱땅 끝나고……. -_-;; 지민이와 지희가 집에서 옷 갈아입고 이쁘게 하고 나오라고 신신당부했슴니다. -_-;;

오늘의 이미지는…… 핑크다 핑크……. ㅋㅋㅋ+_+ (은근히 기대 -_-;) 하얀색 윗도리에 밑에는 핑크색 치마…… 스타킹은 하얀색 면스타킹……. 머리는 풀고……. 좋아 좋아. +_+!
전 싱글벙글 웃으며 만나기로 한 학교 정문 앞으로 갔습니다. -_-
어~ 지민아 벌써 왔어? O_O - 수영
어어~ 유수영~ 제법 꾸미고 왔는데~. - 지민
지민이는 깔끔한 회색 치마정장을 입고 정문 앞에서 남자들의 시선을 잔뜩 받고 있었습니다. =ㅁ=;;
야, 권지희 졸라 늦어. -_-^ - 지민
호랑이도 제 말하면 온다고…… -_-;; 헉헉거리며 밝은 캐주얼 차림으로 달려오는 지희가 보였습니다. -_-
미…… 미안~ 미안~. -_-;; - 지희
야! 빨리 가자. -O-- - 지민
어딜 그렇게 빨리 가는 건데? -_- - 민재
떠억! +ㅁ+;;; 모두 뒤를 돌아보니 민재와…… 민호오빠와…… 이상한 눈으로 날 쳐다보고 있는 소민녀석……. =ㅁ=;;;
어딜 가려고 그렇게 꾸민 거지? -_-^ - 소민
야, 스머프. 너 오늘 무슨 날이냐? -_- - 민호
야~ 니네 옷발 죽이는데~ 미팅이라도 가는 거야? -_- - 민재
흠칫! -_-;;;;;; - 지희 & 수영
-_-;;; - 지민
뭐야…… 그 표정들은……. -_-+ - 민재
저희들은 자신도 모르게 몸을 흠칫! 하고 움찔거렸습니다……. 가

만히 있던 지민이가 조용히 입을 떼었습니다…….

여…… 여자들끼리 쇼핑하러 가는 것도 안되냐? -_-+ - 지민

저와 지희는 속으로 박수를 치며 지민이를 응원했습니다. -_-;;;

쇼핑? -_- 그럼 우리도 같이 가자. -_-^ - 민호

아…… 안돼! +ㅁ+! - 지희

뭐? -_-+ - 민호

지희는 잠시 당황하더니 담담하게 말했습니다.

여자들끼리 가야 하는 곳도 있는 거야. -_- - 지희

저희 셋은 그 말을 남기고 후닥닥~ 도망쳐 왔습니다. -_-;;;

야……. 저것들이 여긴 왜 왔을까? O_O;; - 지민

아무래도 안되겠어. -_-;; 우리 가지 말자. - 수영

무슨 소리야! +ㅁ+! 가야 돼! - 지희

결국 지희의 강력한 반발로 -_-;; 저흰 약속한 카페로 발걸음을 옮 겼습니다. -_-;

우욱……. @ㅠ@……. 저…… 저게 인간이란 말인가. -_-^ 폭탄 한 명 있다. -_-;;

안녕하세요. 유수영이라고 합니다. - 수영

대충대충 인사를 하고 앉아서 잘생긴 두 명의 얘기를 재미있게 듣 고 있었지만 머리 속은 굉장히 복잡합니다. -_-;; 소민녀석이 자꾸 만 신경 쓰여서 안절부절 못했던 거 같습니다. -_-=33

저…… 수영씨, 어디 불편하세요? O_O - 잘생긴 넘1 -_-

아 아니요~. 저 화장실 좀……. ^-^;; - 수영

전 화장실로 후닥닥~ 뛰었습니다. 손을 씻으면서 거울을 보자 소

민녀석의 웃는 얼굴이 왜 그리 겹쳐 보이던지……. -_-;;;;;

휴……. 걍…… 가야겠다. -_-=33 - 수영

화장실에서 카페로 나오니 넓은 카페의 전경이 다 보였습니다. 그리고…… 우리 미팅하는 곳 바로 뒤쪽에는…… 떠억~ =ㅁ=;; 민호 오빠랑 민재……. 그런데 소민녀석은 어…… 어딨지? O_O;;

두리번거리는 순간, 싸늘하고 낯익은 목소리가 들렸습니다.

누구 찾는 거지? - 소민

소민오빠……. 헉! @O@! - 수영

소민녀석은 제 입을 손으로 막곤 카페 가장 구석에 있는 자리에 털썩 절 앉혔습니다. -_-;;;

우웁~ 우우우웁~. @O@! (수…… 숨 막혀~ -_-;) - 수영

야. - 소민

우우우웁~. @O@! (수…… 숨~ -_-;) 푸우……. -O- (소민녀석 손을 뗌 -_-;) - 수영

유수영. - 소민

소민녀석…… 눈빛이 파란색으로 변했습니다. -_-;;

하…… 하긴……. 어제 드레스까지 입었던 여자가 미팅을 하고 있으니……. ㅠ_ㅠ……

자…… 잘못했어요~. ㅠ_ㅠ…… - 수영

너……. - 소민

우엥~ 잘못했어요~. >ㅁ<! - 수영

전 소민녀석을 끌어안으며 징징댔습니다. -_-;; 소민녀석의 눈이 동그랗게 떠지는 걸 느끼며 전 계속 쇼를 했습니다. -_-;;

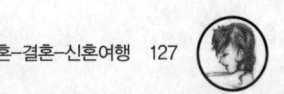

야. 이거 좀 놔봐. -_-^ - 소민

자…… 잘못했어요. 다시는 미팅 안 나가고요~ 남자도 안 만나구요~ 다시는 안 그럴게요~. ㅠ_ㅠ - 수영

남자는 보겠다는 거네? -_-^ - 소민

그…… 그리고 남자도 안 볼게요~. ㅠ_ㅠ - 수영

소민녀석 절 떼어내더니 킥 하고 웃으며 말했습니다.

다시는 안 그럴 거지? - 소민

(ㅠ_ㅠ) (_ _) (ㅠ_ㅠ) (_ _) - 수영

그러면…… 여기서…… 뽀뽀해줘. ^-^ - 소민

뭐? o_O;; - 수영

안 해주면 뭐……. 결혼 파혼하고……. -_- - 소민

하…… 할게! +ㅁ+! 파혼은 안돼! ㅠ_ㅠ - 수영

^-^ - 소민

전 녀석의 얼굴에 제 얼굴을 가까이 댔습니다……. 녀석의 도발적인 빨간 입술이 보였습니다. 초옥…….

돼…… 됐지? *o_O* - 수영

소민녀석은 말없이 웃어 주었습니다.

내가 미쳤지……. 이런 남잘 놔두고 미팅 같은 걸 하려고 했다니……. -_- (이제 알았냐? -_-+)

가자. - 소민

응~ 응~. *^_^* - 수영

녀석의 따뜻한 손을 맞잡고 그냥 카페를 뛰쳐나왔습니다…….

#71

하얀 면사포에…… 순백의 하얀 드레스……. 경건한 눈……. 수줍게 웃고 있는 입……. 손에는 하얀 장미……. 그대는…… 신부라는 이름을 가진…… 천사입니다.
안돼! 안된다고! @ㅁ@ - 수민
허참~. 처남이 너무 좋아하네요~. ^-^ - 소민
-_-;;; - 수영
오랜만에 가족들이 다 모였습니다. -_-;; 이렇게 모인 이유는…… 안소민과 유수영의 결혼 날짜 잡기. -_-;;; 대충 어른들은 일주일 뒤에 하기로 잡았는데 -_-;; 수민이는 정확히 1년 뒤에 하라고 방방 뛰면서 발광하고 있습니다. -_-;;
왜 이렇게 빨리 하는 거야! +ㅁ+! 그래! 결혼하는 거까지 허락했는데, 왜 이렇게 빨리 하는 거야! - 수민
처남~ 그렇게 좋아? 어이구~ 이뻐 죽겠네! -_-+ - 소민
수민이는 소민녀석을 죽일 듯이 째려본 다음 목을 잡고 이리저리 흔들며 -_-;;; 외쳤습니다.
니가 우리 누나 뺏어갔지! 끄아아악! +ㅁ+! - 수민
떠억~. 오빠! 오빠! +ㅁ+! 수…… 수민이 오빠 목 놓지 못해!? 나 과부되기 싫단 말야! >ㅁ<! - 수영

ㅇ_ㅇ……. - 수민

수민이는 소민녀석의 목을 턱 -_-;; 하고 힘없이 놓더니 절 쳐다보며 말했습니다.

누나가 어떻게…… 이런 놈 편을 들 수가 있어? 누나가…… 누나가~~~~. ㅇ_ㅇ (에코 처리 -_-;) - 수민

수민이는 '흐윽~' 거리는 울음소리를 내며 -_-;; 밖으로 사라졌습니다.

수…… 수민아! 수민아! -_-;;;; - 수영 (영화 찍냐? -_-;;)

죽는 줄 알았네. -_- 고마워 돼지야. =ㅁ= - 소민

돼…… 돼지……. —_—^

쳇. 아깝다. 그냥 내버려 둘걸. -_- - 수영

너 지금 뭐하고 꿍시렁댔냐? -_-^ - 소민

아~ 수민이나 찾으러 가야지~. -_-;;;;;;; - 수영

막 나가려고 했으나 소민녀석이 제 옷의 뒷덜미를 잡는 바람에 바둥거리는 꼴이 됐습니다. -_-;;

왜…… 왜 그래. 놔~. -_-;; - 수영

+ㅁ+! - 소민

소민녀석은 말없이 눈을 부라리고 -_-; 입을 꽈악 닫은 채 절 쳐다봤습니다. -_-;; 쳐다보는 것만으로도 소름이 두두두두~ 하고 돋았습니다. -_-;;;;

자…… 잘못했어요. ㅠ_ㅠ……. - 수영

그래. 한번 봐준다. -_- - 소민

수영양~ 우리가 다 알아서 식장 맞추고 할 테니까~ 드레스나 맞

추고 다녀~. ^-^ - 시우아저씨

네? 네……. ^-^;; - 수영

시우아저씨는 쮸봉이와 포도를 양손에 들고 씽긋 웃으며 대답했습니다. 시우아저씨는 강아지를 엄청 좋아합니다. +_+;;;

야, 그럼 오늘 우리 할일이 뭐냐? -_- - 소민

이번엔 오빠 턱시도 맞추러 가야지! +ㅁ+! - 수영

아씨, 난 그런 거 진짜 싫은데……. -_-^ - 소민

소민녀석은 말은 싫다고 하면서도 벌써 신발을 신고 가자고 손짓을 하고 있었습니다. -_-;;;

씽씽 달려서 도착한 곳은 그때 갔던 웨딩 숍이었습니다. -_- 역시나…… 들어가자마자 어떻게 알았는지 소민녀석을 질질 끌며 탈의실로 데리고 갔습니다. -_-;

끌고 가지 마! 내가 들어갈 거야! -_-+ - 소민

소민녀석은 손을 뿌리치고 당당히 지 혼자 탈의실로 들어갔습니다. -_-;; 혼자 앉아 있으니까 그때 그 남자 드레서가 저한테 와서 말했습니다.

새로 들어온 드레스가 있는데 한번 입어 보실래요? - 남자 드레서

진짜 입어봐도 돼요? ⊙_⊙ - 수영

네. ^-^ 아니면 그때 입었던 그 순백색 드레스……. 그때 너무 잘 어울리셔서……. 그거 다시 입으실래요? ^-^ -남자 드레서

네! ^-^ - 수영

탈의실로 들어가니 너무나 하얘서 꼭 천사옷 같은 드레스가 제 눈에 보였습니다……. 그때 입었던 옷입니다. 다시 입어보니 왠지 모

르게 정감이 가는 게……. -_-;; 그때 내 머리를 올려주던 그 여자 드레서가 다시 웃으며 내 머리를 올려주었고 보너스로 -_-;; 면사포를 씌워주었습니다. -_-;;

자, 나가세요. ^-^ - 드레서

커튼을 젖히자 벌써 나와 있었는지 멋진 회색 턱시도를 입고 멋있는 폼으로 서 있는 녀석이 보였습니다…….

너무 멋있잖아……. ㅠ_ㅠ (감동의 눈물 -_-;)

자, 두 분이 한번 같이 서보세요. ^-^ - 드레서

제가 옆에 서자 녀석은 환하게 웃으며 제 손을 잡았습니다.

당장이라도 결혼하고 싶다. - 소민

-_- - 수영

녀석의 검은색 머리칼과 검은색 눈이 회색 턱시도와 너무나 잘 어울려서 누구라도 보면 감탄사를 내뱉을 거 같았습니다. +ㅁ+

그렇게 쳐다보지 마라~. 훗. =v=* - 소민

-_-;; - 수영

전 그 순백색 옷, 녀석은 회색 턱시도를 고르고 나왔습니다.

녀석은 차에다 저를 태우고 어릴 적 놀았던 그 놀이터로 갔습니다.

오빠 여기 왜 온 거야? o_o - 수영

왜 오긴……. 어릴 적 흉내내보자 이거지. -_- - 소민

소민녀석은 벤치에 눕더니 저보고 저~ 쪽에서 뛰어오라고 했습니다. -_-;; 전 시키는 대로 저쪽에서 뛰어왔습니다.

소민녀석은 환하게 웃으며…….

꼬맹아, 너 왜 울고 있니? ^-^ - 소민

어어? -_-;; - 수영

그럼 니가 우는 연기해야지! -_-+ - 소민

어어? -_-;; 아~ 어어어엉~. -_-;; 이…… 이렇게? - 수영

그러자 소민녀석은 벤치에서 일어나 절 자기 옆에 앉히더니 말했습니다.

꼬맹아 울지 마. 우리 꼬맹이 울면 오빠가 더 아파. ^-^ - 소민

전 소민녀석을 쳐다봤습니다.

꼬맹이가 울면 오빠가 더 아프고……. - 소민

…….

꼬맹이가 웃으면 오빠가 더 기뻐……. - 소민

…….

꼬맹이가 해달라는 거 다 해주고 싶고…… 꼬맹이가 원하는 거 다 들어주고 싶고……. - 소민

…….

우리 꼬맹이만을 쳐다볼 수 있다는 자신감이 있고…… 우리 꼬맹이만을 사랑할 수 있는 믿음이 있고…… 우리 꼬맹이를 지켜줄 수 있는 용기가 있어……. - 소민

…….

우리 꼬맹이는…… 날 사랑해주기만 하면 돼……. ^-^ - 소민

오…… 오빠야……. 우윽……. ㅠ_ㅠ - 수영

소민녀석은 가만히 제 눈물을 닦아주면서 말했습니다…….

언제나 내 옆에 있어줘……. - 소민

#72

야~ 그럼 진짜 결혼하는 거야? - 지희
응. ^-^ - 수영
결혼은 무덤이라던데……. -_- - 지민
-_-+ - 수영
자~ 마지막이야! 유수영 처녀로 마시는 마지막 술이니까 우리 진탕 한번 마셔보자! >ㅁ<! - 지희
결혼식을 겨우 이틀 남긴 오늘……. -_-…… 지난 5일 동안 얼마나 심심하게 지냈는지 모르겠습니다. 결혼을 앞둔 사람들은 엄청 바쁘다고 하지만 저흰 부모님들이 다 알아서 해주니……. -_-;;
오늘은 오랜만에 지희와 지민이를 만나서 술 한잔 걸치고 있는 중입니다. -_-
야~ 결혼 같은 거 하지 마아~. 해봤자 뭐하냐? 아줌마 유부녀 되는 거지이~. - 지민
쿡쿡쿡……. 그건 그래……. - 지희
지민이와 지희는 다량의 술이 -_-; 들어갔는지 얼굴을 붉히고 발음도 살짝 꼬이며 말했습니다……. 전 오징어 다리를 씹고 있다가 -_-;; 히죽히죽 웃으며 말했습니다.
사랑하는 사람이랑 결혼하는 게 얼마나 행복한 건지 몰라……. 이

렇게 결혼한다는 게…… 사랑한다는 게…… 너무나 절실히 느껴지는 때가 지금이야……. - 수영

지민이와 지희는 절 빤히 보다가…….

부럽다…… 쳇. - 지민

유수영 굉장히 이뻐 보여~. 역시 사랑에 빠진 사람은 다 그런 건가봐~. - 지희

우헤헤헤~. -v-* - 수영

다들 집으로 가고 -_-;; 저도 비틀거리는 걸음을 부여잡고 집으로 향했습니다.

여보야~. -_-;; 여보야~ 문 열어주라~. 헤헤헤……. @ㅠ@ 오빠야~. - 수영

벌컥~ -_-;; 하는 소리와 함께 눈썹을 꿈틀거리며 절 쳐다보고 있는 소민녀석이 흐릿~ 하게 보였습니다.

이 녀석 미쳤군……. -_-^ - 소민

헤헤헤~ 오빠야~.)ㅁ〈* - 수영

야야 떨어져. -_-^ 너 술냄새 나. - 소민 (과연 이틀 뒤 결혼하는 사이란 말인가…… -_-;;)

왈칵~. ㅠ_ㅠ…… - 수영

어어~? 야! 야! -_-;; 왜 울어! - 소민

수…… 술냄새 난다고 나 밀치구……. ㅠ_ㅠ 오늘 친구들이랑 처녀로 마시는 마지막 술 한잔했단 말야. 우욱……. ㅠ_ㅠ - 수영

아…… 알았으니까 울지 마……. 뚝! -_-^ - 소민

뚜욱~.)_〈 헤헤헤헤~. ^^* - 수영

아주 맛이 갔구만, 갔어. -_-^ 자~ 돼지야. 자자! - 소민

싫어~ 싫어~. -_-;;; 자기 싫어~. - 수영

제 딴엔 귀여운 짓하려고 그랬습니다. -_-;; 그러나 소민녀석의 무서운 인상에다 주먹질 한방에 전 자기로 결심했습니다. -_-;; 술이 화악~ 깨더군요. =ㅁ=; 제 눈이 드디어 초점을 찾자 소민녀석은 물을 던져주며 말했습니다.

아주 끝까지 사고를 치는구먼. -_-+ - 소민

-_-;;; - 수영

물이나 마셔! -_-+ 내가 마누라 꿀물까지 타줘야겠냐? 참 나……. 그리고 머리 한 대 맞았다고 술 깨는 애는 니가 처음일 거다. -_- - 소민 (세계에서도 없을 거다 -_-;;)

우웅……. 걔…… 걍 친구들끼리 마신 건데……. -_-;; - 수영

내일 모레가 결혼인데 술을 마시고 돌아다녀!? +ㅁ+! - 소민

다…… 다신 안 그럴게요……. ㅠ_ㅜ…… - 수영

그래야지. -_- - 소민

소민녀석은 다시 뒤돌아 저에게 무언가를 보여줬습니다. 흰색에 금테가 둘러져 있는 걸 보아 굉장히 비싸 보이는데……. +_+

청첩장이야. - 소민

지…… 진짜? o_O - 수영

그래. 한번 봐봐. - 소민

소민녀석이 던져준 것을 펴보니 '신랑 안소민군과 신부 유수영군의 결혼식에 당신을 초대합니다…….'

청첩장을 보니 괜히 웃음이 히죽 나왔습니다.

헤헤헤 오빠야~. 우리 진짜 결혼하는 거지~? 그치? >_< - 수영
그럼 파혼하냐? -_- - 소민
전 이럴 때 소민녀석이 가증스럽습니다. -_-;
오늘 다 보냈으니까 한 100명쯤은 거뜬히 올 거다. -_- - 소민
그…… 그렇게나 많이? ⊙_⊙ - 수영
당근이지~. -V-* - 소민
소민녀석은 당연한다는 듯 말하며 청첩장을 조심스레 책상 위에 올려놓곤 씨익~ 웃었습니다.
오빠, 왜 씨익 웃어? -_-;; 사이코 같아……. - 소민
신경 꺼! -_-+ 좋아서 그런 거야! - 소민
응……. -_-; - 수영
어릴 적에 결혼하자고 약속했었는데 이렇게 이루네……. - 소민
응……. ^-^ - 수영
우린…… 어쩌면 태어날 때부터 서로의 손에 수갑을 채워놓았는지 몰라……. 그래서 그 수갑 때문에 서로에게 손길이 닿았었나 봐…….
오빠야~. ^-^ - 수영
왜? -_- - 소민
사랑해~. >_< - 수영
새삼스럽게 왜 그러냐? -_- - 소민
그냥…… 갑자기 사랑한다고 말하고 싶어져서……. ^-^ - 수영
등신. -_- - 소민
내가 왜 등신이야! ㅠ_ㅠ - 수영

등신보고 등신이라 그러지 뭐라 그러냐? -_- - 소민
우씨……. ㅜ_ㅜ…… - 수영
하지만 전 들었습니다……. 녀석이 뭐라고 중얼거리는 걸…….
"나도……"라고 중얼거리는 걸……. ^-^

#73

따따따단~ -_-; 따따다딴~. -_-;;
오늘은…… 오늘은…… 저희 둘의 결혼식입니다! >ㅁ<!
야! 화장하다가 그렇게 입 벌리면 어떻게 해! -_-+ - 지희
미…… 미안. -_-;; - 수영
아~ 지금 지희가 저에게 신부화장을 해주고 있습니다……. 찐득
찐득~ -_-;; 한 게 온몸이 근질~ 근질 -_-;; 합니다.
야~ 화장 진하게 하지 마. -_- - 수영
신부화장은 다 진한 거야. -_- - 지희
히잉. -_ㅠ - 수영
야! 울 듯한 표정 짓지 마! 니 면상때기 보기 싫단 말야! - 지희
-_-+ - 수영
하객들을 맞느라 정신없는 듯한 소민녀석……. -_- 슬~ 쩍 문틈
으로 보니 짜증난다는 표정이 역력합니다. -_-;; 오 노~! -_-;
화장을 다 마치고 의자에 다소곳이 앉아 살짝 웃으며 허둥지둥 달
려온 지민이와 -_-; 내 역겨운 면상때기에 -_-^ 화장해준 지희와
함께 사진을 찰칵! 하고 찍었습니다. ^-^
나도 드레스 한번 입어보고 싶다. +_+ - 지민
니가 입으면 찢어질 걸……. -_-……. - 민재

민재는 지민이가 던진 빗 한방에 조용해졌습니다. -_-;;
문이 달칵 열리고 절 향해 울며 달려오고 있는 수민이가 보였습니다. -_-;; 그리고 그 뒤에 한심한 듯 쳐다보는 다연이……. -_-
누나아~. ㅠㅇㅠ! - 수민
그…… 그래. 우…… 우리 수민이~. -_-;; - 수영
전 제 품에 안기는 수민이 등을 토닥토닥거렸습니다. -_-;;
저게 무슨 고등학생이야. -_- - 다연
야, 그 싸가지 없고 깡다구 센 놈이 얘였냐? -_- - 지민
지민이는 언젠가 한번 지희에게 다연이 얘기를 듣곤 싸가지 없고 깡다구 센 놈이라고 다연이를 불렀습니다. -_-;; 다연이는 자신을 가리키는 걸 알고 이마에 힘줄이 불끈! -_-;; 하고 돋더니 지민이의 발을 콰악! 밟았습니다. -_-;;;
까악! >ㅁ<! 이…… 이 놈이 죽으려고! +ㅁ+! - 지민
흥! 나보다 더 싸가지 없고 성질도 더럽게 생긴 게 웬 지랄이야. -_-+ - 다연
뭐…… 뭐!? +ㅁ+;; 니가 더 성질 더럽게 생겼어! - 지민
제가 보기엔 둘 다 성질 더럽습니다. -_-……
수민이가 제 품에 안겨 있다가 두 눈을 번쩍 뜨고 말했습니다.
누나! 우리 떠나자! +_+! - 수민
뭐? -_-;; - 수영
시방 뭐라!? -_-;; 떠…… 떠나? (흥분하면 사투리 -_-;;)
떠나는 거야! 누나와 나의 안식처로! +_+! - 수민
난 그런데 가고 싶은 맘이 없단다. -_-;;;

수민이가 안식처란 말을 하자 -_-;; 민재는 말없이 수민이를 밖으로 끌고 나갔습니다. -_-

아무튼…… 수영이 너 진짜 이쁘다……. 이제 곧 니 유부녀 된다……. ㅋㅋㅋ - 지민

뭐 보통 사람들은 이제 곧 너는 한 사람의 신부가 된다든지 -_- 너는 이제 한 사람만을 쳐다봐야 한다는 등등…… -_-;; 멋있는 말로 결혼에 대해 좋은 얘기 해주지 않습니까? -_-; 근데 지민이는 유부녀가 된답니다. -_-^

야야~ 신부님~ 신랑 도착했수~. ^-^ - 민호

민호오빠가 신부대기실의 문을 열고 들어오자 그 뒤로 멋진 턱시도를 입고 저를 보고 있는 소민녀석의 모습이 보였습니다. -_-

야야~ -_- 이민호. 이게 바로 돼지가 용됐다는 거냐? -_- - 소민

@0@! #@$@#$@#% ㅠ0ㅠ!$#$0⊙!$#$@! - 수영

쟤 뭐라는 거냐? -_- - 소민

결혼식 날부터 이러면 안되지. -_- - 지희

지희는 민호오빠 옆에 찰싹 붙어서 말했습니다…….

쓰읍……. 언제 봐도 잘 어울리는 한 쌍입니다. +_+

야, 돼지야. 너 결혼식장에 입장할 때 엎어지기만 해봐. -_-+ 버리고 갈 거야. -_- - 소민

아…… 안 엎어져! -_-+ - 수영

넌 그럴 확률 200%란다 아그야. -_- - 소민

소민녀석은 저를 붉으락푸르락 -_-;; 화를 내게 만든 뒤 쿡쿡 웃으며 나갔습니다. -_-;;

이씨! 결혼식 날부터 이게 뭐야~. ㅠ_ㅠ - 수영

소민오빠 너 긴장 풀어줄려고 그런 거 같은데 너무 그러지 마라. ^-^ - 지희

아하~. -_-^ 결혼식장에서 넘어지면 버리고 간다고 하는 게 긴장 풀게 하려고 그러는 거였다고? -_-+ 더 긴장됩니다. -_-+

그렇게 생각하고 있을 동안…….

신부 입자아앙~. - 사회자

마침내 운명의 시간이 다가왔슙니다……. ㅠ_ㅠ. (사형수의 마음 같다 -_-;)

#74

야야! 조심해! -_-;; - 지희

어…… 어떡해! 스…… 스텝이 엉켜……. ㅠ_ㅠ. - 수영

식장으로 들어가는데 얼마나 스텝이 엉키는지……. -_-;; 문앞에 겨우겨우 서니 저희 아빠께서 절 보고 웃으며 손을 내밀고 서 있으셨습니다…….

역시 울 아부지는 잘생겼단 말야. +_+…… (헉! -_-;;)

아버지가 제 손을 잡자 조심조심 걸어가는데 제 뒤에서 드레스를 들어주던 지희가 조용히 말했습니다. -_-;;

야! 너 왼발 조심해! +ㅁ+;; 너 왜 이렇게 왼발을 후들후들 떨고 있는 거야! - 지희

모…… 몰라. ㅠ_ㅠ. - 수영

빨간색 천이 촤라라락~ -_-;; 깔려진 그 길이 왜 그리 길어 보이던지……. -_-;; 순간 제 머리 속에 스친 단어는…… '엎어지면 버리고 간다!' +_+! (꽤 충격이었나 보다 -_-;;)

전 정신 차리고 후들거리는 다리를 진정시킨 후 왠지 저를 보며 걱정스런 표정을 짓고 있는-_-;; 소민녀석 앞에까지 겨우 도달했습니다. 아버지가 소민녀석에게 제 손을 건넸습니다…….

어후후후후……. ㅡ,.ㅡ

야, 너 표정 좀 풀어봐. -_-;; - 소민

오빠……. ㅠ_ㅠ……. - 수영

왜 그래? -_-;; - 소민

소곤소곤 말하던 저희 둘에게 시련이 닥쳤으니……. -_-;;;;

나 다리 풀렸어……. ㅠ_뉴……. - 수영

순간 저희 둘 사이에선 정적이 흐르고……. -_-; 황당해하는 소민 녀석의 얼굴이 보였고 …… -_-;; 저의 다리는 점점 더 풀려만 갔고…… ㅠ_ㅠ……. 주례사 아저씨의 말은 최고조에 이르렀습니다. 오…… 오빠…… 나 어떡해. ㅠ_ㅠ. 나…… 이제 3초 뒤면 쓰러질 거 같아. -_-;; - 수영

에이씨……. -_-^- 소민

소민녀석은 어쩔 수 없다는 듯…… 한 손으로 제 허리를 감싸 안고 말했습니다.

이제 다리에 힘 좀 풀어봐……. - 소민

다리에 힘을 풀자 소민녀석이 잠시 비틀 -_-; 거리다가 다시 중심을 잡고 팔뚝에 근육이 불끈! -_-; 생기는 걸 느꼈습니다.

오빠 괜찮아? ㅜ_ㅜ. - 수영

아…… 쓰파……. 말 시키지 마……. -_-^- 소민

소민녀석의 이마에 땀이 흐르기 시작할 무렵……. -_-;;

신랑 안소민군은 흠흠…… 신부 유수영양을 평생 사랑하겠습니까? - 주례사

아 쓰바…… 네……. -_-^- 소민

아 쓰바만 뺐으면 좋았을 텐데……. ㅠ_ㅠ

흠흠……. -_-+ 그럼 신부 유수영양은 신랑 안소민군을 평생 사랑하겠습니까? - 주례사

네……. ㅜ_ㅜ - 수영

그럼…… 이제 두 사람이 부부가 된 걸 선포합니다! - 주례사

그 말이 끝나자마자 -_-;; 소민녀석은 제 뒤에 두르고 있던 팔을 뺐습니다. -_-; 얼굴에는 땀이 뚝뚝 흐르고…… -_-;; 얼굴이 창백~ 해지고……. -_-;; 이번엔 제가 소민녀석의 팔짱을 낀 채 부축해주었습니다. -_-;;;

어쨌든 이러쿵저러쿵 결혼식이 끝나고……. -_-;;

야~ 잘 갔다 와~. >_<! - 지희

만리장성 쌓고……. 윽! -_ㅜ - 민재

이 자식 상관하지 말고 -_- 유수영! 남자는 처음부터 잘 잡아야 돼! 알았지? +_+ - 지민

참고로 저희들의 신혼여행지는 우리나라의 하와이…… -_-;; 제주도랍니다. -_-;;; 민호오빠는 갑자기 어떤 통을 소민녀석에게 쥐어주며 두 손을 불끈 쥐었습니다. -_-;;

민호오빠. 이게 뭐예요? O_O - 수영

어어? -_-;;;; 조…… 좋은 거야~. -_-;; - 민호

민호오빠는 땀을 삐질삐질 흘리고 소민녀석은 그 통과 저를 번갈아가며 뚫어져라 바라보다 얼굴 빨개지고……. -_-;;;

어…… 어쨌든…… -_- 모든 이의 축복을 받으며…… 저희 둘은 공식적으로 부부가 되었습니다. ^-^

#75

비행기가 출발하겠습니다. -_- - 항공기 승무원

우엑~. - 소민

우엑~. -_π - 수영

제주도로 가는 길……. -_-;; 소민녀석과 저는 기쁜 마음으로 트랩을 올랐지만, 비행기가 하늘로 뜨는 순간…… -_-;;; 고소공포증 때문에 -_-^ 헛구역질을 하며…… 운항 시간 내내 모든 승객들에게 -_-;; 그리고 모든 승무원한테 -_-; 민폐를 끼치다가 마침내 둘 다 핼쑥한 얼굴로 공항에 도착했습니다. -_-;;

오빠…… 괜찮아? =_=……. - 수영

괜찮을 리가 있겠냐? -_-^ - 소민

저희 둘은 택시를 잡아타고 예약해 놓은 호텔로 향하며 중얼거렸습니다.

"쓰파……. 다신 비행기 타나보자……." -_-^ (-_-;;)

호텔에 도착하자마자 핼쑥한 저희 둘의 얼굴을 본 직원들은 이상한 눈빛으로 저희들을 보며 -_-;; 1207이라는 호텔 키를 주었습니다. -_-;; 1207호의 문이 -_-; 활짝 열리자마자 저희 둘은 침대에 누워 가스활명수며 -_- 청심환 등을 먹어댔습니다. -_-;;

오빠……. 신혼여행 와서 이렇게 고생하는 기분이 어때? - 수영

소민녀석은 가만히 있다가 딱 한마디 남겼습니다.

더러워……. -_-^- 소민

저희 둘은 벌써 어둑어둑해진 제주도를 보다가 호텔의 식당으로 내려갔습니다. -_-;; 열심히 속에 있는 걸 뱉어내다보니 배가 고프더군요. -_-;;

오빠. 뭐 먹을래? O_O - 수영

야, 우리 삼겹살 구워 먹자. -_- - 소민

상추하고? 캬~ 그래! +_+! - 수영

저흰 첫날밤 음식을 삼겹살로 정했습니다. -_-;;; (둘 다 무드라곤 지지리도 없는 것들 -_-;)

소주 3병에 -_- 삼겹살 5근 -_-;;; 상추와 그의 패밀리 쑥갓 -_-;; 그리고 마늘과 청양고추 -_-;; 고추장을 바리바리 싸들곤 1207호로 컴백했습니다. -_-;;

지글지글 -_-;; 프라이팬에서 자신의 몸을 희생하며 내 목구멍으로 넘어갈 삼겹살을 위해 묵념……. -_-

야, 다 됐냐? -_- - 소민

어? 엉~. >_< - 수영

묵념은 무슨. -_- 목구멍으로 들어가면 다 먹을 거라고 취급되는 것이구만……. -_-;;;

전…… -_- 삼겹살을 먹다가 순간적으로 소민녀석을 골탕 먹이고 싶어 -_-; 상추에 마늘 3개 청양고추 반땡 -_- 고추장 듬뿍~ 그 위에 깻잎 -_- 그런 다음 고기 쬐~ 그만 거 한 개……. -_-;;

오빠~ 아~ 해봐~. >_< 내가 먹여줄게~. - 수영

갑자기 왜? —,.— - 소민

아잉~. 〉_〈 - 수영

소민녀석은 떨떠름한 -_-; 표정을 짓더니 결국 입을 쩌억~ 벌려주더군요. 전 그 쌈을 녀석 입안으로 골인시켰습니다. -_-;; 조금씩 씹던 녀석의 표정이 서서히 굳어감과 동시에 저의 사악한 미소는 퍼져 갔습니다. -_-;;; 하지만 소민녀석은 그 무서운 쌈을 꿋꿋하게 다 먹고 꾸울꺽~ -_-; 삼키더니 말했습니다.

야~ 정말 맛있다! -_-+ 야! 돼지야. 나도 싸줄게! - 소민

괘…… 괜찮아. 아~ -_- 갑자기 배가 불러. -_-;; - 수영

소민녀석은 갑자기 꽃미소를 날리며 말했습니다.

자……. 아~ 해봐~. 아~. ***^_^*** - 소민

헉! +,.+! 앙~. -0-……. - 수영

꽃미소에 약한 전 입을 쩌억~ -_- 벌려주었고 소민녀석은 사악한 미소를 지으며 절 쳐다봤습니다. -_-;;; 전 그제서야 당한 걸 알았지만…… 이미 씹은 걸 어찌하리. ㅠ_ㅠ;;; 소민녀석이 준 그 쌈은…… -_-;; 엄청나게 매우면서 신 -_-;; 그런 맛을 목구멍 뒤에 남긴 채 사라졌습니다. -_-;;;

어때? 맛있지? 후후후후……. +_+ - 소민

ㅠ_뉴……. - 수영

소민녀석은 -_- 한참 동안 패배의 눈물을 흘리며 설거지를 하고 있는 저를 보며 말했습니다.

너 아직 샤워 안 할 거면 나부터 한다! -0- - 소민

어~. 뭐!? *@_@* - 수영

샤…… 샤워!? ㅇㅁㅇ 그…… 그렇다. -_-;; 우…… 우린 첫날밤이었지. -_-;; (잊고 있었냐? -_-+)

전 설거지를 다 끝내고 침대에 멀뚱멀뚱 앉아 있었습니다. -_-;; 도대체 첫날밤을 어떻게 보내야 한단 말인가……. +_+ (눈이 빛난다 -_-;) 가만히 앉아 있는 저에게 녀석의 가방이 보였습니다.

어? 이 병 민호오빠가 줬던 거 아닌가? -_-a - 수영

소민녀석의 가방엔 신혼여행 떠날 때 민호오빠가 던져준 병이 있었습니다. +_+

뭐지……? 전 궁금한 마음에 슬쩍~ 병을 살펴보았습니다. -_-

어? 아무것도 안 써있네? ㅇ_ㅇ 이거…… 감기약인가? -_- 요즘 코감기에 걸려서 꽤 괴로운데……. 흐음……. -_-……. - 수영

전 유심히 그 병을 보다가 에라~ 모르겠다 -_- 하는 심정으로 병 뚜껑을 열었습니다. 그리곤 안에 들어 있던 알약을 한 5알 정도 꺼내 입에 넣고 삼키는 순간…… -_- 소민녀석이 욕실에서 나오다가 제 모습을 봤습니다. 녀석은 제 손에 들려 있는 병을 보자마자 눈이 확 커지며 소리쳤습니다.

안돼! +ㅁ+! - 소민

ㄲ…… 꿀꺽?! ㅇㅁㅇ…… - 수영

소민녀석은 제 손에서 그 병을 빼앗아가더니 알약을 삼킨 절 보며 절망스럽게 말했습니다.

너…… 너…… 이거 먹은 거야? - 소민

-_-;;; (- -) (_ _) (- -) (_ _) - 수영

제가 말없이 고개를 끄덕거리자 소민녀석은 갑자기 머리를 쥐어뜯

으며 소리쳤습니다.

그거 정력제란 말이야! - 소민

○○○……? - 수영

저…… 정력제? 저…… 정력!? *-_-*……

아…… 아니 얼굴을 붉힐 때가 아니지. -_-^ 그…… 그럼 내가 감기약이라고 먹은 건 저…… 정력제. 꼬르르륵~. @_@ (게거품 물고 쓰러지다 -_-)

젠장! 그거 버리려고 그랬는데 니가 먹으면 어떡해! -_-+ 그렇게 아무거나 집어서 먹으니까 내가 돼지라고 그러지! - 소민

ㅠ_ㅠ…… 오빠…… 갑자기 온몸에 힘이 불끈불끈 솟는 거 같아……. -_-;; - 수영

지랄 염병 떤다 또. -_-+ 빨리 가서 샤워나 해! - 소민

전 목욕탕으로 후다닥~ -_- 들어가서 왠지 모르게 힘이 솟는 걸 -_-;; 느끼며 샤워를 한 다음 가운을 입고 나왔습니다. 소민녀석은 텔레비전을 보다 절 꼬나보며 말했습니다.

어서 와 -_- 정력제 먹은 돼지. - 소민

울컥~ 울컥~. @0@! 하지만 전 조용히 소민녀석이 앉은 소파 옆에 앉아 서비스로 가져다준 과일을 집어먹으며 말했습니다. -_-;

오빠. -_- 내가 이 맥주캔 찌그러트려 볼까? 나 지금 뭐든지 다 잘 할 거 같아. -_-;;; - 수영

참 나. -_-^ - 소민

소민녀석은 가만히 바나나를 먹고 있는 절 가만히 보더니 눈빛이 진지해졌습니다……. 헉! -_-;;; 오…… 오빠 왜 그래? -_-;; - 수영

바나나 다 먹고 말해. -_- 졸라 더러워. - 소민

전 꿀꺽 바나나를 삼키고 소민녀석을 바라봤습니다. 소민녀석은 제 허리를 감싸며 말했습니다.

야…… 지금 키스하면 너한테서 바나나맛 나겠다? - 소민

-_-;;; 오빠 안돼……. 자제합시다 우리. - 수영

뭐 어때. 우린 지금 신혼여행 첫날밤인데……. 쿠쿡. - 소민

소민녀석은 저에게 조금씩 몸을 밀착시키며 다가왔습니다. 전 어쩔 수 없다는 연기를 하며-_-; 소민녀석의 목에 손을 둘렀습니다. 정말 어쩔 수 없었답니다. -_-;; 어느새 제 입술을 탐하고 있는 소민녀석에게서 좋은 샴푸 냄새가 풍겼습니다…….

절 소파에 눕힌 녀석은 당황한 표정을 짓고 있는 절 쳐다보며 말했습니다…….

자자. -_- - 소민

뭐…… 뭐? *@_@* - 수영

소민녀석은 침대로 절 질질 끌고 가서 -_-^ 자신도 침대에 눕더니 절 꼬옥~ 껴안고 말했습니다.

자장가 불러줄까? ^-^ - 소민

뭐…… 뭐야. -_-^ '자자' 하는 게…… 이런 거였어? -_- (은근히 기대했었다 -_-;)

하지만 전 녀석의 잠옷 소매를 손으로 살짝 잡고 말했습니다.

응……. - 수영

소민녀석은 살짝 웃으며 제 머리를 부비거려준 다음 조용하면서 나긋나긋한 목소리로 노래를 불러주었습니다.

원하는 모든 걸 줄 거예요 그대만 위해
하늘의 별도 따다 줄게요
거짓말 아녜요 나를 믿어요 맹세할게요
아직은 담장 너머로 그댈 훔쳐보는 게
내가 할 수 있는 전부지만
언젠가 그대를 향해 자유로이 날 거예요
THIS IS MY LOVE……
-NRG의 〈티파니에서 아침을〉 중에서-

수영아…… 자니? - 소민
더 불러주라. - 수영
소민녀석은 씨익 웃으며 여전히 절 자신의 품안에 가둔 채 조용히
제 귀에 울려 퍼지는 노래를 들려주었습니다…….

너무 투명해 그대 눈빛은 그대와 눈 마주칠 때마다
심장이 멈출 것 같아 늘 고갤 숙이죠 오늘도 난
원하는 모든 걸 줄 거예요 그대만 위해
하늘의 별도 따다 줄게요
-NRG의 〈티파니에서 아침을〉 중에서-

전 스르르…… 잠이 들었습니다.

#76

우움……. =_=…… - 수영
한참 자고 있는데…… 뭔가 이상해서 깨어 보니 소민녀석이 절 꼬옥~ 껴안고 자고 있더군요! +_+;; 전 녀석의 품에서 나와 침대에 멍~ 하니 앉아 있었습니다. -_- 그때…… 베란다 쪽에서 이상한 소리가 들렸습니다. =ㅁ=;;;
야! 진짜 얘네 자는 거 아냐? 추워 디지겠어! -_-^- ??
아…… 씨파. -_-^- ??
무…… 무슨 소리지? ㅇㅇㅇ;;;
서…… 설마 도…… 도두욱? +ㅁ+! 신혼커플의 첫날밤을 훔쳐보는 도둑인가? ㅇ_ㅇ; (설마 -_-;;)
야! 우리 괜히 왔잖아! 이씨! 졸려 뒤져……. ㅠ_ㅠ - ??
아흐흐…… 추워……. >_<;;; - ??
가…… 간간히 여자 목소리도 들리는데……. 호…… 혼성 도둑인가? -_-;; 그래…… 유수영…… 결심했어! +_+ 저 도둑들을 잡아 살림 밑천하리! +ㅁ+! (가난한 수영이 -_-;;)
후후후……. 도둑을 잡으면 현상금이라도 있겠지, +_+! 니네…… 딱 걸렸어 우후후. +_+. - 수영 (갑자기 호러 분위기가 -_-;)
전 살금살금 베란다로 기어 갔습니다. -_-;; 살~ 짝 커튼을 들쳐

보니 헉! 4…… 4명이잖아! =_=;; 이…… 이거 내가 불리하겠는데? -_-;; 하지만 난…… 돈이 필요해! -_-;;;;

야! 얘네들 진짜 자나보다. -_-^ 그냥 가자. - ??

아씨! 짜증나. -_-^ 오랜만에 좋은 구경하나 싶었는데……. - ??

좋은 구경? -_-+ 이 새끼 변태 아냐? -_-+ - ??

헉! 가…… 간다고?! o_O;; 아…… 안돼!

전 삼겹살 구워먹던 프라이팬을 들고 베란다 문을 활~ 짝 열어 젖혔습니다. -_-;;; 바람이 싸악~ 하고 불어오자 제 머리와 하얀 잠옷이 바람에 날리며 -_-;;; 저는 완전히 처녀귀신 모습을 하고 있었습니다.

까악! 귀신이다! - ??

어떤 여자가 쓰러지는 걸 느꼈고……. -_-;

벌써 한 명 해치웠다. 훗. -_-V

이 새끼들이! +ㅁ+! 감히 신혼여행 온 부부의 첫날밤을 (-_-;) 훔쳐보려고 해!?!? 니네 한번 죽어봐라! 카악! >ㅁ<! - 수영

프라이팬을 이리저리 휘두르는데 -_-;; 띠잉~ 하는 전율이 오는 걸로 봐서…… -_-;; 누군지 맞았다!

충격을 먹었는지 멍~ 하니 서 있는 한 사람을 베란다로 파악! 밀어버리고, 도망치려는 다른 한 사람은 프라이팬으로 면상을 후려쳤습니다. -_-;;;;;

아씨……. -_-^ 뭐가 이리 시끄……. 야! 유수영……. -_-;; 너 지금 베란다 문 열어놓고 뭐하는 거야? -_-; - 소민

오빠! 내가 도둑 잡았어! 우리 현상금 받아서 그걸로 살림밑천하

자! +_+! - 수영 (이 강한 생활근성 -_-;;)

뭐? 도둑? -_-;; - 소민

소민녀석은 방의 불을 켰습니다. 방안이 환해지면서……. -_-

이민호……. O_O…… - 소민

뭐? -_-;;; - 수영

야! 이민호! 얘가 왜 코피를 흘리고 쓰러진 거야? O_O;;

야! 야! 정신 차려! +ㅁ+! - 소민

미…… 민호오빠? -_-;;;; - 수영

전 프라이팬을 툭…… -_-;; 떨어뜨리곤 민호오빠에게 달려갔습니다. -_-;;

어어엉~. ㅠ_ㅠ…… 아까 내가 휘두른 프라이팬에 민호오빠 맞았나봐~. - 수영 -_-;;

야! 그건 그렇고…… 권지희랑 이민재는 왜 저렇게 베란다에 널브러져 있냐? -_-;; - 소민

뭐…… 뭐? O_O;; - 수영

네…… 그렇습니다. -_-;;; 제가 귀신인 줄 알고 기절한 사람은 지희였고 -_-;;; 프라이팬에 면상을 맞은 사람은 민재였습니다.

헉! +ㅁ+;; 미…… 민재가 왔다는 건…… 그 뒤를 쫓아다니는……
지민이……. +ㅁ+;;

그럼…… 아까 내가 팍 민 건…… 지…… 지민이!+ㅁ+!

지…… 지민아~. 지민아~. ㅠOㅠ! - 수영

야 -_-;; 너 왜 그래? - 소민

어어엉~. ㅠOㅠ! 내가 베란다로 한 사람을 밀었는데 그게 지민이

약혼-결혼-신혼여행 155

인 거 같아~. ㅠ0ㅠ! - 수영
가지가지 한다. 정말……. -_-^ - 소민
소민녀석은 갑자기 바닥을 바라보더니 허탈한 웃음을 지으며 말했습니다.
야……. 얘 여기 매달려 있다. -_-…… - 소민
뭐? -_ㅠ? - 수영
소민녀석 눈이 가는 곳으로 눈을 돌려보니…… -_-; 지민이가 핏대를 세우며 베란다 철조망에 낑낑 매달려 있었습니다. -_-;;;;;
지…… 지민아~. ㅠ0ㅠ! - 수영
유수영! 빠…… 빨랑 오…… 올려. 끄아악……. +ㅁ+;;; - 지민
전 지민이를 낑낑대며 올렸고 -_-; 지민이는 절 죽일 듯이 바라보며 말했습니다.
씨파…… 니가 나 베란다 밖으로 밀었지? -_-+ - 지민
미…… 미안……. ㅠ_ㅠ. - 수영
소민녀석은 코피를 흘리는 -_-;; 민호오빠의 코에 휴지를 떡! 끼워주고 -_-;; 민재와 민호오빠, 지희를 다 침대에 눕힌 다음 한심한 듯 바라보고는 다시 절 무섭다는 듯이 쳐다봤습니다…….
헉. -_-;;;;
야 -_- 유수영, 너 무섭다~. 저 프라이팬으로 이 4사람을 해치운거야? -_-;; - 소민
ㅠ_ㅠ……. - 수영
장난 아니었어. -_-^ 갑자기 베란다 문이 열리더니 흰 옷을 입은 여자가 프라이팬을 들고 검은머리를 바람에 휘날리며…… 우리한

테 사악한 웃음을 날리는데 얼마나 무서운지……. 권지희 그것 보고 기절했어. -_-;; - 지민

-_-;;; - 소민

ㅠ_ㅠ…… - 수영

놀라서 지희를 부축하려는 민호녀석의 뒤통수를 정통으로 때려눕혔고 -_-^ 그 덕분에 앞으로 고꾸라진 민호녀석 코에서 코피가 났지. -_-;; 그리곤 가만히 서 있는 날 향해 다가오더니 홱~ 밖으로 밀어버리고 -_-++ 도망치려는 민재녀석의 면상을 프라이팬으로 갈기더라고. -_-^ - 지민

미…… 미안해……. 미안해~. ㅠ_ㅠ…… - 수영

야, 유수영. -_- 다시는 프라이팬으로 요리하지 마. -_-^ - 소민

응……. ㅠ_ㅠ. - 수영

쌍코피를 흘리며 -_-;; 침대에 누워 있는 민호오빠와 내 모습을 보고 기절한 지희…… -_-;;; 면상에 정통으로 프라이팬을 맞은 민재의 모습을 보니 가슴이 싸아~ -_-;; 하고 아파옵니다.

근데…… 니네…… 여기 왜 온 거냐? -_-+ - 소민

지민이는 갑자기 식은땀을 흘리다가 소민녀석이 주먹을 내밀어 보이는 바람에 -_-;; 말했슙니다.

민호녀석이…… -_- 지가 준 초강력 정력제인가? -_-;; 그거 사용법을 안 가르쳐 줬다고 한번 가보자고 하더라고. -_- 우리도 궁금하고……. 그래서 니네 출발하고 난 후 바로 다음 비행기로 쫓아왔어. -_-;; - 지민

젠장……. -_-^ 민호오빠가 줬다는 그 초강력 정력젠가 뭔가는 내

가 먹었는데……. -_-+ 그래서 내가 그렇게 힘껏 프라이팬을 갈길 수 있었구나. -_-;;

소민녀석은 잔뜩 허탈한 눈으로 절 쳐다보며 말했습니다.

됐어. -_-^ 그 초강력 뭐신가 이 돼지가 먹었어. - 소민

뭐? o_O;;; 푸하하하핫! >ㅁ<! - 지민

오…… 오빠야. ㅠ_ㅠ. - 수영

지민이는 그 말을 듣고 배꼽을 잡고 웃었습니다. 그 웃음소리에 하나 둘 깨어났습니다. -_-;;

여기가 어디야? @_@ - 지희

아씨…… 쌍코피 나……. 젠장……. -_-^ - 민호

우흑~ 유수영이다! 형아~ 수영이 무서워~. ㅠ_ㅠ. - 민재

세 사람은 나란히 침대에 앉아 있다가 제가 쳐다보자 슬금슬금 뒤로 물러나며 절 피했습니다. -_-;;;;;;

야! -_-+ 니네 이리 내려와! 수영이가 일부러 그랬겠냐? 그리고 누가 이런 데 오래? -_-+ - 소민

그제야 세 사람은 쭈르르~ 침대에서 내려와 바닥에 앉았습니다. -_-; 지희는 절 쳐다보며 힘겹게 말했습니다. -_-;

너…… 진짜 무서웠어……. ㅠ_ㅜ…… - 지희

미…… 미안~. ㅠ_ㅠ. - 수영

수영이가 베란다 문을 열고 프라이팬으로 내 머리통을 치는데……. 야~ 안소민 -_-; 너 수영이 성깔 건드리지 마라. 진짜 무섭다. -_-;;; 졸라 호러였어. -_-;; - 민호

미…… 미안해요……. ㅠ_ㅠ…… - 수영

난 모르겠어. 수영이가 도망치려는 날 붙잡는 순간 ㅠ_ㅠ. 앞이 번쩍~ 하더니 별들이 휘황찬란하게 내 눈앞에 돌아다니던 것만 기억나. -_-; - 민재

미안하다 잉~. -_-+ - 수영 (왠지 민재에게는 미안하지 않은 수영 -_-;)

소민녀석은 가만히 있다가 한마디 내뱉었슙니다.

내 인생에 도움 안 되는 것들……. -_-^ - 소민

소민녀석은 삐졌는지 침대로 휙~ 들어가 이불을 뒤집어썼슙니다.

하긴…… -_-;; 첫날밤을 이렇게 보내게 됐으니……. -_-;;

민호오빠와 민재 그리고 지희와 지민이는 각자 방 예약해놓은 곳으로 가버렸슙니다. -_-;; 갈 때 소민녀석이 던진 휴지조각에 민재가 또다시 면상을 맞았다는 슬픈 전설이 흘러 내렸슙니다. -_-

#77

까르륵~. >_<! 나 잡아봐라~. >ㅁ<! - 지희
후훗~. 거기 서~. -v……. - 민호
-_-^ - 소민
-_-+ - 수영
누가 나 사진 좀 찍어줘~. ㅠ_ㅠ - 민재
와~ 이 꽃으로 물감을 만들면 어떻게 될까? O_O. - 지민
저희 둘의 신혼여행……. 하지만 이름만 저와 소민녀석의 신혼여행이지 -_-^ 조오기~ 웬수 지희와 민호오빠가 오히려 신혼여행을 온 것 같습니다. -_-+
어머~ 잡혀버렸네~. *-_-* - 지희
작작 좀 해! 작작 좀! 씨익~ 씨익~. +,.+ - 수영
어머~ 수영아~ 왜 그래에~? >_<! - 지희
왜 그러냐고? 왜 그래? 니 입에서 어떻게 그런 깜찍한 -_-+ 말이 나올 수 있는 거지? -_-++ 내가 신혼여행 왔지 니가 왔냐? 니가 왔어?! +ㅁ+! 왜! 우리 결혼할 때 니네도 결혼하지 그랬냐!?! 캬아아악! +ㅁ+!
유수영…… 참아. -_-……. - 소민
+ㅁ+…… - 수영

야 이 바보야. -_-+ 나중에 우리만 빠지면 되잖아! - 소민
빠…… 빠져? ⊙0⊙ - 수영
소민녀석은 절 의심스런 눈으로 쳐다보곤 말했습니다.
너 설마 저 바다에 빠지자는 말로는 안 들었겠지? -_-+ - 소민
-_-…… (그런 줄 알았다 -_-;) - 수영
소민녀석은 살금살금 절 데리고 가서 우리가 타고 왔던 레포츠 차에 시동을 걸더니 신나게 달렸습니다. -_-;; 길도 뻥~ 뻥~ 뚫려 있습니다. -_- 녀석은 기분이 좋은지 엄청난 속도를 내며 달렸습니다. =ㅁ=;;
아악! 오빠! ㅠO ㅠ! 속도 좀 줄여! 끄억~. ㅠO ㅠ! - 수영
소민녀석은 제 절규를 -_-; 들었는지 서서히 속력을 늦추었습니다. -_-; 창문을 열어둔 탓에 제 머리는 사방팔방으로 춤을 추고 있었습니다. -_-;; 소민녀석은 제 흉한 모습을 보고는 말로는 못하고 얼굴 표정으로 표현했습니다. (-_-;; ←이런 표정 -_-;)
소…… 속도 좀 그만 내……. ㅠ_ㅠ. - 수영
^-^ - 소민
소민녀석은 제가 자동차 문을 꽈악~ 잡고 있는 걸 보고 씽긋 웃더니 한 손으론 운전대를…… 다른 한 손으론 제 머리를 차분하게 정리해주며 말했습니다.
어제 베란다에 매달린 한지민이 말한 니 모습을 눈으로 보니 진짜 무섭구나. -_- - 소민
으윽~. -_ㅠ 제발 어젯밤 일은 말하지 말아줘~. ㅠ_ㅠ - 수영
소민녀석은 부둣가 어디엔가 차를 세우더니 절 데리고 갔습니다.

오빠~ 여기가 어디야? 응? O_O - 수영

귀여운 척하지 마. -_- 쏠려. - 소민

-_-+ 어.디.가.는.데? - 수영

어쭈? -_-+ 말 뚝뚝 끊어? 이걸 화악~. - 소민

어…… 어디 가는데요? -_ㅠ - 수영

전…… 폭력 앞에선 비굴했습니다……. -_-;;;;;;;

따라와 보면 알아, 돼지 아가씨. -_- - 소민

@0@! 내가 왜 돼지야! @0@! - 수영

초콜릿 있는데 먹을래? 우물우물. —,.— - 소민 (왕무시 -_-;)

줘……. -_-……. - 수영

전 녀석이 던져준 초콜릿을 나이스캐치 -_-;; 하여 우물우물 먹으며 가고 있었습니다. -_- 한참을 걸어서야 소민녀석은…… 바닷가 한쪽 구석에 있는…… 꼭 바다를 지키는 듯한 빨간 등대로 절 데리고 갔습니다.

올라가볼래? - 소민

응. ^-^ - 수영

계단을 한 개씩 올라가 꼭대기의 문을 활짝~ 열었습니다. 시원한 바람…… 푸른 바다와 하늘……. 모두 저희 둘을 맞아주는 듯해서 기분이 좋았습니다. ^-^

멋있지? ^-^ - 소민

응~. ^-^* - 수영

소민녀석은 절 쳐다보다 제 어깨를 감싸 안으며 조용히 말했습니다……

니가…… 힘들 때마다 널 지켜주는 등대가 되어줄게……. 니가 힘들어 이곳에 올 때마다…… 푸른 바다와…… 푸른 하늘로 널 맞아줄게……. 니 마음이 지칠 때마다…… 시원한 바닷소리와…… 니 머리카락을 스치는 바람으로 내 사랑을 보여줄게……. 이 등대가 이 바다를 지키는 것처럼…… 나도 니 마음 한구석에 영원히 자리 잡고 널 지켜줄게……. 맹세할게……. 영원히 지켜질 맹세를 할게……. 널 영원히 사랑한다는……. 이 등대처럼 널 영원히 지켜준다는……. 지금 니 눈에 비쳐지는 나……. 언제나 니 옆에 서 있을 거란 걸 이렇게 맹세할게……. - 소민

소민녀석은 울먹거리는 절 쳐다보며 말했습니다.

약속했잖아……. 널 울리지 않겠다고……. 울지 마……. - 소민

전 금방이라도 터져 나올 듯한 눈물을 꾸욱~ 삼키고 살짝 웃으며 말했습니다…….

그럼…… 난 오빠를…… 영원히 마음속에 담아둘 것을…… 맹세할게. ^-^ - 수영

소민녀석은 아찔한 미소를 지으며 결혼식 때 함께 나눠 끼었던 자신의 루비반지를 가리키며 말했습니다.

너 루비의 뜻이 뭔지 알아? - 소민

아니, 몰라. (-_-;) - 수영

소민녀석은 제 손에 끼워져 있는 루비반지와 자신의 루비반지를 서로 맞대며 말했습니다.

루비는 깊은 애정과 용기를 뜻한대……. ^-^ - 소민

와~ 오빠. O_O 어젯밤에 갑자기 열심히 탄생석 책 읽더니 이거

말해주려고 그런 거였어? O_O - 수영

소민녀석은 인상을 화악~ -_-;; 찌푸리며 딱 한마디 남겼습니다.

둔팅이……. -_-^ - 소민

뭐야?! ○○○! 내가 왜 둔팅이야! ㅠ_ㅠ - 수영

분위기도 못 맞춰요, 아무튼. -_-^ - 소민

ㅠ_ㅠ……. - 수영

야! 가자 가~. -_-^ - 소민

전 소민녀석의 뒤를 쫄랑쫄랑 따라갔습니다. =ㅁ= 우흑~. -_ㅠ 아까까지만 해도 분명히 분위기 좋았는데……. ㅠ_ㅠ 분명히 소민녀석의 눈이 진지했는데……. ㅜ_ㅜ…… (니가 망친 거야 -_-)

야! 빨리 와! -_-+ - 소민

으…… 으응~. ㅜ_ㅜ - 수영

전 소민녀석이 마구 차를 몰아 호텔로 그냥 무작정 들어가는 바람에 소민녀석을 놓치고 말았습니다. ㅠ_ㅠ……

손님, 길을 잃어버리셨습니까? (- -) - 직원

네. ㅠ_ㅠ 1207혼데요~. - 수영

따라오십시오. (- -) - 직원

직원을 따라 쫄랑쫄랑 엘리베이터를 타고 12층에 띵~ 하고 도착해보니 숨찬 모습으로 엘리베이터 버튼을 누르며 무언가 다급하게 찾는 소민녀석의 모습이 보였습니다. -_-;;

오…… 오빠야~. ㅠO ㅠ! - 수영

어, 유수영! 어디 갔었어! - 소민

오…… 오빠가 나 내버려두고 막 가버렸잖아! ㅠ_뉴 - 수영

소민녀석은 제 손을 잡으며 말했습니다.
그래, 잘못했어……. 들어가자. - 소민
응~. ㅜ_ㅜ - 수영
소민녀석은 거칠게 머리를 쓸어 올리며…….
다음부터 밖에 나가면 내 옷자락 잡고 다니든지 팔짱을 끼고 다니든지 손을 잡고 다니든지 해. 3박 4일 동안 너 꼭 무슨 일 저지를 거 같아. - 소민
내가 무슨 꼬마애야? -_-+ 오빠 옷자락 잡고 다니게!? - 수영
소민녀석은 가만히 절 쳐다보다가…….
너…… 내 꼬맹이 아니었냐? - 소민
0_0…… - 수영
그럼요~. 〉_〈 전 소민님의 영원한 꼬맹이랍니다~. 오호호호~. 〉_〈 (금방 기분 좋아짐 -_-;)
저희 방의 문을 열고 소민녀석은 침대에 털썩~ 누우며 절 향해 손을 까닥거렸습니다. =ㅁ=;;
왜? -_- - 수영
-_- 까닥까닥. - 소민
왜 손가락질을 하고 난리야! 〉ㅁ〈! - 수영
+ㅁ+! …… -_-++ 까닥까닥. - 소민
가…… 가면 되잖아. -_-;; (쫄았음 -_-;) - 수영
쪼르르……. 아…… 알았습니다~. -_-;;
제가 쿵쾅거리며 -_ㅠ 가까이 가자 소민녀석은 제 손을 잡아 절 끌어안고 눈을 감았습니다.

오…… 오빠~. *-_-* 왜…… 왜 그래~. - 수영

너 안고 자야 잠이 잘 온다고……. 흐음……. - 소민

소민녀석의 숨결이 조용히 들렸습니다. 아아…… 잘생기긴 잘생겼구나. 짜슥……. *@ㅠ@*

제가 조용히 소민녀석을 감상하고 있을 동안 쾅쾅쾅! 누군가 미친듯이 저희 방문을 두드리고 있었습니다. -_-;

뭐야! -_-+ 분위기 좋은데! -_-+ (-_-;;)

제가 문을 획~ 열어젖히자 -_-;; 반 폐인이 된 지민이, 지희, 민호오빠, 민재의 모습이 -_-; 제 눈에 보였습니다. =ㅁ=;;

왜…… 우리 놔두고 갔어? ㅜㅇㅜ - 민재

민재가 먼저 풀썩~ 쓰러지자 그 위로 다들 풀썩풀썩 -_-;; 쓰러졌습니다.

헉. -_-;; 설마 걸어서 이곳까지 온 거야? -_-;; 그곳에서 여기까지…… 25km나 되는데……. -_-;;;;

이…… 일어나봐! 지희야! 지민아~. ㅜㅇㅜ! - 수영

그날 하루 -_- 전 자빠져 자고 있는 소민녀석을 원망스럽게 바라보며 널브러진 네 사람을 업고 각자의 호텔방으로 데려다 주느라 죽을 뻔했습니다……. ㅠ_ㅠ

#78

우걱우걱우걱 +ㅁ+! - 지희
-_-;;; 배…… 배고팠니? 지희야? - 수영
-_-? …… (ㅠ_ㅠ) (_ _) (ㅠ_ㅠ) (_ _) - 지희
내 것도 먹어. -_-;; 지민아……. 너 밥 더 줄까? - 수영
우걱우걱……. +ㅁ+ (- -) (_) (- -) (_) - 지민
-_-;; - 수영
신혼여행 온 지 이틀째입니다. -_-; 지희와 지민이는 일어나자마자 절 찾아와 밥 달라고 울며 소리쳤습니다. -_-;;; 허둥지둥 일어나 한가득 밥을 해서 김치와 밥만 달랑 주었건만 둘은 너무나 맛있게 먹고 있습니다. -_-;;
에휴~ 이제 살았다. ^0^ - 지희
잘 먹었어. 끅~. -_- - 지민
그…… 그래. -_-;; - 수영
야! 근데 남자들은 어디 갔어? ㅇ_ㅇ - 지희
지희는 민호오빠를 찾는지 이리저리 휙~ 휙 둘러봤습니다. -_-;;
응. 소민오빠가 민호오빠랑 민재 밥 사주러 갔어. -_- - 수영
소민녀석도 새벽에 밥 달라고 소리치는 -_-;; 민호오빠와 민재를 데리고 어디론가 사라졌습니다. -_-;;;

아~ 심심하다. -_- - 지민

그러게……. 야! 여기 호텔 안에 실내 수영장 있던데 우리 거기 가 볼래? O_O - 지희

그래? 재미있겠다! +ㅁ+! 가자! - 지민

저기…… -_-;; 난 안 갈……. - 수영

뭐? -_-++ - 지희 & 지민

아…… 안 갈래. ㅠ_ㅠ 결혼까지 했는데……. - 수영

그럼 넌 앞으로 수영장 평~ 생 안갈 거냐? -_-+ - 지민

그냥 가자~. >_<! - 지희

지민이의 말을 듣고보니 그것도 그런 것 같아 저도 수영장으로 따라갔습니다.

수영복 빌리는데 얼마예요? O_O - 지민

한 분에 5000원입니다. (-_-) - 직원

근데 수영은 실내에서만 할 수 있나요? O_O - 지희

오늘은 날씨가 좋아서 실외에서도 합니다. (-_-) - 직원

까~ 실외에서도 할 수 있대~. >ㅁ<! 아저씨, 여자 수영복 세 벌 주세요! +_+! - 지민

직원은 회심의 미소를 지으며 수영복을 내주었습니다.

어? 왜 다 비키니예요? -_-;; - 수영

다른 수영복이 다 나갔답니다. - 직원

야! 벌써 돈 냈는데 어떡하냐? -0- 가자! 가자! - 지희

그…… 그래도 비…… 비키닌데……. -_-;; - 수영

괜찮아~ 괜찮아~ 가자! ^-^ - 지민

각자 아무 수영복이나 집어 들고 탈의실로 들어갔습니다. -_-;; 다행히도 제 수영복은 따로 걸치는 천 쪼가리가 있어서 -_-;; 하늘색 비키니가 조금 가려졌습니다. -_-;; 우리 셋은 동시에 탈의실을 나오면서 그저 바라보고 씨익 웃었습니다. -_-;;

내 건 체크야. -_-;; - 지민

내 건 레몬색. -_- 그래도 우리 중에서 유수영 게 제일 무난하네. -_-; - 지희

으…… 응. -_-;; - 수영

거울을 보며 지희는 묶었던 머리를 풀었고, 전 양옆으로 머리를 묶었습니다. 지민이는 살짝 머리를 올렸습니다. 저와 지희는 소심하게 조심조심 야외 수영장으로 들어갔지만 지민인 당당하게 들어가…… 모든 남자들의 이목을 집중시켰습니다. -_-;; 지희와 지민인 둘 다 나올 데는 나오고 들어갈 데는 들어가고……. ㅠ_ㅠ. 하지만 전…… 떠흑~. ㅠ0ㅠ!

야야~ 우리 먼저 물에 들어가자! 야! 봄인데도 날씨가 꼭 여름 같아! >ㅁ<! - 지민

저희 셋은 까~ 까~ 거리며 수영장 물로 뛰어들었습니다. -_-; 신기하게도 수영장 물은 따뜻한 것이 꼭 온천 같았습니다. -_-;

야! 유수영 잠수시키자! - 지희

아~ 안돼! 까악! >ㅁ<! - 수영

전 지민이와 지희가 물에 풍덩 빠트리는 바람에 물 엄청 먹었습니다. -_-^

니네 죽었어! +ㅁ+!

그런데 왠지 수영장 안에 있는 모든 사람들의 이목이 꼭 저희 셋한테 집중된 거 같아……. -_-;;
아무튼 저희 셋은 신나게~ 놀고 흰 의자에 앉아 물을 마시고 있었습니다.
야~ 진짜 좋다. -_- 진작 이렇게 나올걸. - 지희
근데 남자들한테 들키면 어떻게 돼? ㅇ_ㅇ - 수영
어떻게 되긴…… 반 죽음이지. -_- - 지민
순간…… 굉장히 익숙한 목소리가 저희 셋의 귓전을 스쳤습니다.
반 죽음이 아니라 죽음이지……. 안 그래? -_-^ - 민호
암~ 암~. -_-+ - 민재
유수영……. 너 지금 뭔 짓거리 하고 있는 거냐? - 소민
허억! ⊙0⊙! 소…… 소민녀석이다! 아…… 안돼! +ㅁ+;;
저희 셋은 몸도 움직이지 못하고 사고가 정지된 상태로 -_-^ 다른 여자들의 사랑스런 시선을 받고 있는 멋진 세 남자를 쳐다봤습니다. -_-;;;;;
그 남자들은 저희 셋을 무진장 화난 눈으로 쳐다보고 있었습니다. -_-;; 그중에서 제가 제일 무서워하는…… 소민녀석의 온몸을 얼어붙게 하는 저 눈……. -_-;;;
야, 유수영. -_-^ 너 이리 와봐. - 소민
ㅠ_ㅠ……. - 수영
제가 울면서 몸을 일으키자 갑자기 소민녀석의 눈이 잔뜩 커지더니 버럭 소리를 질렀습니다.
거기 가만히 앉아 있어! - 소민

어? -_ㅠ - 수영

소민녀석은 담장을 넘어 오려고 했지만……. 담장 넘어가 바로 수영장인데……. -_-;;

소민녀석은 추한 폼으로 물에 빠지리라 생각했던 제 예상과 달리 멋진 폼으로 수영장을 가로질러 왔습니다. 녀석의 흰 반팔 티와 긴 초록색 체크무늬 남방, 베이지색 면바지가 잔뜩 젖어 물이 뚝뚝 떨어졌고, 녀석의 검은색 머리칼에서도 물이 뚝뚝 떨어졌습니다. 그리고 차가운 눈으로 절 쳐다보고 있는 소민녀석……. -_-;;;;

유수영……. 왜 이런 옷을 입었는지 지금 당장 10가지 이유를 대봐. - 소민

ㅠ_ㅠ 그…… 그게. - 수영

제가 일어나려고 하자 소민녀석은 인상을 잔뜩 찌푸리며 자신이 입고 있던 초록색 남방을 벗어 물을 꾸욱~ 짜더니 제 얼굴에 덮었습니다. 앞이 안 보여 허우적거리는 순간 제 몸이 부웅~ 뜨는 걸 느끼고 더욱더 발버둥치자 소민녀석이 조용히 읊조렸습니다.

너…… 호텔로 가서 보자. - 소민

-_-;;;; - 수영

얼굴이 가려진 채 10분쯤 지난 뒤에 제 몸이 침대에 눕혀지는 걸 느꼈습니다……. 그제야 제 얼굴에 덮어져 있던 남방을 치우자 소민녀석이 이불을 덮어주며 말했습니다.

나 진짜 폭발하게 만들지 마라……. - 소민

폭발하게 되면 어떻게 되는데? o_O - 수영

소민녀석은 절 빤히 쳐다보며 말했습니다.

화악~ 일 저질러버릴 거야. -_-+ - 소민
O_O - 수영
소민녀석은 웃으며 말했습니다.
자고 있어. ^-^ - 소민
전 소민녀석이 머리를 쓰다듬어 주는 것과 동시에 스르르 잠이 들었습니다.

#79

우움……. =ㅁ= - 수영
이제 일어났냐? -_- - 소민
어느새 어두컴컴해진 밖……. 신혼여행 와서 별로 놀지도 못하는구나. -_-;;
웅……. =O= 하암~. - 수영
소민녀석은 제가 입을 크게~ 벌리며 하품하는 걸 보고 놀리듯이 말했슴니다.
하마. -_-…… - 소민
-_-+ - 수영
그러고 보니 제 수영복 위에 큰 박스 티가 입혀져 있슴니다. 제가 소민녀석을 빤~ 히 보자 소민녀석 얼굴이 빨개지며 허둥지둥 말했슴니다.
보…… 보기 뭐해서 입혀준 거야. 아…… 아무것도 안 만졌다. ///// - 소민
^-^ - 수영
순진한 짜슥. -_-…… 소민녀석은 요즘 달라졌슴니다. 뭐랄까……. -_-;; 예전엔 마구 덮치려고 용을 써서 제가 피했는데, 결혼하자마자 이번엔 안 덮치려고 노력하고 있어 제가 오히려 다가

가고 있습니다. -_-;;;;
전 욕실에 들어가 샤워를 한 다음 편한 잠옷으로 갈아입고 -_- 돌아왔습니다.
오빠야~. 〉ㅁ〈! - 수영
뭐야. -_-; 낑낑대지 마. -_- 안 어울려. - 소민
전 말없이 소민녀석의 품에서 떨어졌습니다. -_-;;;
소민녀석은 갑자기 무언가 턱~ 하니 던져주며 말했습니다.
권지희가 탈의실에서 니 옷 가지고 왔으니까 가방에 집어 넣어.
참고로. 난 안 봤어. -_-* - 소민
까르르륵~. 〉_〈 귀여운 것~. 볼따구 빨개진 거 봐~. 〉ㅁ〈!
전 저도 모르게 소민녀석의 볼따구를 쭈욱~ 쭈욱~ 늘이며 말했습니다.
까아~ 너무 귀여워~. 〉ㅁ〈* - 수영
야! 아파! 아…… 안 놔? 놔! +ㅁ+;; - 소민
소민녀석의 볼따구에서 손을 내리고 가방에 옷을 집어넣은 다음 왠지 아이스크림이 먹고 싶어 룸서비스로 시켰습니다.
오빠 뭐 먹을래? O_O - 수영
무슨 아이스크림 있는데? -_- - 소민
초코, 딸기, 바닐라, 멜론, 포도. -_- - 수영
포도. -_- - 소민
쓰읍……. 포도 하니까…… 저희 집 강아지 포도가 생각나는군요.
ㅠ_ㅠ 잘 먹고 잘 싸고 있을지……. -_-;;
전 금방 가져온 초코 아이스크림을 퍽퍽 -_-; 퍼먹어가며 TV를

보고 있었숩니다. -_-;

오빠. 그거 맛있어? o_o - 수영

그저 그렇다. -_- - 소민

먹어볼래~. ^-^ - 수영

소민녀석은 회심의 미소를 짓더니 씨익 웃으며 말했숩니다.

먹여줄게. ^-^ - 소민

진짜? 아~. -0-~ - 수영

소민녀석은 무언가 제 입에 퍽~ 하고 집어넣어 주었고 전 우물우물 씹다가…….

까악! 무울~! ㅠOㅠ! - 수영

소민녀석이 준 것은 고추장이었숩니다. -_-^

맛있지? 쿠쿡. - 소민

끄억~ 끄억~. @O@! - 수영

제 입에선 연기가 모락모락 나고 있었숩니다. -_-;;; 소민녀석은 사악하게 절 쳐다보다 낄낄대며 웃고 있숩니다. -_-+

죽었어……. -_-+ (전혀 신혼부부라 생각할 수 없다 -_-;)

오빠! +ㅁ+! - 수영

왜 소릴 질러! -_-+ - 소민

헉! 까…… 깜짝이야. -_-;; (지가 더 놀란다 -_-;)

오빠! 어떻게 나한테 고추장을 줄 수 있어? 응? -_-+ 오빠가 아이스크림 달라고 그러는데 내가 된장 줘봐! -_-;; 기분 좋겠어? 우리 신혼부부 맞아? 엉? +ㅁ+! - 수영

소민녀석은 쓰윽~ 하고 굉장히 유혹적인 눈을 하고 말했숩니다.

그럼…… 신혼부부처럼 한번 해볼까? - 소민

소민녀석은 침대에 앉아 있는 절 향해 천천히 음흉한 모습으로 다가오고 있었습니다.

헉! +ㅁ+;; 위…… 위험하다!

오…… 오빠……. =ㅁ=;; - 수영

녀석은 어느새 제 두 손을 압박했고, 전 소민녀석의 진지한 눈을 쳐다봤습니다.

아…… 안돼……. 오빠의 저 눈에 홀리면 난 오늘 밤 순결을 잃어버린다. -_-;;;;

그런데…… 우린 이미 결혼하지 않았는가? O_O;;

아…… 아니지 그래도……. -_-;; (뭐냐! -_-+)

유수영……. - 소민

왜…… 왜……? +,.+; - 수영

우리 결혼했다……. 그치? - 소민

으…… 응……. 그…… 그렇지. O_O;; - 수영

소민녀석은 절 나른하게 쳐다보며 말했습니다.

결혼했으니까…… 밥해. -_-……. - 소민

뭐…… 뭐라? -_-;; 밥? 시방 밥? -_-;;;;;

바…… 밥? -_-;; - 수영

제가 믿을 수 없어 다시 한번 물어보니 소민녀석은 담담하게 말했습니다.

어, 밥. -_- - 소민

꺄아악! +ㅁ+! 바…… 밥!? 시방 밥이라고 했냐~ 으잉? +ㅁ+! 분위기 실컷 잡더니 이렇게 흐려 놓으면 어떡하라고! 두근 반 세근 반 미친 듯이 뛰었던 내 심장은 어떻게 된 거야……. ㅠ_ㅠ (은근히…… -_-;;)

전 울면서 부엌에 들어가 앞치마를 맨 다음 소민녀석에게 밥을 떠 억~ 하니 차려주고 흘겨봤습니다. 하지만 소민녀석…… 미친 듯이 밥을 먹더군요. -_-;; 차마 화를 내지는 못하고 물어봤습니다.

오빠…… 배고팠어? -_-;; - 수영

어. -_- - 소민

왜 제 주위엔 이렇게 시시때때로 배고픔에 시달리는 사람들이 많은 걸까요. -_-;; 난 이런 사람들을 위해 밥을 차리는 밥의 천사~. 주걱을 들고 밥솥을 들고 그릇마다 밥을 퍼준다네~. -_-;; 죄송합니다. -_-;;;;;;;

야, 유수영. - 소민

어? O_O - 수영

전 소민녀석이 맛있게 밥을 먹는 걸 보고 있다가 녀석이 부르는 소리에 고개를 들었습니다.

너도 배고프냐? -_- - 소민

아니? -_-;; 왜? -_-; - 수영

니가 자꾸만 내 밥을 뚫어지게 쳐다보잖아. -_-+ 배고프면 배고프다고 말해! 말이라도 하면 나눠줄 텐데 말야. -_-+ - 소민

저를 쳐다보는 걸 밥을 쳐다보는 걸로 알았나 봅니다. -_-+

만약에 먹는다면 얼마만큼 줄 건데? -_- - 수영

3톨. -_- - 소민

안 먹어! 안 먹어! -_-+ - 수영

안 먹으려고 했던 사람마저 밥맛을 뚜욱~ -_-; 떨어뜨리는 소민 녀석입니다. -_-+

녀석은 밥을 다 먹고 화장실로 들어가 치카치카 -_-;; (이런 표현이 -_-;) 닦고 저한테 오더군요.

야, 굿나잇 키스해야지~. 굿나잇~. - 소민

굿나잇은 무슨 개뿔. -_- 국나잇이나 해. -_- - 수영

너 아까 밥 3톨 준다고 해서 삐진 거냐? -_- - 소민

아…… 아니야! +ㅁ+; 내가 그런 거에 삐지겠어? -_-+ (그런 걸로 삐진다 -_-;) - 수영

소민녀석은 씨익 웃더니 절 번쩍~ 안아 들지 못하고 -_-;; 약간 후들거리더니 땀을 흘리며 힘겹게 말했습니다.

아…… 띠팔. 살 빼……. 흐억~. O_O;; - 소민

ㅠ_ㅠ…… 그러니까 왜 안아! ㅠOㅠ! - 수영

아씨……. -_-^ - 소민

소민녀석이 그냥 툭 내려놓는 바람에 전 바닥에 쿠웅~ 하고 엉덩방아를 찧었습니다~. 쿵덕~ 쿵덕~. -_-;;;

아프잖아! ㅠOㅠ! - 수영

왜 안았냐며? -_- 니가 안아주는 거 싫어하는 것 같아서 그냥 내려놨다. -_- - 소민

녀석은 굿나잇 키슨가 안 해줘서 삐졌을 겁니다. -_-+ 쩨쩨한 놈. -_-+ 수영장에선 가뿐히 안더니……. -_-+ (그때 수영이의 눈은 남방으로 가려져 있었다 -_-;)

야, 자자. -_- 졸려! -_- - 소민
그날 밤 -_-;; 수영이의 엉덩이엔 때에 없는 몽고반점이 -_-;; (멍 -_-;) 생겼다고 합니다. -_-;

#80

서울로 가는 비행기가 곧 떠날 예정입니다. 타실 분은 빨리 오시기 바랍니다. - 공항 방송

야! 뛰어! - 소민

까아~ 어떡해~. ㅠㅇㅠ! 못 타면 어떻게 해 오빠~. - 수영

쓸데없는 소리하지 말고 뛰어! -_-+ - 지민

숨차 죽을 거 같아~. ㅠ_ㅠ - 지희

그래도 뛰어! +ㅁ+! - 민호

혀…… 형~. ㅠㅇㅠ! - 민재

이게 뭔 난리인지……. -_-=33 늦잠을 자버린 우리들은 허둥지둥 비행기 시간에 맞춰 뛰어가고 있는 중입니다. =ㅁ=; 다행히 아슬아슬하게 비행기를 탔습니다.

헉…… 헉…… 못 타는 줄 알았네. -_-^ - 소민

신혼여행 때 무슨 일 없었냐고요? -_-^ 네~ 사건 사고들은 많았지만…… 정작 중요한 사고는! +ㅁ+! 안 일어났답니다. -_-……
아쉬워하시는 분들……. 저도 아쉽답니다. ㅠㅠ (흐음 -_-;;)

야! 유수영! -_-+ 너 뭐 먹을 거냐니깐! - 소민

어? -_-;; - 수영

또 이상한 생각하고 그랬지? -_-+ 음료수 뭐 먹을 거야?! - 소민

스……. -_-;; - 수영
오렌지주스 2잔요. -_-^ - 소민
소민녀석은 오렌지 주스를 쭈욱~ 마시며 신문을 보고 있습니다. 전 예쁜 스튜어디스를 빤히 바라보다 소민녀석을 쿡쿡 찌르며 말했습니다.
오빠, 내 옛날 꿈이 스튜어디스였다? ^-^ - 수영
뭐? -_-? 푸…… 하하하핫! >ㅁ<! - 소민
왜 웃어? ㅠ_뉴…… - 수영
푸풉~ 허억~. +ㅁ+;; 미…… 미안…… -_-ㅋ 키킥……. - 소민
소민녀석은 눈물까지 흘려대며 웃고 있었습니다. -_-+
그…… 그래? 왜 스튜어디스가 되고 싶었는데? - 소민
멋있잖아~. +_+! 스튜어디스 되면 기내 사람들이 멋있게 쳐다보고 남자들도 많이 꼬실 수 있을……. 헉! -_-;; - 수영
소민녀석은 읽고 있던 신문을 짜악~ -_-;; 찢었고 전 입을 다물었습니다. -_-;;
뭐라 그랬냐? -_-^ - 소민
하하하~ 무슨~. ^-^;;; 그냥 스튜어디스가 너무 멋있어서 하고 싶었다는 거지~. -_-;; - 수영
무슨 남자 작업 이런 소리가 들린 걸로 아는데? -_-+ - 소민
오빠, 이비인후과 가봐야겠다. o_o 귓구멍 막혔나봐~. - 수영
-_-^ - 소민
저의 재치로 -_-;;;; 소민녀석은 찢어진 신문을 집어 들고 다시 읽었습니다.

민호오빠와 지희는 서로의 손을 꼬옥~ 잡고 자고 있고 -_-+ 민재와 지민이는 과자 하나 남은 거 서로 먹으려고 싸우고 있고 -_-;; 소민녀석과 저는 그저 각자 할일만 열심히 하고 있습니다. -_-;

오빠, 오빠~. 〉_〈 - 수영

왜 그래? -_- - 소민

우리 심심한데 쿵쿵따~ 하자~ 쿵쿵따~. 〉_〈 - 수영

쿵쿵따라고, 다들 아실 거라고 생각합니다. -_-;; 소민녀석도 심심했는지 알았다면서 고개를 끄떡였습니다. -_-;

나부터 한다~. ^-^ 쿵쿵따~ 쿵쿵따~ 스키장! 〉ㅁ〈! - 수영

쿵쿵따~ 쿵쿵따~ 장독대. -_- - 소민

쿵쿵따~ 쿵쿵따~ 대보름~. 〉_〈! - 수영

르…… 름? -_-;; 에이씨! - 소민

아싸~. 오빠 팔뚝 맞기~. 팔뚝~. 〉_〈! - 수영

소민녀석은 세게 때리면 죽여 버리겠다는 -_-;; 눈빛을 하며 팔뚝을 내밀었습니다…….

으흐흐흐. +_+! 그런 눈빛에 기죽을 유수영이 아니지! +_+ 전 팔을 크게 올려…… 짜악! 비행기에 타고 있던 모든 사람들…… 심지어 잠자고 있던 민호오빠와 지희마저 깼을 정도로 엄청난 마찰음을 내며……. -_-;;

소민녀석의 팔뚝엔 시뻘건~ 손자국이 남았습니다. -_-;;

아…… 띠파……. 야.-_-+ 나부터 한다. - 소민

-_-;; - 수영

소민녀석의 눈이 불타고 있었습니다. -_-;;

쿵쿵따~ 쿵쿵따~ +ㅁ+! 책가방~. - 소민
쿠…… 쿵쿵따~ -_-;; 쿵쿵따~ 방청소~. -_-;; - 수영
쿵쿵따~ 소새끼. -_-+ - 소민
끼…… 끼? -_-;; - 수영
소민녀석은 눈으로 팔뚝 내밀어! -_-+;;; 라고 외치고 있었고, 전 팔뚝을 내밀었습니다……. -_-;; 정확히 5초 뒤…… -_-;; 제 팔뚝은 엄청 시뻘겋게 되었고, 이제 모든 기내 사람들은 -_-;; 우리 둘을 쳐다보고 있습니다. -_-;;
야! 빨리 해! -_-+ - 소민
쿵쿵따~ 쿵쿵따~ 원카드~ 쿵쿵따~. - 수영
드럼통~ 쿵쿵따~. -_-^ - 소민
통나무~ 쿵쿵따~. -_-; - 수영
무채색~ 쿵쿵따! -_-+ - 소민
색원소~ 쿵쿵따~. -_-;; - 수영
소새끼~ 쿵쿵따~. -_-^ - 소민
뭐야! +ㅁ+! 그거 했던 거잖아! ㅠOㅠ! - 수영
소민녀석은 사악하게 웃으며 말했습니다.
괜찮아. -_-+ 빨리 팔뚝 대! - 소민
ㅠ_ㅠ……. - 수영
이제 이건…… 단순한 게임을 넘어 도박이었습니다. ㅠ_ㅠ…… 두 번이나 엄청난 힘으로 맞자 오빠고 뭐고 없이…… -_-;; 게임 속으로 빠져 들었습니다.
쿵쿵따~ 쿵쿵따~ 라디오~ 쿵쿵따~. +ㅁ+ - 수영

오디오~ 쿵쿵따~. +_+ - 소민
오색깔~ 쿵쿵따~. +ㅁ+! - 수영
에이씨……. -_-^ - 소민
서울로 가는 비행기에서…… -_-;; 짜악~ 짜악~ 소리가 울려 퍼졌고 -_-;; 서울에 도착해 공항에서 나올 때에는 저희 둘 다 팔뚝이 뻘~ 개져 있었다는 슬픈 전설이……. -_-;;;

#81

에, 그렇다면 거짓의 뜻은······. 유수영 학생? -_-^ - 교수
쓰읍~. -ㅠ-. 네? O_O- 수영
고개 숙이고 자고 있으면 모를 줄 알았나? -_-+ - 교수
죄······ 죄송합니다. (- -)(_) - 수영
어젯밤 12시에 집에 도착해 바로 쓰러진 저희 둘이지만 학교는 가야 하기에······ ㅠ_ㅠ 강의실에서 바로 쓰러진 저입니다. -_-;
강의가 끝나고 지희와 함께 나오는 길······. =ㅁ=
야, 그렇게 졸리냐? -_- - 지희
말 시키지 마······. 쓰읍~. -_- - 수영
야! 건 그렇고······ 첫날밤 어땠어? O_O - 지희
니가 알 거 아냐! 염장 지르지 마! +ㅁ+! - 수영
아, 알았다 뭐. -_-;; - 지희
첫날밤요? -_-^ 권지희와 민호오빠, 민재, 지민이 때문에 완전히 망쳤습니다. -_-+
교문을 나서니 소민녀석이 차에 기대 꾸벅~ 꾸벅 졸고 있습니다. -_-;; 주위엔 여자들이 우글우글 모여 구경하고 있고······. -_-^
내 남편이 무슨 동물원 원숭이야?! -_-+
전 발끈해서 소리쳤습니다.

여보야~~~! >ㅁ<! - 수영

어? =_=? 왔냐? 타라. - 소민

주위에 있던 여자들이 절 째려봤지만 전 꿋꿋하게 녀석의 차를 탔습니다. -_-;;

녀석이 차를 타며 말했습니다.

너 아까 뭐라고 했냐? 여보? -_-? - 소민

무슨 소리야 ~ -_-;; 난…… 오빠~ 하고 불렀어. -_-;; - 수영

그래? -_- 흐음. - 소민

근데 오빠 어디 갈 거야? O_O - 수영

소민녀석은 아직도 졸린지 눈을 부비거리며 말했습니다.

집에 가서 자자. 졸려 뒤지겠다. 아씨. -_-^ - 소민

응. -_-; - 수영

녀석은 집 앞에 차를 세우자마자 집안으로 후닥닥~ 들어갔습니다. 집에 들어가자 포도와 쭈봉이가 낑낑대며 밥 달라고 소리쳤습니다. -_-; 사료를 바닥에 던져주고 -_-;; 녀석은 방으로 들어가 문을 쾅~ 하고 닫았습니다. -_-^

오빠~ 오빠~ 같이 자자~ 응? O_O - 수영

소민녀석은 소리쳤습니다.

그냥 니 방에서 자! -_-^ - 소민

응……. -_-+ - 수영

변했어…… 변했단 말야……. -_-^ 옛날엔 분명히 녀석이 먼저 같이 자자고 했을 텐데 지금은……. -_-+

그래! 결혼했으니까 이제 감시할 필요 없다 이거지? -_-++ 좋다

이거야~. +ㅁ+!

쳇. -_-^ 죽었어. - 수영

전 전화기를 붙잡고 띠띠거리며 번호를 눌렀습니다. 신호음이 가고 부드러운 음성이 들렸습니다……. 좋아~. +ㅁ+!

여보세요……. - 현우

현우니!??! ^0^! 나 수영이야~. >ㅁ<! - 수영

어? 어…… 반갑다. ^-^ 웬일이야? - 현우

왜긴~. 그냥 니 목소리 듣고 싶어서 전화했지이~. ^0^- 수영

전 일부러 녀석의 방문 앞에서 소릴 질렀습니다. -_-;;

아~ 그래? 고마운걸? ^-^ - 현우

그래~. ^-^ 내가 매일~ 매일~ 전화할게! 알았지? - 수영

응 그래, 수영아. 전화 먼저 끊을게. 지금 여자친구랑 데이트 중이거든. ^-^ - 현우

무…… 어라~? -_-;;

그…… 그래. ^-^;; - 수영

딸칵~ 하는 소리와 함께 현우의 목소리가 끊겼습니다. -_-;;

아…… 이런……. 비참하군…… 쩝. -_-;;

전 벌써 자고 있는 포도와 쭈봉이를 바라보다……. 괜히 리모컨으로 채널을 돌려보다……. 무심히 자고 있는 소민녀석의 뒤깡을 까다가……. -_-;;; 결국 저도 침대에 누웠습니다. -_-

걍 나도 자자~. 에구~. -_-=33 - 수영

전 이불을 휙~ 덮고 누워서 스르르…… 잠이 들었습니다.

으음…… 뒤척~ 뒤척~. -0- - 수여

몇 시간을 잤을까……. 눈을 살짝 떠보니…… 어떤 남자의 갑빠가 -_-;; 보였습니다.

헉! 소민녀석인가? O_O;;

전 벌떡 일어나 옆에 있는 사람을 쳐다보았습니다.

뭐야? -_-^ - 소민

어…… 어? 오…… 오빠~. ^0^ - 수영

역시~ >ㅁ<! 나랑 같이 자고 싶어서 여기 왔구나. ㅋㅋㅋ 귀여운 녀석~. >ㅁ<!

야, 니가 왜 여기 있냐? -_-^ - 소민

뭐…… 뭐? O_O;; 여기 내 방이야……. - 수영

그래? -_-^ 잘못 왔네. 화장실 갔다가 잘못 왔나 보다. - 소민

그 말을 남기고 소민녀석은 일어나 문을 열었습니다. 헉! =ㅁ=;;

저…… 정말 잘못 온 거였어?

오…… 오빠! +ㅁ+;; - 수영

왜? -_- - 소민

가…… 같이 자면 안돼? ㅠ_ㅠ - 수영

소민녀석은 황당한 듯 절 쳐다봤습니다. 그리고 단호하게 말했습니다.

안돼. -_- - 소민

헤잉~. ㅠ_ㅠ - 수영

애교 부리지 마. -_-^ 절라 쏠려! - 소민

-_-++ - 수영

간다. 잘 자라……. 우함~. -0- - 소민

오…… 오빠~! 오…… 오! +ㅁ+;; - 수영
저의 외침은 녀석이 닫아버린 문소리에 묻혀져 갔습니다. -_-^
왜 그러는 거야! -_-^ 도대체 왜 그러는 거냐고! 왜 이렇게 갑자기 무심해진 거야……. 이제…… 벌써 내가…… 싫어진 걸까? 아니야! 아니야~. ()_<)()_() 유수영……. 너 믿기로 했잖아…….
쳇…… 갑자기 뭐야? - 수영
오디오에 보아의 〈Every Heart-ミンナノキモチ〉를 틀어 놓았습니다. 구슬프게 흐르는 음악을 듣자 괜히 울먹거려져 이불을 뒤집어쓰고 가만히 드러누워 있었습니다…….
아니야, 유수영. 이렇게 누워 있지 말고 녀석을 찾아가자! +_+!
전 녀석의 방문을 열었습니다……. 녀석…… 누군가와 통화를 하다가 급히 끊었습니다.
여자…… 인가……?
야! 넌 노크도 안 하냐!? -_-+ - 소민
누구야? 그 전화통화한 사람? - 수영
소민녀석이 당황해하는 표정이 역력합니다…….
뭐야……? 뭔데 그래?
아무것도 아니니까 신경 꺼. - 소민
소민녀석은 멀뚱히~ 서 있는 절 자신의 무릎에 앉히더니 조용히 말했습니다.
니가 생각하는…… 그런 거 아니니까 걱정 마. - 소민
뭐? - 수영
순간 발끈! 했습니다. 왜……. 이런 건 저한테 말해주지 않는

약혼-결혼-신혼여행 189

지……. 왜 이렇게 안소민이란 인간은 비밀이 많은지…….

하지만 녀석이 손을 꼬옥~ 잡아주는 바람에 그런 마음이 스르르…… 풀렸습니다.

자…… 가서 자……. ^-^ - 소민

나…… 심심해……. - 수영

소민녀석 침울하게 말하는 절 빤히 쳐다보다가 씽긋 웃으며 말했습니다.

이 돼지 아가씨야~ 잠을 자야 키가 크지! - 소민

내가 왜 돼지야! @0@! - 수영

쉿! -_-+ - 소민

소민녀석이 손으로 제 입을 콰악~ -_-^ 찍는 바람에 전 조용히 소민녀석을 쳐다봤습니다.

가서 자! -_-+ - 소민

싫어! >ㅁ<! 으읍! - 수영

소민녀석은 싫다고 버둥대는 절 껴안더니 갑자기 입술을 맞대고 엄청난 테크닉을 구사했습니다…….

허억~ 숨이 차기 시작한다~. +ㅁ+;;

으으읍! 으읍! >ㅁ<! - 수영

전 녀석의 가슴을 마구 때렸건만 녀석은 아프지도 않은지 계속했습니다. 결국 힘이 빠진 저는 손을 추욱~ 늘어뜨린 채 숨이 부족한 걸 느끼고 마지막 힘을 다해 소민녀석의 머리통을 후려쳤습니다. -_-;;

아악! 야! - 소민

허억~. 그…… 그만하라고~. 허억~. 했잖아~. - 수영
진짜……. -_-^ 오랜만에 한번 해보려니까……. - 소민
누가 이런 거 해달래? >ㅁ<! - 수영
소민녀석의 눈은 이렇게 말하고 있었습니다. "거짓말" -_- 이라고. -_-;;
전 소민녀석의 무릎에서 뛰어내려 얼굴이 빨개진 채로 방문을 열고 말했습니다.
갈래. =ㅁ=^ - 수영
소민녀석은 씨익~ 웃다가 제 손을 이끌어 침대에 으라차차~ 하고 누운 다음 말했습니다.
너…… 같이 자자고 했지? -_-+ 무슨 일 생기면 나 책임 못 진다. -_-+ - 소민
전 소민녀석을 보면서 씽긋 웃곤 말했습니다.
오빤 그러지 않을 사람인 거 다 알아~. ^0^ - 수영
야. 나도 남자야. -_- 그리고 우린 결혼까지 했고……. 애새끼 생겨도 아무런 지장이 없다고. -_- - 소민
전 녀석을 쳐다보다 말했습니다.
오빠, 우리 아기…… 낳으면 누구 닮을까? O_O - 수영
소민녀석……. 눈이 크게 떠지더니 웃음을 지으며 말했습니다.
당연히 이 멋진 아빠를 닮아야지~. 니 닮으면…… 생각만 해도 읍스~. -_- - 소민
나 닮으면 뭐! 뭐! +ㅁ+;; - 수영
니 닮으면…… 추해……. -_- - 소민

@0@! @#@#$@#% - 수영

자~ 자자~. ^-^ - 소민

소민녀석이 꼬옥~ 껴안아 주는 바람에 스르르 잠이 들었지만……. 꿈에서 아기를 낳았는데 그 아이가 돼지새끼인 꿈을 꿔서 굉장히 착잡했습니다. -_-^

제3장
안녕, 한지민

#82

야~ 꼬옥~ >ㅁ<! 꼬옥~ 와야 돼에~. >ㅁ<* - 민재
싫은데. -_- - 지희
ㅠ_ㅠ 와…… 와야~. - 민재
오늘…… 민재가 교문 앞에서 꽃을 뿌리며 자신이 속한 학교 댄스 그룹 다이아A가 공연을 한다며 보러 오라고 전단지를 나눠주고 있습니다. -_-; 다이아A란 이름은 이 그룹이 공연을 마칠 때마다 카드 다이아A를 한 장씩 던졌기 때문이랍니다. -_-;;
꼬옥~ 보러 와! >ㅁ<! 나의 멋진 모습을 보러 오라구~. - 민재
지민이한테 말했어? o_o - 수영
민재는 옆으로 눌러쓴 하늘색 모자가 잘 어울리는 웃음을 활짝~ 지으며 말했습니다…….
귀엽구나……. *-_-* (넌 유부녀야 -_-;)
돼…… 됐어~ 뭐~. -_-*
학교 앞에서 바로 출 거니까~ 7시에 보자구~. >_< - 민재
민재는 지민이한테 말했냐고 하니까 얼굴이 빨개지며 저와 지희의 등을 퍽퍽~ -_-; 쳤습니다. 저흰 벌게진 등을 안쓰럽게 만져주며 강의실로 들어갔습니다. -_-;;
야, 너 보러 갈 거냐? -_- - 지희

가야지. -_- 안 가면 안돼. -_-; 너 민재 우는 꼴 보는 것도 지겹지 않냐? -_- - 수영
그건 그래. -_-; 그런데 지민이는 알고 있을까? =口= - 지희
알고 있겠지.-_- - 수영
대머리 교수 -_-; 가 들어오는 걸로 저희 둘의 수다는 그쳤습니다. 리포트 쓰느라 도서실에서 죽어라 고생한 다음 -_-^ 6시 30분에 도서실을 나와 학교 앞으로 가보니 다른 팀들이 열심히 춤을 추고 있더군요. -_-;
헉! 야! 야! +口+! 메뚜기야! 메뚜기! O口O! - 지희
지희는 사회를 보고 있는 개그맨 유재석을 -_-;; 가리키며 말했습니다. 저흰 사람들을 밀치며 맨 앞에 앉아…… 이리저리 지민이를 찾아보았지만 안 보였습니다.
야! -_-; 이제 민재 차례인데 지민이 왜 안 오는 거야! - 지희
너 휴대폰으로 전화해봐! -_-+ - 수영
니 거로 해! >口<! 돈 아깝단 말야! >_< - 지희
썩을 논……. -_-+ - 수영
전 단음인 -_-; 제 폰을 집어 들고 지민이의 폰으로 연락을 했지만…… 들리는 소리는……. "고객의 휴대폰이 꺼져 있으니…… 다시 한번 해주십시오…… 어쩌구 저쩌구" -_-^ 하는 소리뿐입니다. -_-^
야! 안 받아?! -_-; - 지희
어, 이 논 휴대폰 꺼놨나 봐. -_-; - 수영
곧이어 유재석의 웃음소리와 함께 다이아A를 소개하는 소리가 들

렸습니다…….

아씨. -_-^ 한지민은 눈꼽만큼도 안 보이고……. -_-;;

다이아A는 꽤 유명했는지 4명의 멤버가 각각 다 노래를 부르고 있습니다……. 나머지 3명이 모두 노래를 부르고…… 이제 민재 차례입니다. 민재는 제법 인기가 있나 봅니다. 주위에 여자들이 까아까아~ 거리며 소릴 지르고 있고……. 민재는 마이크를 잡더니 부드러운 기타소리에 맞춰 고릴라의 〈Once Again〉을 조용히 부르기 시작했습니다.

그대 나를 떠나버린 후
조용히 잠들 수 있는 약까지 가져온걸요
그렇게 잔인하게 냉정하게
나에 곁에서 떠나시면
난 어떻게 하나요 난 어떻게 사나요
이 세상은 힘들지 몰라요
나 없이 살아간다면
그대 혼자서 외로울지 몰라…….

이민재…… 정말 멋있습니다. 그동안 보여줬던 어리버리 -_-;; 촐싹이 -_-;; 의 느낌을 버리고 멋있게 변했습니다. 강렬한 드럼소리…… 비트 있게 움직이는 기타…… 민재의 부드럽고 감미로운 목소리가…… 너무나 잘 어울렸습니다.

노래가 끝나자 여기저기서 박수소리와 함성소리가 퍼졌습니다. 민재는 웃으며 인사하고 이리저리 둘러보는 걸로 보아 지민이를 찾고 있는 듯했습니다…….
야! 한지민한테 다시 전화해봐! =ㅁ=;; - 지희
해봤는데 꺼져 있대……. -_-;; - 수영
아씨! 춤출 때까지 안 오면 어떡하냐? -_-;; - 지희
결국 다이아A가 춤을 추고 끝날 때까지 지민이는 안 왔습니다……. 민재가 웃으며 나오는 걸 보는 저희는 마음이 약간 쓰린 것을 느꼈지만…… 함께 웃어주었습니다.
나 어땠어? ^-^ - 민재
멋있었어~. 너무 멋있더라~. ^-^ - 수영
너, 다시 봤어~. - 지희
민재는 저희 뒤를 휙휙 쳐다보며 말했습니다.
한지민은? - 민재
어……. 그게 말야……. - 수영
제가 약간 고개를 숙이며 말하자 민재는 그런 저를 바라보다 핏~ 하고 건조한 웃음을 짓더니 말했습니다.
안 왔니? - 민재
지희는 약간 흔들리는 눈으로 민재를 바라봤습니다. 민재의 눈망울 안에…… 너무나…… 너무나 아파 보이는…… 투명한 막이 보였습니다.
하……. 미쳤군……. - 민재
아까 불렀던 그 노랜…… 아마…… 지민에게 바치는 거였을지 모릅니다.

민재는 저흴 보고 살짝 웃으며 말했습니다.
먼저 가라. 나 춤 연습 좀 하고 가야겠다. ^-^ - 민재
응……. - 지희
민재는 뒤돌아 살짝 고개를 숙이고 걸어갔습니다……. 너무 아파 보였습니다.
지희는 잔뜩 화가 난 목소리로 말했습니다.
한지민…… 걔 뭐야?! - 지희
사정이 있었겠지……. - 수영
아침에 지민이한테 말했냐고 했을 때. 얼굴을 붉히며 웃었던 민재……. 오늘 무대에서 지민이에게 불러주고 싶었을지 모르는 노래를 부른 민재…….
한지민……. 도대체 어떻게 된 거니? 니가 좋아하는 민재가…… 너에게 드디어 마음을 열었는데……. 열었다고 하는데……. 왜…… 이번엔 니가 마음을 닫아 버리는 행동을 하는 거니?
지희야, 지민이 찾아보자! 찾아야 돼! - 수영
어디서 찾아? - 지희
지민이가 잘 가는 곳이…… 어디더라? - 수영
저희 둘은 -_-;; 나이트란 나이트를 다 찾았습니다. -_-;; 결국 마지막으로 딱 하나 남은 곳은 '영혼'이란 이름의 분위기 있는 나이트……. 저희가 문을 열고 들어가자 맨 처음 보이는 건 술에 진탕 취해 있는 지민이…….
도대체 어떻게 된 거야?
지민아! 지민아! 왜 그래! - 수영

어? 수영이네~ 수영이야~. 유수영~. - 지민

지민이는 테이블에 널려 있는 맥주와 양주를 다 마셨는지 몸을 못 가눌 정도로 널브러져 있었습니다.

너…… 이렇게 마신 이유가 뭐야? - 지희

지민이는 저와 지희를 슬프게 바라보다 피식 웃으며 말했습니다.

죽는다……? - 지민

뭐? 뭐가 죽는다는 거야? - 수영

지민이는 슬픈 눈물을 한 방울 떨어뜨리더니 말했습니다.

나…… 나……한지민……. 나 죽는다고……. - 지민

#83

나…… 나 죽는다고……. 킥……. - 지민
무…… 무슨 소리야? 노…… 농담 그만해. - 수영
저의 목소리가 심하게 떨리는 걸 느끼며…… 지민이를 흔들어 보았습니다. 지희는 지민이를 놀란 눈으로 쳐다보며 멍~ 하니 서 있었습니다. 지민이는…… 제가 흔드는 대로 몸을 맡기고 눈물을 계속해서 흘렸습니다.
그래! 나도 농담이면 좋겠어! 정말 좋겠다고! 그런데 말야……. 그런데 말야…… 나 죽는다네? 죽는대…… 그 빌어먹을 의사선생이……. 나…… 죽는대……. - 지민
눈물을 흘리며 소리치는 지민이를 바라보다 저도 왈칵~ 눈물이 났습니다…….
무서웠니? 민재를 보면…… 눈물이 날까봐…… 살고 싶은 마음이 솟구칠까봐…… 무서웠니?
하…… 한지민……. 무슨…… 병이야? - 지희
지희는 덜덜 떨며 말했습니다…….
지민이는 그런 지희를 보다가 고개를 숙이며 말했습니다.
선천성면역결핍증……. - 지민
저희 둘이 모르겠다는 눈을 하자…… 지민이는 피식 웃으며 말했

숨니다.

AIDS……. 에이즈라고 하면…… 알겠니? - 지민

뭐? - 수영

지희는 크게 떠진 눈으로…… 눈물 한 방울을 흘려 보냈숨니다.

지민이는 저와 지희를 쳐다보며 말했숨니다.

빌어먹을……. 우리 아빠가…… 에이즈였다네? 그런데 말야…… 그 아빠와 어떤 여자의 저주받은 핏덩어리가 바로 나……한지민이야. - 지민

저흰 지민이가 하는 얘기를 들어주었숨니다.

우리 아빠는…… 아주 착실하셨대. 바람피는 거와 여자를 갈아 치우는 거에. 그리고…… 몸을 가진 다음 바로 버렸대. 필요가 없었다는 거겠지…… 아무런 필요가……. 그런데……그렇게 갈아 치운…… 아무 의미가 없는 여자 중 한 명이…… 내 엄마다. 나 낳고 바로 죽어버린…… 엄마야. 재미있는 사연이지? 응? 아주 눈물이 날 만큼 재미있는 얘기야. 그치? 하하핫. 정말……. - 지민

지민이는 저와 지희를 쳐다보며 말했숨니다.

민재…… 많이 화났지? 응? - 지민

바보같이! 왜…… 말 안 했어! 왜! - 지희

지민이는 지희를 쳐다보며 말했숨니다.

나도…… 오늘…… 오늘 알았어. 딱 병원 가려고 하는데 민재가…… 나한테 오더니 자기 노래 부르는 데 꼭 와달래……. 얼굴이 빨개진 채로. 그리고…… 내가 가장 좋아하는 미소를 지으며 말야. 너무 기분 좋았어……. 하늘을 날아갈 것 같았는데……. 그랬는데

말야……. 그런데……. - 지민

지민이는 더 이상 말을 잇지 못하고 울고 있었습니다.

전 지민이를 껴안으며 말했습니다.

고칠 수 있어……. 고칠 수 있어! 내가 고칠 거야! 내가…… 내가 니 병 고칠 거야……. 어떻게 해서든 고칠 거야. - 수영

지민이는 제 어깨를 부여잡으며 엉~ 엉~ 울었습니다……. 지희는 그런 저희를 바라보며 털썩 주저앉았고……. 전 지민이 어깨에 고개를 숙이고…… 조용히 눈물을 흘렸습니다.

울다 지쳐 잠이 든 지민이를 자기 집에서 재우겠다며 지희가 데리고 가고……. 전 지민이를 부둥켜안고 우느라 눈이 새빨개진 채 밤 12시 넘어 집에 도착했습니다. 절 놀란 눈으로 쳐다보고 있는 소민 녀석…….

너…… 왜 이렇게 눈이 빨개? - 소민

오빠……. 오빠 어떡하지? 지민이……. 지민이 불쌍해서 어떻게 해? - 수영

유수영! 야 유수영! - 소민

전…… 소민녀석이 제 이름을 부르며 절 안았다는 것, 그 느낌만을 기억하고 잠이 들었습니다.

…….

깼어? - 소민

오빠……. - 수영

일어나자마자 울면 어떻게 해……. 나 너 쓰러져서 미치는 줄 알았어……. 도대체 무슨 일이야? - 소민

소민녀석의 걱정스런 눈을 보자…… 자꾸만 눈물이 나옵니다.

오빠…… 지미이…… 지민이 죽는대. - 수영

뭐? - 소민

지민이……. 지민이…… 죽는대. 어떻게 해 지민이 불쌍해서. 나…… 지민이 못 떠나게 할 거야. 하늘로…… 못 올라가게 할 거야. - 수영

소민녀석은 우는 절 안고 토닥거려주며 말했습니다.

울지 마……. 니가 울면 내가 더 아파……. - 소민

오빠…… ㅠ_뉴 어떻게 해……. - 수영

왜…… 지민이가 죽는다고 하는 거니? - 소민

전 눈물을 삼키고 말했습니다.

에이즈래……. 에이즈……. - 수영

소민녀석의 눈이 커지며 절 쳐다봤습니다.

에…… 이즈? - 소민

전 소민녀석의 옷자락을 꽉 움켜쥐고 소리 질렀습니다.

믿을 수 없어! 왜! 왜 ! 그런 병에 지민이가……. 그렇게 시덥잖은…… 그런 병에 걸려야 하는지 믿을 수가 없어! 왜 하필 지민이가 그런 병에 걸려야 하는 거야!?! 응!??!? - 수영

수영아…… 진정해……. - 소민

진정 못해! 나…… 안되겠어. 지민이…… 만나고 올래. - 수영

유수영! - 소민

깜짝 놀라서 소민녀석을 쳐다보자 소민녀석은 잔뜩 화가 난 채로 절 쳐다보고 있습니다.

이 밤에 어딜 나가겠다는 거야!? 너…… 내가 너 걱정하다 말라 비틀어져 죽는 꼴 보고 싶어!? 니가 12시 넘어도 안 와서 얼마나 걱정했는지 알아? 피가 마르는 것 같았다고! 넌…… 내 생각…… 안 하니? 니가 지민이 걱정할 때 니 걱정하는 내 생각은 못하는 거니? 제발 진정해…… 유수영. - 소민
전 그 자리에 주저앉아 울음을 터뜨리며 소민녀석에게 마구 소리 쳤습니다.
오…… 오빠~ 미안해. 우어어엉~. ㅠOㅠ! (헉 -_-;;) - 수영
소민녀석은 절 안아들더니 말했습니다.
오늘은 너무 늦었어. 내일…… 한번 가보자. 오늘은 너 혼자 힘들었지? 그런 사실…… 받아들이기 힘들겠지만…… 내일은…… 내가 옆에 있을 테니까 내일…… 지민이 만나보자. 오늘은…… 푹…… 자는 거야. - 소민
전 소민녀석을 쳐다보다 고개를 끄덕였습니다.
소민녀석이 자기 방 침대에 절 눕히고 이불을 덮어주는 동시에 전 울다 지쳐 바로 잠이 들었습니다.

#84

야. 돼지! -_-; 눈 졸라 부었어. - 소민
이씨. -_-^ - 수영
눈 부은 돼지냐? ㅋㅋㅋ 괴물이다~ 괴물~. - 소민
소민녀석은 아침에 일어나자마자 눈 부은 돼지라고 놀리며 -_-^ 절 괴롭히고 있습니다. 하지만 전…… 소민녀석이 오늘따라 왜 이렇게 밝게 행동하는 건지 압니다.
어제 일은…… 꿈일까? 제발…… 꿈이길…….
오빠……. - 수영
왜? 눈 부은 돼지씨. -_- - 소민
-_-^ 장난치지 말고……. 어제……. - 수영
밥 먹고…… 한지민한테 한번 가보자. - 소민
꿈이…… 아니었구나.
지희야! 지희야~ 문 열어봐~. - 수영
지희 아파트로 가서 아무리 두드려도 대답이 없습니다.
야, 없어? - 소민
응……. -_-;; 전화나 해볼까? - 수영
띠띠거리는 신호음과 함께 울 듯한 지희의 목소리가 들렸습니다.
여보세요? 지희야? - 수영

수영아 어떻게 해……. 어떻게 해. - 지희
왜 그래? 빨리 말해봐! - 수영
지희는 울먹거리며 말했습니다.
여기 삼경병원인데…… 빨리 와. 지민이…… 어젯밤에 피 토하고…… 병원에 입원해 있어. - 지희
뭐? - 수영
전 휴대폰을 닫고 소민녀석에게 말했습니다.
오빠…… 삼경병원……. 삼경병원 가자. - 수영
왜 그래? - 소민
지민이…… 입원해 있대. - 수영
소민녀석은 놀란 눈을 하며 차 쪽으로 달려갔습니다. 저도 비틀거리며 차에 탔고……. 녀석은 마구마구 밟아서 20분 거리인 삼경병원을 5분 만에 도착하는 신기록을 세웠습니다. -_-;;
아니지……. 지금 지민이가 입원했다는데 유머가 나오냐!? +ㅁ+;;
저와 소민녀석은 허둥지둥 병원으로 뛰어들어 갔습니다. 중환자실에 입원해 있다는 간호사의 얘길 듣고 가보니 지희와 민호오빠가 앉아 있었습니다.
지희야! - 수영
수영아…… 지민이……. - 지희
지희는 반쯤 넋이 나간 상태로 민호오빠에게 위태위태하게 기대 있었습니다……. 민호오빤 걱정스런 눈빛으로 지희를 쳐다봤고…….
소민녀석이 급하게 물었습니다.

상태가 어떻대? - 소민

민호오빠는 말 대신…… 고개를 푹 숙였습니다.

뭐야…… 그 행동은……?

민호오빠…… 지민이…… 어디 있어요, 네? - 수영

민호오빤 중환자실을 가리켰습니다. 전 중환자실 문을 화악~ 열어 젖혔습니다. 소민녀석은 제 손을 꼭 잡아주며 웃어주었습니다……. 걱정 말라고…… 니 옆엔 내가 있다고…… 녀석의 눈빛이 말해주고 있는 듯했습니다.

지민아……. - 수영

얇은 창문 사이로…… 산소호흡기와 이상한 기계들에 둘러싸인 지민이…….

지민이 저런 거 싫어해. 지민인…… 병원 냄새 정말 싫어하는데……. 이런 거에 둘러싸여 있으면 지민이가 싫어할 건데……. 왜 가만히 누워 있는 거야?

오빠……. - 수영

응……. - 소민

소민녀석이 불안한 눈빛으로 절 쳐다봤습니다.

지민이 저런 거 진짜 싫어해……. 저렇게……기계에 둘러싸여 있는 거 싫어해. 막 부수고 그랬을 텐데…… 왜…… 가만히 있어? 응? - 수영

소민녀석은 슬픈 눈으로 절 쳐다보다가 지민이의 병실에서 나오는 의사를 잡고 물었습니다.

한지민 환자는 어떻습니까? - 소민

들어가서 얘기하죠······. - 의사

싫어요······.- 수영

수영아······. - 소민

당신······. 의사라는 사람들은 다 똑같아! 그럴 거 아냐!? 살 가능성이 없다고······. 최선을 다했다고! 최선을 다했다니? 애를 저렇게 만들어놓고······. 지민인 저런 기계 정말 싫어하니까 당장 저거 치워! 치워 놓으란 말야! - 수영

수영아······. - 소민

소민녀석은 절 의자에 앉혀 놓곤 기다리라며 의사와 함께 어떤 방으로 들어갔습니다······.

전 지민이를 쳐다봤습니다······. 왔다갔다······ 거리는 작은 선이 지민이의 생명을 표시하고 있었습니다.

야! 한지민! - 수영

아무런 대답이 없습니다······. 지민아······ 너 기억나니? 응? 니가 처음 전학 왔을 때······ 내 강아지 포도보고 젠이라고 불렀잖아······. 언젠가 한번 내가 왜 젠이라고 부르냐고 물어보니까 아무 말도 안 하고 웃기만 했었잖아······. 그거 말해줘야지······. 그리고······. - 수영

더 말하려는 순간 소민녀석이 다가오는 바람에 입을 다물고 녀석을 쳐다봤습니다······. 녀석은 슬프게 절 바라보며 천천히 말했습니다······.

지민이······ 잘 견뎌줬다더라······. - 소민

뭐······? - 수영

전…… 소민녀석이 그렇게 웃는 걸…… 처음 봤습니다. 입은 웃고 있지만…… 눈은…… 너무나 슬퍼 보이는…….

오빠, 무슨 소리야? - 수영

이제…… 지민이……. - 소민

말하지 마……. 떠나보내자는 말…… 그런 말하려면…….

말하지 마…… - 수영

소민녀석은 절 쳐다보곤 손을 잡아주며 말했습니다.

민재…… 부르자……. 민재……. - 소민

소민녀석은 민재에게 전화를 걸어 빨리 오라고 하곤 저를 데리고 밖으로 나왔습니다. 밖에는 지희가 여전히 민호오빠에게 기대어 울면서 앉아 있었습니다.

안소민……. 어때? 어떻대? - 민호

소민녀석은 말없이 민호녀석을 쳐다보다 어디론가 갔습니다. 그리고 얼마 되지 않아 민재녀석이 어슬렁어슬렁 걸어왔습니다.

무슨 일이야? -_- - 민재

민재야……. 지민이가 아프대……. 많이. - 지희

지희는 민재를 쳐다보며 말했습니다. 그러자 민재는 멍하니 있다가 핏 웃으며 말했습니다.

쳇……. 내 공연 안 보러 온 게 아픈 거 때문이었어? 감기 정도 걸렸겠지. - 민재

순간…… 지희는 벌떡 일어나 민재에게 다가가더니 손을 올려 민재의 뺨을 짜악! 쳤습니다……. 민재의 고개는 꺾어졌고…….

뭐 감기!? 하…… 이민재……. 너 이것밖에 안 되는 인간이었니?

정말 몰랐다. 정말 몰랐어! 저 병실에 들어가 지민이를 한번 보지 그래? 너 그 모습 보면…… 할말을 잃을 거다……. 알아? - 지희
전 지희를 붙잡고 말렸습니다.
그만해……. 그만하자 지희야. 지민이가 싫어해. - 수영
지희는 그 말을 듣자 눈물을 터뜨렸습니다. 민재는 당황해서 절 쳐다봤습니다. 전 민재를 보고 말했습니다.
지민이한테 한번 가볼래? - 수영
민재는 고개를 끄떡였습니다……. 그리고 전…… 병실 안에 들어가 지민이를 본 민재가…… 놀란 눈을 하는 걸 볼 수 있었습니다.
뭐야…… 한지민이 왜……? - 민재
에이즈래……. 지민이가 에이즈래 민재야. - 수영
에이즈란 말에 민재의 눈은 더욱더 커졌습니다.
웃기지 마……. - 민재
니 공연 보면 눈물 나올까봐…… 자기 우는 모습 니가 볼까봐 안 간 거래. - 수영
민재는 제 얘길 듣고 멍하니 있다가 얇고 큰 창문을 미친 듯이 두드리며 말했습니다.
한지민! 야, 한지민! 야이 바보야! 왜 거기서 자고 있어!? 그 딱딱한 곳에서 왜 자고 있냐고! 거기 어둡지도 않냐? 그 기계소리 소름끼치지 않아!? 나와! 벌떡 일어나서 나오라고! - 민재
그만해……. - 민호
민호오빠는 언제 왔는지 민재의 주먹을 잡고 있었습니다.
놔! 놓으란 말이야! - 민재

이민재……. 그런다고…… 지민이가 깨어나냐? - 민호
민재는 움직임을 멈추고 털썩 주저앉으며 말했습니다.
겨우…… 겨우 사랑하는 사람을 찾았는데……. 사랑한다는 말도 못하고 보내야 돼? 나…… 그렇게 되면 미쳐버릴 거 같아. 나 저 녀석…… 웃는 모습 하루라도 안 보면…… 정말 미칠 거 같은데……. 저렇게 웃지도 않고 울지도 않는 표정으로 눈만 감고 있는데……. - 민재
민재는 머리를 신경질적으로 올리며 말했습니다.
지민아…… 민재가 너 좋아한대……. 아니 사랑한대. 너도 민재 사랑하잖아. 이제…… 니가 일어나서 민재 안아주면 끝나는 건데……. 이민재…… 정신 차려. 지민이가 죽는대? 누가 그래? 니가 살려. 바보같이 사랑하는 사람 포기하는 새끼는 정말 미친놈인 거야……. 살려…… 이민재……. 한지민 사랑하면……. 죽는다는 그런 생각 갖지 마……. - 민호
민재는 여전히 주저앉아 머리를 손으로 짚고 뚝뚝…… 눈물을 흘리고 있었습니다.
형…… 나 정말 나쁜 놈이다. 생각해 보면…… 저 녀석에게…… 해 준 것이 하나도 없어……. 정말…… 하나도……. - 민재
민호오빠는 말없이 민재를 안고 토닥거려줬습니다. 한지민이란…… 한 여자 때문에…… 그녀를 아는 모든 사람들이…… 슬퍼하고 있습니다.

#85

뚜…… 뚜…… 뚜…….
조용한 기계음……. 소름끼칠 정도로 둘러싸고 있는 기계들…….
밥 먹어~. 〉ㅁ〈! - 수영
아직도 자고 있는 소민녀석의 귀에다 대고 국자로 냄비를 때리며 말하고 있숩니다. -_-;;
이렇게 슬퍼만 하고 있는 건…… 더욱더 슬퍼지게 만든다는 걸 알고 있기 때문에 일부러 밝게 행동하고 있는 중입니다.
야야~ 시끄러! 〉_〈 - 소민
오빠~ 일어나~. 〉ㅁ〈! - 수영
소민녀석은 벌떡~ 일어나 국자와 냄비를 빼앗고 짜증난다는 눈빛으로 절 쳐다보며 말했숩니다.
일어났으니까 그만 두드려라 응? -_-+ - 소민
오늘은 북어국입니다~. ^-^ - 수영
소민녀석에게 씨익~ 웃으며 말하자 소민녀석도 씽긋 웃으며 말했숩니다.
밝아 보여서 다행이다. - 소민
응? - 수영
아니…… 아니야. ^-^ 뭐 북어국이라고? 나 북어국 진짜 싫어하는

데. -_- - 소민

그럼 먹지 마. -_-+ - 수영

아무것도 변한 게 없지만…… 그냥 일상생활 같지만…… 사실은 모든 게 변했습니다.

오빠 있잖아~. 우리 지민이가 좋아하는 초콜릿 사가지고 문병 가자~. ^-^ - 수영

그래. ^^ 근데 민재 아직도 병원에 있어? - 소민

아주 병원에서 살지 뭐. -_- - 수영

민재는 지민이의 병실에서 아주 살다시피 합니다. 지민이가 깨어났을 때 제일 먼저 보는 사람이 자기이고 싶다나 뭐래나. -_-;;

오빠! 빨리 가자! 지민이한테 아침 인사해야지! >ㅁ<! - 수영

알았어. -_- - 소민

지민이는 중환자실에서 일반 병실로 옮겼습니다. 이젠 병원에서도 포기했다는 뜻이지만…… 전 지민이가 깨어난다는 거…… 그거 한 번 믿어보려고 합니다.

민재야~ >ㅁ<! 지민아~ 나 왔다! - 수영

시끄러. -_-^ - 민재

매일 찾아가면 들리는 목소리는 언제나 민재의 목소리……. 지민이는 숨소리만 들릴 뿐입니다.

자! 초콜릿이나 먹어라! -_-+ - 수영

나 초콜릿 싫은데……. -_- - 민재

싫으면 먹지 마! -_-+ - 수영

아침엔 소민녀석이 북어국 싫다 그러고 이번엔 니가 초콜릿 싫다

그러냐? -_-+

전 지민이에게 쪼르르~ 갔습니다.

지민아 나 왔어~. >_< 내가 니 좋아하는 초콜릿 사왔다~. >_< 예쁘고 멋지고 귀여운 수영이가 말이야~. >ㅁ< - 수영

아픈 애한테 세뇌 시키지 마. -_- - 소민

무슨 소리야! 내가 세뇌를 시키다니! -_-+ - 수영

니가 이쁘긴 뭐가 이쁘고 귀엽긴 뭐가 귀여우며 멋지긴 뭐가 멋지냐? -_-+ - 소민

뭐야?! 어떻게 그런 소릴 할 수 있어? 어!? +ㅁ+! - 수영

할 수 있어. 왜 그런 노래도 있잖냐~. 할 수 있을 거야~. 넌 할 수 있을 거야~. -_- - 소민

-_-;;; - 수영

전 녀석의 말발에는 이길 수가 없나 봅니다. -_-;

마지막에 민재가…….

시끄러! 다 나가! >ㅁ<! - 민재

하고 말하는 바람에 -_-; 저희 둘은 병실을 후다닥~ 빠져나왔습니다. -_-;;

쳇. 지가 더 시끄러우면서……. -_-+

니 때문에 난 얼굴밖에 못 봤잖아. -_-+ - 소민

오빠가 시비만 안 걸었으면 괜찮았어! -_-+ - 수영

너 자꾸 까불래!?!? - 소민

내가 뭘! >ㅁ<! - 수영

둘 다 이 병실 앞 100m 가까이 오면 죽여버릴 거야! +ㅁ+! - 민재

저희 둘은 병원 밖으로 나왔습니다. -_-;;;

쳇. -_-^ - 수영

쳇은 무슨 쳇. -_-^ - 소민

소민녀석도 잔뜩 심통이 났는지 제가 하는 말에 꼭 토를 달아서 툴툴거립니다. -_-^

정말…… 정말…… 어린애 같군……. 풋. —,.— (비웃음 -_-;)

너 그 표정은 뭐냐? -_-^ - 소민

무…… 무슨 표정? —,.— - 수영

아주 웃긴다는 듯 쳐다보는 그 표정 말야. -_-+ - 소민

오빠. -_- 이비인후과에 이어서 이번에는 안과까지 가봐야겠구나. -_- - 수영

꽈앙~. -_-;;;;;;;;;;;;; 이번엔 넘어가지 못하고 녀석에게 머리를 한 대 맞았습니다.

이씨……. -_ㅠ 나만 미워해.

야, 포카리스웨트 사와. -_- - 소민

오빠가 사와! 오빤 발이 없어 손이 없어!? -_-+ - 수영

이게 오늘따라 기어오르네. -_-+ - 소민

내가 뭘! 뭘! +ㅁ+;; - 수영

거기 둘 다 조용히 안 해!? 진짜 시끄러워! 캬악! @ㅁ@! - 민재

창문에서 민재가 버럭버럭 소리를 지르는 바람에 -_-;; 저희 둘은 소민녀석의 차를 타고 집으로 향했습니다. -_- 지금 저희 둘 다 삐져서 아무 말도 안 하고 있습니다. -_-^

아……. - 소민

뭐야. ⊙_< - 수영
빼꼼~ 히 녀석을 보자 갑자기 녀석이 심장을 움켜잡고 길가에 차를 세웠습니다.
으윽……. - 소민
왜…… 왜 그래? -_- 자…… 장난치지 마. -_-; - 수영
장난 아니야. 하윽……. - 소민
지…… 진짠가? -_-;;;;
녀석은 땀까지 뻐질뻐질 흘리며 심장을 부여잡고 있습니다.
지…… 진짜 어디 아픈가 보다! +ㅁ+;;;
오…… 오빠! 왜 그래? O_O;; - 수영
시…… 심장이……. - 소민
시…… 심장이 뭘! OㅁO! - 수영
녀석은 갑자기 제 허리를 잡아당겨 촉~ 하고 살짝 입맞춤을 한 다음 벙쪄 있는 절보고 살짝 웃으며 말했습니다.
심장이 뛴다고. -_- - 소민
그…… 그래? 심장이 뛴다니 다행……. ……심장이 뛰는 건 당연하잖아! OㅁO! - 수영
소민녀석은 웃긴다는 듯 절 쳐다봤습니다.
너 정말 웃겨~. 쿠쿡……. 어떤 말 툭~ 하고 던지면 5초쯤 지나야 그 뜻을 알고 화내고 울고 삐지고……. 아무튼…… 쿠쿡. - 소민
ㅠ_ㅠ. - 수영
제가 패배감을 느끼며 창문을 하염없이 -_-;;; 슬프게 바라보고 있을 때 녀석의 폰이 울렸습니다.

오오~ 벨소리……. 나에게 빠져 빠져~ 모두 빠져버려~. -_-;;; 박경림의 〈착각의 늪〉. -_-;;;;
여보세요. -_- - 소민
오빠, 운전 중에 전화하다 걸리면 5만원이야. -_-;; - 수영
됐어. 내가 이긴다니깐. -_- 어!? 그…… 그래!? 알았어! - 소민
소민녀석은 활짝 웃으며 절 쳐다보고 있었고 전 녀석을 멀뚱하게 쳐다봤습니다.
유수영. - 소민
응? O_O - 수영
녀석은 활짝 웃으며 말했습니다.
한지민…… 깨어났대. ^-^ - 소민

86

오빠! 조금 더 빨리 갈 수 없어? 응? - 수영
지금 최대로 가고 있으니까 걱정 마. - 소민
지민이가 깨어났다는 소릴 듣고 소민녀석은 바로 삼경병원으로 핸들을 꺾었습니다……. 그 10분이 어쩜 그렇게 10시간이 넘도록 길게 느껴지는지…….
삼경병원에 도착하여 3층으로 허겁지겁 뛰어올라가 305호라 써져 있는 문을 활짝 열자…….
지민…… 아? - 수영
왜…… 지민이 얼굴에…… 하얀 천이 덮어져 있는 거야?
이민재…… 무슨 일이야? - 소민
……. - 민재
이민재……. 넌 또 왜 고개를 숙이고 있는 건데?
이민재……. 지…… 지금 뭐하는 거야? 그 행동…… 뭐야? - 수영
수영아. - 민재
말하지 마! - 수영
전 지민이를 덮고 있는 천을 걷었습니다. 아무런 미동도 없습니다.
전 털썩 주저앉아 지민이를 마구마구 때렸습니다.
일어나! 일어나란 말야! 이 바보야! 너…… 이렇게 보내면 안된단

말이야! 일어나! 아직…… 보내면 안돼! 안된단 말이야. - 수영
조용한 적막이 흘렀습니다. 그리고 그 적막을 깬 사람은…….
유수영……. 졸라 아파. -_-^ - 지민
-_ㅠ? @0@! 지…… 지민아! - 수영
쿠쿡…… 푸…… 푸하하핫! >ㅁ<! 유수영…… 절라 짱……. 쿠쿡……. >.< - 민재
쿠쿡……. 거봐~. 쟤 저러면 속는다고 했잖아~. - 소민
뭐…… 뭐야……? -_-^ 그럼 나…… 완전히…… 속아 넘어 간 거야!? +ㅁ+! 뭐야! >ㅁ<!
나…… 난…… 니 진짜 죽은 줄 알고……. -_ㅠ - 수영
지민이는 햇살처럼 환한 미소를 씽긋~ 짓더니 절 쳐다보며 말했습니다.
너무…… 보고 싶었어. 모두……. ^-^ - 지민
지민이가 민재를 쳐다보고 씽긋 웃자 민재도 환하게 웃으며 지민이를 쳐다보았습니다.
뭐지……? -_-; 이 러브러브 분위기는? -_-;;
제가 멀뚱히 두 사람을 바라보고 있을 때 소민녀석이 제 손을 이끌며 밖으로 나왔습니다.
뭐야~ 나 지민이랑 할 얘기 엄청 많은데~. -_ㅜ - 수영
저 두 사람…… 조금이라도 더 같이 있게 해주자. - 소민
소민녀석은 씨익 웃으며 말했습니다. 전 녀석의 웃음에 빠져 허우적거리다가 -_-; 퍼뜩 생각나는 것이 있어 녀석을 흘겨보며 말했습니다.

오빠. -_-+ - 수영

왜? -_- - 소민

아까 내가 지민이 죽은 줄 알고 대성통곡할 때 오빠는 지민이랑 민재랑 짜고 연기했다는 거 알고 있었단 말야? -_-+ - 수영

참 나……. -_- 속은 니가 바보지. -_- - 소민

@ 0 @ ! $%$^#$&^!$#%&#%^& - 수영

얘가 또 그러네. -_- - 소민

ㅇㅁㅇ…… (허무함 -_-) - 수영

녀석과 함께 병원을 한바퀴 돌고 다시 병실로 들어가니 지희와 민호오빠가 와 있었습니다. 지희의 얼굴이 잔뜩 부어 있는 게, 지희도 저처럼 속았나 봅니다. -_-;;;

민호오빠는 지희를 보며 쿡쿡 웃고 있고, 지민이는 제가 사왔던 초콜릿을 까먹으며 즐거워하고 있습니다. 민재는 그런 지민이를 쳐다보며 즐거워하고 있습니다.

여~ 왔어? ^-^ - 민호

어. - 소민

지희가 저한테 쪼르르 와서 아까 있었던 일을 말했습니다. -_- 완전히 저와 똑같더군요. -_-;;;

저흰 지민이를 놔두고 전부 병실 밖으로 나와 벤치에 앉아서 지금 지민이의 상태가 어떤지 민재에게 물어봤습니다. 민재는 얼굴이 어두워지더니 한숨을 후~ 하고 쉬며 말문을 열기 시작했습니다.

길게 살아야…… 일주일……. - 민재

이…… 일주일? 뭐가 그렇게 짧아! - 지희

민재는 쓸쓸한 얼굴을 짓더니 말했습니다.
정신 차린 것도 기적이래. 이렇게 말을 하고 웃는 것도……. 그리고 언제 끝날지 모르는 기적이라고……. - 민재
고칠 수…… 없어? - 수영
민재는 고개를 끄덕이며 말했습니다.
치료약이 없어……. 에이즈란 건……. - 민재
민재는 오히려 담담해 보였습니다.
소민녀석은 곧 울 것 같은 절 바라보곤 손을 꽉 잡아주며 민재에게 말했습니다.
희망이란 거…… 쓸데없이 있는 거 아니다. - 소민
난 지민이 퇴원시킬 거야. 그래서…… 죽는 순간까지 지민이와 같이 있을 거야. 그럴 거야. - 민재
민호오빠는 민재의 말에 뭐라 대답하려 했지만 마지막 민재의 말을 듣곤 아무 말도 안 하고 그저 입술을 깨문 채 고개를 숙이고 있었습니다.
에이즈…… 우리나라에서도 살아난 사람이 있대. 알았지? 민재야…… 희망 버리지 마. 소민오빠 말대로 희망이란 거 쓸데없이 있는 거 아니잖아. - 수영
민재는 제 말에 활짝 웃는 걸로 대답을 대신했습니다.
저 웃음에 금이 가지 않기를…… 저 얼굴에 눈물이 고이지 않기를…… 전 바랄 뿐입니다.
저희들은 어두운 얼굴에서 밝은 얼굴로, 지민이를 걱정시키지 않도록 하나둘씩 웃으며 병실로 돌아왔습니다.

뭐야! 너희들 또 나만 따 시키는 거야? 이것들! 정말 나한테 혼나 봐야겠네~. -_-+ - 지민
어떻게 알았어~? O_O - 지희
권지희…… 죽었어! -_-+ - 지민
꺅~ 까악~ 살려주세요~.).〈 - 지희

지민이와 지희는 밝게 웃으며 소곤소곤 얘기를 나누었습니다. 저도 그 사이에 끼어서 밝게 웃는 지민이를 빤히 바라보았습니다. 지민이 너…… 너무…… 이뻐서 하늘이 먼저 데려가나 보다. 니가 너무 순수하고 착해서…… 먼저 데리고 가나 보다. 악에 물들지 않아서, 너무 깨끗해서, 이 인간 세상에 안 어울려서 하늘이 먼저 데리고 가나봐. 그런데 말야…… 니가 이곳 떠나면…… 슬퍼할 사람이 너무 많은데……. 이럴 땐…… 정말 하늘이 밉다. 니가 떠날 때…… 나 그때 안 울 거야. 웃을게……. 웃을 거야…….

수영아……. - 지희
유수영……. - 소민
어어? 아웅~. 눈에 뭐가 들어갔나봐~ 헤헤헤……. - 수영

저도 모르게 눈물을 흘렸나 봅니다……. 아무리 손으로 닦아도 눈물이 자꾸 투둑투둑 떨어져서…… 너무 슬퍼서…… 너무 복받쳐서…….

으으……. ㅠ_ㅠ……. - 수영
바보 같아……정말……. 어리버리 푼수 유수영. ^-^ - 지민
나…… 나 어리버리 푼수 아냐. ㅠ_ㅠ - 수영
전 울지 않으려고 손으로 눈물을 계속 닦아 내었습니다.

지민이는 절 끌어당겨 안아주며 말했습니다.

너…… 자꾸 울래? 자꾸 나 아프게 할래? 정말 유수영 너…… 푼수짓 하는 거 못 보면 나…… 심심할 거 같다. 정말……. - 지민

심심하면 초콜릿 먹어……. ㅠ_ㅠ - 수영

지민이는 손으로 제 눈물을 닦아주며 말했습니다.

내가 지금 죽냐? 난 벽에 똥칠할 때까지 오래오래 살 거니까 걱정마. -_-v - 지민

너 정말 벽에 똥칠할 때까지 안 살면 죽는다. -_ㅠ - 수영

그래그래~. - 지민

소민녀석은 저와 지민이를 약간 띠껍게 보면서 말했습니다.

야, 정말 감동적인데 말야……. 좀…… 떨어질 수 없냐? -_-^ 둘이 너무 오래 껴안고 있는거 같다. -_-^ - 소민

저~ 독점욕……. -_-+ 여자랑 껴안고 있어도 저러니……. -_-+

민재녀석도 가만히 있다가 저와 지민이를 떨어뜨려 놓더니 말했습니다.

자자~ 수영이~ 그만 떨어져 있으라고~. 내 건 내가 알아서 다룰 테니까~. - 민재

뭐, 뭐? *0_0* 내…… 내가 언제부터 니 거였냐!? +ㅁ+;; - 지민

에이~ 지민이~ 알면서어~. -_-;;;; (정태우 버전 -_-;)

민재는 그런 지민이를 보고 씨익~ 웃고는 지민이의 턱을 살짝 잡아당겨 초옥~ 입맞춤을 하더니…….

지금부터! ^-^ - 민재

라고 멋지게 말했습니다. -_-;;

민호오빠와 지희, 저, 소민녀석은 괜히 땅을 보았다 하늘을 보았다 -_-;; 옷소매 만지고 벽 두드리면서 -_-;; 모르는 척해줬습니다. 지민이는 얼굴이 빨개진 채 민재를 빤히 쳐다보고 있었고 민재는 그런 지민이를 귀엽다는 듯 바라보다 저희들에게 말했습니다.
자 자~ 이제 집에들 가시오~. >_< - 민재
저흰 민재의 등쌀에 밀려 -_-; 각자 집으로 향했습니다.
지금 저희들은 소민녀석의 차를 타고 집으로 가고 있습니다.
야. - 소민
응? O_O - 수영
너…… 내가 죽는다면…… 어떻게 할 거냐? - 소민
헉! -_-;; 소민녀석 그동안 제가 지민이에게만 신경 쓴 거에 삐져 있는지 얼굴이 퉁퉁 부어있고 입술을 삐죽 내밀며 투덜투덜 말하고 있습니다……. 귀…… 귀여워~ 쿨럭~. *-_-*
전 쓰읍~ 침을 닦고 -_-; 무덤덤하게 말했습니다.
어떻게 하긴~ >_< 다른 남자 만나서~. 허억! @0@! 노…… 농담이야 오빠! +ㅁ+;; - 수영
-_-^ - 소민
소민녀석은 다른 남자라는 말이 나오자 핸들을 꺾는 걸로 대답을 대신했습니다. -_-;;
무…… 무서운 것. -_-;; 하지만…… 그건 진짜 농담이었어. ^-^
전 씽긋 웃고 삐진 얼굴로 운전을 하고 있는 소민녀석을 쳐다보며 말했습니다.
아마…… 안소민이란 사람 못 잊어서…… 그런 바보 같은 사람 못

잊어서 울다 지쳐 하루하루 지옥처럼 살아가겠지. - 수영

소민녀석은 절 쳐다보며 눈을 크게 뜨고 말했습니다.

그러면 안돼. - 소민

왜? ㅇ_ㅇ - 수영

소민녀석은 약간 인상을 찌푸리며 말했습니다.

그러면 니가 아파……. 그러면 내가 더 아파……. - 소민

소민녀석은 얼굴이 빨개진 채로 운전을 하며 말했습니다.

전 그런 녀석을 보고 웃으며 말했습니다.

그럼 나 다른 남자 만나야겠네? ^-^ - 수영

소민녀석은 눈썹을 씰룩거리더니 화가 난 목소리로 말했습니다

물.론. 그.렇.지. -_-^ 하.지.만. 내.가.그.리.쉽.게.죽.을. 거.같.
냐? -_-+ - 소민

그래……. 죽지 마……. 죽지 말고 나랑…… 나랑 평생~ 평생 살
자~. 죽더라도 같은 시간 같은 날에……. 우리…… 평생 사랑하며
살자 오빠……. ^-^ - 수영

소민녀석은 약간 섬뜩한 표정을 지으며…….

야, 너 조금 무섭다. -_-;; 같은 날 같은 시각에 죽자고 하면 쫌 사
이코틱하지 않냐? -_-; - 소민

뭐 어때. -_-^ 그럼 오빤 내가 먼저 죽으면 다른 여자 만나서 띵가
띵가 놀 거야? -_-+ - 수영

아직 죽을 때도 아니구만 벌써 그런 거 따지냐? -_- - 소민

울컥~ 울컥~. @ㅇ@!

하지만 먼저 이 얘길 꺼낸 건 너잖아! >ㅁ<!

제가 소민녀석을 잠시 흘겨보자 소민녀석은 한 손으로 제 머리를 툭툭 치며 말했습니다.
째려보지 마. 눈도 작은 게 째려보면 눈 안 보여. -_- - 소민
내가 무슨 눈이 작아! >口<! - 수영
너 눈 크게 떠봐.-_- - 소민
봐봐~. ⊙_⊙ - 수영
웁수~ -_-; 엽기다. 눈깔 튀어나와~. -_-; 집어넣어. - 소민
해줘도 투덜, 이렇게 따라도 저리 심술……. 아무튼 소민녀석의 속마음은 도저히 알 수가 없습니다. -_-^

#87

야! -_-^ 도대체 내가 왜 이런 일을 해야 하는데? -_-^ - 소민
일손이 딸리잖아~. 좀 도와줘~. -_ㅠ - 수영
오늘 지민이와 민재, 민호오빠와 지희, 그리고 저와 소민녀석은 2박 3일 동안 강릉에 갑니다. ^-^ 도시락 담당을 맡은 저희 둘은 열심히 김밥과 유부초밥을 만들고 있는 중입니다. 녀석은 자기가 왜 이런 일을 해야 하냐며 투덜대면서도 열심히 초밥을 만들고 있습니다. -_-;;
오빠! 다 만들었어? 헥~. o_O 이…… 이게 뭐야! >ㅁ<! - 수영
뭐긴 뭐야. -_-^ 안소민표 초밥이다. -_-v - 소민
소민녀석은 밥을 큰~ 하트 모양으로 만들어 유부를 덕지덕지 붙이고 도시락 통에 집어넣고 있었습니다. ㅠ_ㅠ……
야~ 이 초밥 진짜 예술이지 않냐? -_- 이런 초밥 세상엔 없을걸? 쿠쿡. - 소민
소민녀석은 만족스런 웃음을 씨익~ -_-; 지으며 행복감을 표현했습니다. 전 어쩔 수 없다는 표정을 지으며 김밥을 세모난 도시락에 이쁘게 담았습니다. -_-;
야~ 하나만 먹자. +_+ - 소민
안돼. -_-+ 강릉 가서 먹어! - 수영

쳇. -_-^ - 소민

소민녀석은 제 뒤를 따라다니며 계속 칭얼칭얼 쳇쳇쳇 -_-^ 거렸
습니다. -_-^ 어린애도 아니고……. -_-+

왜 자꾸 뒤에서 투덜대! >ㅁ<! 오빠가 투덜이 스머프야!? - 수영

하나 좀 먹자니까~. -_- - 소민

안돼! -_-+ - 수영

소민녀석은 잔뜩 얼굴을 부풀리다 갑자기 씨익 웃으며 말했습니다.

뽀뽀해줄게~. >ㅁ<! 쫌 줘~. - 소민

미쳤어? -_-+ - 수영

소민녀석은 갑자기 방으로 들어가 저희 집에 있던 피아노를 열고
'미'를 쳤습니다. -_-;;

저…… 정말 미쳤군. -_-;;;

자~ 미쳤지? -_- 줘. - 소민

오빠 김밥 못 먹고 죽은 귀신이야? -_-;; - 수영

전 통에서 김밥을 하나 꺼내주며 말했습니다. 소민녀석은 귀엽게
입을 오물거리며 말했습니다.

우물우물…… ㅡ.ㅡ 맛있군. - 소민

소민녀석은 꾸울꺽~ 삼키고선 씨익 웃더니 자동차 키를 휘두르며
말했습니다. -_-

자~ 가자! 강릉으로! - 소민

전 소민녀석이 나가려는 찰나에 한마디 던졌습니다.

오빠. 이빨에 김 끼었어. -0-…… - 수영

O_0? ……후다닥~. -_-;; - 소민

녀석은 화장실로 직행했습니다. -_-; (소민녀석이 망가지는 순간이다 -_-;)
화장실에서 나오는 녀석을 보고 쿡쿡 웃다가 한 대 맞고 -_-; 차에 탔습니다. =ㅁ=;
오빠. 우리 어디서 만나기로 했어? ㅇ_ㅇ - 수영
다 차 있으니까 강릉역에서 만나겠지. -_- - 소민
그런데 오빠…… 강릉역까지 여기서 몇 시간 걸려? - 수영
빨리 가면 4시간. -_- - 소민
지금이 아침 11시니까…… 3…… 3시!? ㅇ_ㅇ;; - 수영
최대한 빨리 갈 거니까 걱정 마. -_- - 소민
소민녀석은 갑자기 70이었던 자동차의 속도를 120까지 올리며 달렸습니다. 평일이라 길이 뻥뻥~ 뚫려 있고 의외로 차들이 없는 바람에…… -_-;; 장장 4시간이라고 했던 긴 거리를 정확히 2시간으로 단축하였습니다. -_-; 전 내리자마자 헛구역질을 했고 -0-; 소민녀석은 웃으며 내렸습니다. 이…… 이 스피드광……. ㅠ_ㅠ.
하지만…… 어느새 와 있었는지…….
왜 이렇게 늦게 온 거야? -_-+ - 민호
아 진짜~ -_- 30분이나 기다렸네. - 민재
그 옆에선 지민이와 지희도 저흴 째려보고 있었습니다.
이것들아. ㅠ_ㅠ 솔직히 말해서 이렇게 빨리 온 것만 해도 기적이야 기적. ㅠ_ㅠ
저흰 바닷가 가까운 곳에 자리잡은 하얀 별장을 하나 빌려서 2박 3일 동안 지내기로 했습니다. ^-^ 지금은 3월……. 완연한 봄기운

이 잔뜩 느껴지는 날입니다. ^-^

야. 우리 바닷가 가자. ^-^ - 지민

바닷가? o_o 그래~ 좋아~. 가서 조개껍질 모아서 목걸이나 만들까? - 지희

재미있겠다~. - 수영

지민이는 체크무늬 치마에 카디건을 걸치고……. 완전 복부인 의상이구먼……. 쿨럭~. -_-;; (지민에게 맞았음 -_-;) 지희는 긴 빈티지 바지에 짧은 분홍색 줄무늬 옷……. 꼭 시골 처녀 같구만. -_-…… 전 하늘색 칠부 옷에 발목까지 올라오는 하얀 바지를 입었습니다. 후훗……. -v-*. 이쁘구만~. -_- (지만 이쁘대 -_-;;)

와아~ 물 절라 맑아! +ㅁ+! - 수영

전 바다 속으로 마구 뛰어들며 소리쳤습니다. 따뜻하면서 시원한 바닷물이 발을 적시며 굉장히 기분이 좋았습니다. 지민이도 살짝 들어오고 지희는 저에게 물을 뿌리며 들어왔습니다.

야야~ 유수영 옷 다 젖어라~. 까~. >_< - 지희

껄럭~ 껄럭~ @0@ (물먹음 -_-;) - 수영

에퉤퉤퉤;;; 짜! >ㅁ<!

허겁지겁 물을 뱉어내고 눈을 떠보니 지희가 웃으며 저 멀리를 가리키고 있습니다. 떡! =ㅁ=;;

민재가 지민이의 손을 잡고 바닷가를 거닐고 있다. 진짜 이쁘다. +_+……. 나도 소민녀석이랑 저래 봐야지~. -v-*

오빠! 오빠! - 수영

왜 그래? -_- 다 젖었네. 너 옷 다 마를 때까지 별장에 들어오지

마. -_- - 소민
우리 바닷가 걸어다니자~ 응? 응? - 수영
다리 아프게 무슨……. -_- - 소민
소민녀석…… 늙었나 봅니다. -_-;;
전 계속 녀석의 팔에 매달리며 소리쳤습니다.
바닷가 거닐자~ 바닷가 거닐자~ 응? 응? ㅠ_ㅠ - 수영
아씨. -_-^ 정말 시끄럽네. - 소민
소민녀석은 제가 매달린 손을 빙빙 휘두르며 절 떨어뜨리려고 했으나 -_-; 전 끝까지 매달리며 소리쳤습니다.
오빠~ 바닷가 거닐자~. ㅠ^ㅠ - 수영
야, 안소민. -_-;; 좀 해줘라. 수영이 불쌍하지도 않냐? - 민호
민호오빠가 짐을 나르며 소리치자 소민녀석도 어쩔 수 없다는 듯이 고개를 끄덕였습니다.
바닷가로 나오자……. -_-…….
이 변덕스런 날씨 봐라……. -_-^
민재랑 지민이가 바닷가 거닐 땐 햇빛이 쨍쨍하더니 우리가 바닷가 거닐려니까 갑자기 바람이 불고 하늘이 어두워졌습니다. -_-^
야. -_-; 비 오려나 보다. 그냥 들어가……. - 소민
안돼! +ㅁ+;; 바닷가 같이 걸어야 돼~. ㅠOㅠ! - 수영
소민녀석은 황당한 표정을 짓더니 알았다며 발걸음을 옮겼습니다. 한 걸음 한 걸음 걸을 때마다 매서운 바람이 제 머리를 지나갔고, 눈도 뜨지 못할 정도로 심한 바람이 불고 있었습니다. -_-;
소민녀석은 짜증나는 목소리로…….

야! 이제 들어가자! 바람 너무 불어! -_-^ - 소민

아…… 알았어~. ㅠ_ㅠ - 수영

막 뒤로 돌아서려는 순간……. 철푸덕~. -_-;;; 제 얼굴에 무언가 검은 게 덮여졌습니다. -_-;; 전 앞이 안 보여 손을 미친 듯이 휘휘 저었고 -_-;; 소민녀석이 마구마구 웃는 소리가 바람결에 들렸습니다. -_-;;

푸하하~!! 유수영 니…… 니 얼굴에 미…… 미역…… 붙었어!! 푸하하핫! 〉ㅁ〈! - 소민

얼굴에 손을 대 그 검은 물체를 만져보니 -_-;; 강한 바람에 날려 제 얼굴을 강타한 -_-;; 미역이었습니다. -_-^ 소민녀석은 죽을 듯이 웃었습니다. 아예 모래사장에 주저앉아 헉헉~ -_-;; 거리며 숨을 못 쉴 정도로 웃고 있습니다. -_-+

미…… 미안~. 아…… 안 웃을게~. 푸하하하핫! 〉ㅁ〈! - 소민

아…… 안 웃는다며! ㅠ_ㅠ - 수영

푸하하하! 윽! - 소민

갑자기 끊기는 목소리에 놀라 녀석의 얼굴을 보니……. 헉! 오빠……. o_o 오빠 얼굴에 해파리가…….

해…… 해파리. =ㅁ=;; - 수영

엄청 큰 해파리가 바람에 날려 녀석의 얼굴 정면에 철푸덕~ -_-;; 붙어 있습니다. 아싸라 비야~. (-_-)~ 나 놀리더니 쌤통이다~ 쿠쿡~. 〉_〈

녀석은 신경질적으로 해파리를 떼어 저 멀리 던졌습니다. -_-; 하지만 순간적으로 강한 바람이 불어 다시 녀석의 얼굴에 떨어진 해

파리…….-_-;;;;

짜증나! -_-+ - 소민

소민녀석은 제 손을 마구 끌며 별장으로 왔습니다. -_-; 녀석이 신경질적으로 문을 열고 -_-; 들어가자마자…….

까하하하하! >ㅁ<! 유수영~ 너 바다 속에 잠수하고 왔냐? - 지민

푸풋……. >_<. - 지희

푸헤헤헤~. 소민형 봐~ 소민형~. >ㅁ<! - 민재

안소민. -_- 너 지금 우리 웃기려고 일부러 이렇게 하고 온 거지? 그치? -_- - 민호

둘 다 재빠르게 화장실로 들어가보니……. -_-;;

헉! =ㅁ=;; 웬 해녀씨와 해남씨가 여기 계시나? -_-;; 제 머리엔 미역이 겹겹이 쌓여 있었고 -_-; 녀석의 어깨엔 멀리 던져버렸던 해파리가 다시 꾸물꾸물 기어다니고 있었습니다. -_- 저흰 서로 안타깝게 바라보며 하나씩 떼어주었습니다. -_-;;

야…… 유수영……. -_-^ 너 한번만 더 바닷가 나가자고 해봐. 그땐 죽음이야! -_-^ - 소민

응……. ㅠ_ㅠ - 수영

#88

유수영! 유수영~ 일어나~. -ㅁ-; - 지희
우움……. =_= 뭐야? - 수영
시계를 보니 새벽 5시……. -_-^
뭐야, 이 새벽에 -_-; 날 깨운 이유는……. -_-+ 정정당당한 100가지 이유가 아니면 걍 자버리겠어~. -_-;;
아침밥 만들어야지~. ^-^ - 지희
아…… 그래. 우함~. =ㅁ= - 수영
아침밥 차리라는데 어쩔 수 있나. -_-=33 전 부엌에 걸려 있는 빨간색 체크 앞치마를 매고 밍기적 밍기적 기어 나왔슴다. =ㅁ= 저희 둘이 쌌던 그 하트 초밥과 -_- 김밥은 어젯밤 술안주로 완전히 탕진했슴다. -_-;
좋은 아침~. =ㅁ= - 수영
얼굴 퉁퉁 부은 거 봐. -_- 너 어제 과자 엄청 먹을 때부터 알아봤다~. ㅋㅋㅋ - 지민
지민이는 샐러드를 만들며 말했슴다. 왠지…… 지민이의 얼굴이 핼쑥해 보입니다. 억지로 웃고 있는 듯한……. 하지만 전 내색 안 하고 씨익~ 웃으며 말했슴다.
너도 만만치 않아. -_- - 수영

부엌에서 제가 맡은 담당은 -_-;; 카레 재료 썰기. -_-;; 전 양파를 눈물까지 흘리며 까고 -_-;; 당근과 양파, 감자를 열심히 썰었습니다. =ㅁ=

여…… 밥하는 거야? 우함……. -0- - 민호

민호오빠는 감자를 썰고 있는 지희를 살짝 안으려다가 지희가 놀라서 칼을 도마에 콰악~ -_-;; 찍어버리는 바람에 쫄았는지 그저 식탁에 앉아 지희를 바라만 보고 있습니다. -_-;

야! 한지민! 내가 할 테니까 너는 앉아서 쉬어! +ㅁ+;; - 민재

어어? -_-;; - 지민

민재는 부스스하게 눈을 뜨고 나오다가 지민이가 양상추를 썰고 있는 것을 보고 후닥닥~ 달려와서 칼을 빼앗아 지가 썰고 있습니다. -_-

쩝……. 부럽다. +_+! 소민녀석은 왜 안 나오는 걸까? -_-;;; (기대 중 -_-;)

하암~ -0- 좋은 아침……. -_- - 소민

ㅇㅇㅇ?! - 수영

좋은 아침이란 깜찍한 문구를 남기고 -_-; 소민녀석은 화장실로 사라졌습니다. ㅠ_ㅠ

민호오빠와 양상추를 썰던 민재는 절 약간 불쌍하게 쳐다본 뒤 다시 자기들 일에 몰두했습니다. -_ㅠ

나…… 나만 이게 뭐야……. ㅠ_ㅠ.

수영아~ 카레가루 모자라~. 좀 사다주라~. ^-^ - 지희

응……. ㅠ_ㅠ - 수영

울상을 지으며 지갑을 들고 나왔습니다. 소민녀석…… 진짜 변했습니다. ㅠ_ㅠ……

쳇. -_-^ 내가 일하고 있어도 도와주지도 않고 그냥 휑~ 하니 가 버리고……. - 수영

카레가루를 사들고 휭휭 돌리다가 소민녀석 생각이 나서 힘없이 걸어가는데 뒤에서 익숙한 목소리가 들렸습니다.

뭐 그런 녀석이 다 있어? -_- - 선민

ㅇ_ㅇ! 서…… 선민아! - 수영

어. 수영이 올만. (-_-)/ 결혼식 때 보고 처음이네~. ^-^ - 선민

제 뒤에 선민이가 씨익 웃으며 서 있습니다. -_-

헉! =ㅁ=; 여긴 웬일이지?

여기 웬일이지 하고 생각하고 있지? ^-^ 나 지금 여기서 아르바이트하고 있거든. =ㅁ=! 저어기~ 있는 횟집이야. 맨 처음엔 생선 내장 같은 거 잘 못 빼냈는데 지금은 3초 만에 뚝딱~ 뚝딱~ 해치운다. -_- 나 횟집 차릴까봐. -v-* - 선민

누가 물어봤니~? -_-;;

그…… 그래? -_-; - 수영

그런데 넌 어디에 머물고 있어? ㅇ_ㅇ - 선민

응~ 바닷가로 조금만 가면 하얀색 별장 있거든. ^^ 거기서 잠시……. - 수영

그래? ^-^ 그런데 웬 카레가루야? - 선민

응~ 아침……. 헉! +ㅁ+! 늦었다! 나중에 보자! >ㅁ<! - 수영

절 향해 손수건을 흔들어주는 -_-;; 선민이를 뒤로 하고 최고속으

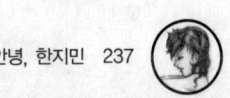

로 두두두두~ 달렸습니다, =ㅁ=; 별장의 문을 부서질 듯 화악~ 열자 -_-;; 보이는 건 숟가락을 든 채 절 기다리고 있는 사람들……. -_-;

유수영! -_-^ 왜 이렇게 늦게 온 거야! +ㅁ+! - 지민

으악~. 그…… 그게 지민아! ㅠOㅠ! - 수영

잔소리 말고 카레가루나 부어! +ㅁ+! - 지희

응. ㅠ_ㅠ - 수영

지희랑 지민이 단단히 화났나 봅니다. ㅠ_ㅠ. 전 카레가루를 붓고 휘휘 저으며 후회의 눈물을 흘렸습니다. 그냥 선민이하고 인사만 하고 올걸. ㅠ_ㅠ.

왜 이렇게 늦은 거야? -_-+ - 지민

어? 그게 말야……. ㅠ_ㅠ - 수영

그래! +ㅁ+! 선민이 잠시 만났다고 하면 소민녀석……. ㅋㅋㅋ +_+ (사악 -_-;)

으응~ 선민이 만났어. -_- - 수영

선민이!? O_O. ?? - 지민

그 자식이 왜! +ㅁ+! - 민재

-_-;; - 수영

이런이런. -_-;; 민재야, 정작 화내야 할 사람은 소민녀석인데 왜 니가 화를 내니? ㅠ_ㅠ.

여기 가까운 곳에 있는 횟집에 있대. -_-; - 수영

그래? 한번 가보자~. ^-^ - 지민

가긴 뭘 가. -_-^ - 민재

뭘 어때. -_- 나 회 먹고 싶었는데……. 가자. -_- 횟집 이름이 뭐
냐? -_- - 소민

내가 알아! -_+ - 수영

미치겠습니다. -_-^……

어서옵쇼~.)_〈 어? 수영이~. ^-^ - 선민

어~ 와…… 왔어~. -_-; - 수영

선민이는 제 볼을 쭈욱~ 쭈욱 늘어뜨리며 반겨주었습니다. -_-;

야~ 오징어 회 좀 주라. -_- - 소민

헉? -_-; 소민녀석 언제 자리 잡고 있었지?

전 녀석의 옆에 쪼르르~ 앉았습니다. =ㅁ=; 선민이는 씨익 웃곤
회를 뜨러 갔습니다. -_-;

얼마 안 지나 멋진 오징어회와 -_-;; 광어회가 나왔습니다. =ㅁ=

우물우물……. 야! 맛있다.-_- - 소민

그러게……. =ㅁ= - 민재

야, 지희야 한번 먹어봐. - 민호

응. 먹고 있어. -_- - 지희

저기……. 나 좀……. - 지민

지민이는 후닥닥~ 밖으로 나갔습니다. 뭐…… 뭐지? O_O;; 제가
지민이를 따라 밖으로 나가자 선민이가 뒤따라 나왔습니다.

지민이…… 토한다……. 피…….

지민아! - 수영

유수영…… 쉿……. 조용히 해……. 우윽……. - 지민

야…… 한지민……. 너 왜 그래? - 선민

선민이가 황갈색 머리를 살짝 흔들며 말했슙니다. 지민이는 씽긋 웃으며 말했슙니다.

어…… 가시가 걸렸나봐. -_- 야! 너 회 좀 잘 떠! 가시도 못 발르냐? -_-+ - 지민

지민이…… 거짓말하고 있다……. 얼굴이 너무 창백해……. 선민이 인상 쓰고 있는 게…… 알았나 봅니다.

그랬어? O_O;; 이런~. 나 가시 잘 바르는 선순데. -_- 미안~. 다시 해줄게~. >_< - 선민

이선민…… 너 바보였구나. -_-. (다시 깨달음 -_-;)

선민이는 지민이를 부축하려는 절 잡곤 씽긋 웃으며 앞치마를 벗어던지고 말했슙니다.

하루만…… 하루만 애인 해주라……. - 선민

뭐…… 뭐? O_O. - 수영

이미 넌 결혼까지 했는데 뭘~. ^-^ 그냥 오늘 한번만 나랑 놀러다니자 응~? - 선민

그…… 그래도 -_-;; 나 그냥 가면 안 될까? - 수영

괜찮다니깐~. >_< - 선민

선민이는 살짝 웃으며 제 손을 잡아끌더니 절 꽈악~ 안았슙니다.

서…… 선민아!? OOO! - 수영

좋다. 여전히 난다…… 아카시아 향기……. - 선민

그 순간 전 마구마구 녀석의 가슴을 때렸슙니다. 녀석은…… 갑자기 제 입에 자신의 입을 맞대고 격렬하게 입을 맞추기 시작했슙니다.

으읍! - 수영

선민이는 도저히 떼어줄 거 같지 않았고……. 전 마지막 힘을 다해 선민이를 밀쳤습니다.

이선민…… 너…….

눈물범벅이 된 채 전 마구마구 입을 문질렀습니다. 제 머리카락은 잔뜩 헝클어져 있었고 분홍색 립글로스도 잔뜩 번진 채 눈물을 뚝뚝 흘리며 선민이를 죽일 듯이 째려봤습니다.

이게 무슨 짓이야…… 이선민……. - 수영

미안……. 미안하다. 나…… 나도 모르게. - 선민

선민이는 정말…… 정말 슬픈 눈으로 절 쳐다봤습니다.

그렇게 쳐다보면…… 화를 낼 수도 없잖아…….

고개를 살짝 숙이고 있는 선민이를 멍찌게 바라보다 횟집의 유리문이 열리는 걸 느끼고 고개를 돌렸을 때…….

수영아! 너 그 꼴이 뭐야! - 지희

지…… 지희야. 어후후훅……. ㅠ_ㅠ - 수영

제가 계속해서 눈물을 뚝뚝 흘리며 손으로 쓰윽 문지르자 지희는 저를 바닷가의 수돗가로 데리고 갔습니다.

씻어. -_-- - 지희

ㅠ_ㅠ. - 수영

지금 니 꼴 봐라~ 봐~. -_-+ - 지희

지희는 주머니를 뒤적거리더니 손거울을 꺼내 제 모습을 보여줬습니다……. 헉! -_-;;

전 거울을 보자마자 세수를 했고 -_-;; 지희가 던져준 빗으로 머리를 빗었습니다……. 하지만 너무 울어서인지 빨간 눈은 어쩔 수 없었습니다.

도대체 아까 무슨 일이 있었던 거야? - 지희

전 순간적으로 몸을 움찔! 거리며 흔들리는 눈으로 땅만 쳐다봤습니다. 지희는 그런 저를 놀란 듯이 쳐다보며…….

너…… 선민이가 무슨 짓 했어? - 지희

서…… 선민이가…… 뽀뽀했어. ㅠ_ㅠ - 수영

지희는 황당하단 듯 쳐다보며 말했습니다.

횟집 앞에서? -_-;; - 지희

제가 고개를 끄덕거리자 지희는 한마디 던졌습니다.

그래서 소민오빠가 젓가락 부러뜨리고 상 뒤엎고 나가려고 하는 걸 민호오빠가 미친 듯이 말렸구나……. -_- - 지희

뭐!? ㅇㅇㅇ! - 수영

전 허둥지둥 횟집으로 달려갔습니다. -_-;; 횟집 앞에 사람들이 모여 있다…….

허허헉……. =ㅁ=! 사람들을 밀치고 들어가자…….

오빠! ㅇ_ㅇ! - 수영

미친 듯이 선민녀석을 패고 있는 소민녀석…….

얘 죽겠다……. =ㅁ=;;

전 소민녀석 팔을 잡고 말했습니다.

그만 때려! 그만 때려 오빠! +ㅁ+;; - 수영

초점 없는 눈으로 땅을 보며 말하는 녀석…….

씨파……. 어떤 새끼가 내 팔 잡고 지랄이야! - 소민

흠칫! -_-;; 그…… 그 새끼가 전데요……. -_-;;;

242 키스중독증 2

전 놀라서 녀석의 팔을 놓았습니다. 녀석의 검은색 눈은 너무나 싸늘하게 식어 있었습니다.
오빠! 오빠! 나 수영이라니깐! >ㅁ<;; - 수영
수영이가 누군……? -_-^ - 소민
녀석은 미친 듯이 선민이를 때리다 말고 제 얼굴을 빤히 보고 눈을 닦아주며 말했습니다.
울었니? - 소민
아…… 아니야~ 오빠. 아니니까 그만해. 애 잡겠어 응? - 수영
선민이의 꼴을 보니……. 오메……. -_-;; 도대체 어떻게 표현을 해야 할까요. -_-;; 핏덩어리? 아니아니…… 멍투성이? -_-;; 한 마디로 보라도리처럼 온 얼굴이 퍼~ 렇습니다. -_-;;;
소민녀석은 인상을 팍 쓰며 말했습니다.
이 녀석 편드는 거냐? - 소민
녀석의 눈빛이 또 초점을 잃기 일보 직전입니다. =ㅁ=;;
아니야~ 아니야 오빠. 잘 알면서 왜 그래, 응? - 수영
녀석은 겨우 몸을 일으키는 선민이의 가슴을 다시 발로 퍽! 차더니 말했습니다.
유수영이란 이름은 이 가슴팍에서 완전히 지워버려! - 소민
선민이는 쿨럭~ 쿨럭~ 거리며 소민이를 쳐다보고 말했습니다.
웃기는군……. 쿨럭~ 쿨럭~. - 선민
민호오빠는 말리려는 지희를 못 나가게 하고 민재는 지민이의 눈을 가리며 인상을 험악하게 구기고 있었습니다.
전 민재가 하는 말을 들었습니다.

"저 자식 죽었다…….." =ㅁ=;;

뭐라고 했어……. 다시 말해봐……. - 소민

녀석이 손이 불끈 쥐어지는 걸 느끼며 전 허둥지둥 녀석의 손을 잡고 말했습니다.

오…… 오빠! 그…… 그냥 가자! 나 괜찮아! 괜찮다구~. - 수영

괜찮다고? 하……. 너 억지로 그런 말하지 마. 참고로 말하는데, 니 거짓말하면 얼굴에 다 드러나는 거 알지? - 소민

모…… 모르는데요? -_-;;;

전 모르겠다고 말하려다 -_-; 상황의 심각성을 알고 소민녀석의 손을 마구마구 끌며 말했습니다.

우리 애기가 놀란단 말야! 그냥 가자니깐~. >_< - 수영

뭐? -_-^ - 소민

물론 여기서 애기란 녀석을 진정시키기 위한 거짓말입니다. -_-; 소민녀석은 언제나 아기&애기라는 말에 약해졌습니다. -_-; 선민이도 벙찐 표정으로 절 쳐다봤고……. -_-;

전 서둘러 소민녀석을 마구마구 끌어당기며 바닷가로 데리고 왔습니다.

너…… 아기라니……. -_-^ - 소민

오빠! ^0^! 파도 소리 좋다~ 그치? 응? ^0^;; - 수영

소민녀석은 잔뜩 인상을 찌푸리다 제 허리를 끌어당기더니 바닷물로 제 입을 씻어주었습니다.

에퉤퉤~. 짜~. 짜단말얌. >ㅁ<!

오…… 오빠~ 에퉤~. +_+;; - 수영

244 키스중독증 2

소금은 살균 작용이 뛰어나. -_-^ - 소민
선민이의 입술이 세균이었단 말인가……. -_-;;
소민녀석은 제 입술을 바닷물로 세척한 다음 -ㅁ-; 손수건을 꺼내 닦아주다 촉~ 하고 입을 맞추었습니다.
소독 끝! -_- - 소민
-_-;;;; - 수영
소민녀석이 변했다고 생각한 제가 바보였나 봅니다. -_-;; 녀석은 변한 게 아니라 오히려 참고 있었나 봅니다. =ㅁ=;; 자제력이 커진 거랄까……. 풋. -,.- (헉 -_-;)
야. - 소민
응? O_O - 수영
소민녀석은 제 손을 꽉 잡으며 말했습니다.
넌 왜 생기지도 않은 게 남자가 꼬이냐? -_-+ - 소민
뭐야!? 뭐야!? @ O @ ! - 수영
녀석은 특유의 미소를 짓다가 얼굴이 굳어지며 말했습니다. =ㅁ=
한번만 더 다른 남자랑 입술박치기 해봐. 그 새끼 정말 죽일 줄 알아. -_-^ - 소민
왠지…… 녀석의 독점욕이 그리 싫지 않습니다. ^-^……

#89

까아아악! - TV 소리 -_-;
흠칫! -_-;; - 수영
유수영답지 않게 무서워하고 나…… 난리야. -_-;;;; - 소민
지금 별장에서 -_-;; 캐리라는 영화를 보고 있습니다. 공포영화데……. 읍수~. -_-;; 저 여자 케첩으로 뒤범벅이 됐나? -_-;; 칼 들고 무슨 짓이래? -_-;;
아…… 진짜 무서워. -_-;;; - 민재
뭐가 무섭냐? 저거 전부 식용 색소로 만든 거라니깐~. -_- - 지민
지민이는 민재에게 식용색소에 대해 열심히 설명해주고 있습니다.
지민아. -_-;; 민재 짜증내는 거 안 보이니? -_-;
소민녀석은 이불을 꽈악~ 쥐고 땀을 삐질삐질 흘리며 -_-;; 여자의 비명소리가 들릴 때마다 몸을 흠칫흠칫……. =ㅁ=;;
야! 안소민! -_-+ 그만 좀 흠칫거려! +ㅁ+! - 민호
내가 언제 그랬냐? -_-;; - 소민
소민오빠. -_- 눈에 눈물 고였어요. - 지희
소민녀석…… 이미지 깨지다. -_-; (작가는 이미지 깨기에 맛들렸음 -_-;;)
야 유수영. -_-; 안되겠다. - 소민

뭐가 안돼? -_-? - 수영

소민녀석은 자신의 무릎에 절 앉히더니 제 허리를 꼬옥~ 껴안고 말했습니다.

니 심장 소리 들리면 괜찮아. -_- - 소민

전 제 등에 귀를 대고 심장소리를 듣고 있는 소민녀석을 놀래주기 위해 숨을 꾸욱~ -_-; 참았습니다. 소민녀석…… 정확히 10초가 지나자 절 떼어내며 소리쳤습니다.

야! 얘 심장이 안 뛰어! ㅇ_ㅇ! 유수영! 야! - 소민

오빠 왜? -_- - 수영

뭐…… 뭐야? -_-;; - 소민

뭐긴 뭐야. 니 속은 거야…… 후후후. -_-;;; (이상한 거에 만족하는…… -_-;)

영화가 다 끝나고 각자 침실로 들어갔습니다.

야, 영화 진짜 무섭지 않았냐? -_-? - 지희

응. 짱이었어. (-_-)b - 지민

야야~ 자자~. -_- 졸려/. - 수영

이불을 덮고 한참을 자다가 지희가 부시럭거리며 일어났습니다.

야, 어디 가게? -_- - 수영

응……. 잠시 물 좀 마시러. 우함~. -0- - 지희

지희가 나가고 …… 정확히 10분 뒤 다시 들어왔습니다.

뭐야? -_- 너 머리 감았어? - 지민

응. 졸려~ 자자~. -0- - 지희

전 그 두 마디를 듣고 스르르 잠이 들었습니다.

까아아악!

벌떡! +ㅁ+;; 이…… 이게 무슨 소리래!? O_O;;

전 벌떡 일어나 허둥지둥 카디건을 걸치고 문을 열며…….

무슨 일이야!? O_O! - 수영

수…… 수영아……. =ㅁ=;; - 지희

소리를 지른 건 지희였습니다. O_O;;

지희가 손으로 가리킨 곳엔…… 가리킨 곳엔…….

오빠! O_O! - 수영

소민녀석이 부엌에 널브러져 있었습니다. =ㅁ=;; 바닥엔 피가 흥건했습니다. =ㅁ=!

전 녀석을 흔들며…….

오빠! 오빠! ㅠOㅠ! 어어어엉~ 피……. 오빠! 죽지 마아~. ㅠOㅠ! 오빠아~. ㅠOㅠ! - 수영

제 통곡소리에 -_-;; 놀라 뛰어나온 민호오빠가 소민녀석을 들쳐업으며 소리쳤습니다.

이놈 왜 이래!? 무슨 피가……. - 민호

민호오빠는 자신의 차에 시동을 걸고, 지희는 절 달래고……. 전 소민녀석을 잡고 엉엉~ 울고 있었습니다…….

하늘이 무너지는 것 같고…… 모든 게 어지러웠고…… 녀석의 머리에서 쏟아져 나오는 피는 도저히 멈출 기미가 안 보였습니다……. 병원에 도착할 때쯤 제 하얀 티는 온통 피범벅이 되어 있었고…… 녀석은 응급실로 실려갔습니다.

제발…… 제발 살려줘요. ㅠ_ㅠ 제발……. - 수영

의사 선생님은 녀석을 이리저리 훑어보고 있었습니다. 녀석에게 무슨 일이라도 생긴다면…… 생기게 된다면…….

수영아…… 그만 울어……. - 지희

어떻게 해……. 어떻게……. ㅠ_ㅠ……. - 수영

전 발을 동동 구르며 의사선생님의 말을 기다렸습니다. 의사는 이리저리 살펴보곤 한숨을 푸욱~ 쉬더니 간호사를 불렀습니다.

붕대 가지고 와! - 의사

부…… 붕대!? -_ㅠ? 수술해야 하는 거 아닌가? 머…… 머리에 피가 나면……. =ㅁ=;;

저기…… 의사선생님……. 저……. - 민호

민호오빠가 의사에게 뭐라고 말하기 전에 의사가 먼저 조용히 말했습니다.

어디에 심하게 부딪치거나 박았습니까? -_-^ 간단한 타박상이군요. -_- - 의사

뭐……? ㅇ_ㅇ;;;; 간단한 타박상!? =ㅁ=;; 그…… 그런데 무슨 피가 이렇게 많이……. =ㅁ=;

이제 곧 깨어날 겁니다. -_- 으???~. - 의사

의사선생님은 -_-;; 손을 높이 쳐들곤 녀석의 엉덩이를 짜악~ +_+! 때렸습니다.

전 놀라서…….

아저씨! 무슨 짓이에요! @0@! - 수영

아야야야! -_-^ - 소민

기적처럼 녀석은 이마에 붕대를 칭칭 감고 엉덩이를 쓰다듬으며

안녕, 한지민 249

일어났숩니다. -_-;;;;

유수영 -_- 뭐하는 거냐? - 소민

오…… 오빠……. ㅠㅇㅠ! - 수영

전 녀석의 품에 안겨서 엉~ 엉~ 울었숩니다.

진짜 죽는 줄 알았단 말야. ㅠㅇㅠ!

소민녀석은 어리둥절한 듯 절 쳐다보며 말했숩니다.

왜 울어? -_-;; 그리고 내가 왜 병원에 와 있는 거야? -_- - 소민

민호오빠는 한숨을 푹푹~ 쉬며 소민녀석에게 부엌 바닥에 피가 흥건하게 날 정도로 피를 흘렸다는 것 그래서 병원에 왔다는 것…… 등등을 설명해주었숩니다. -_-;

그 얘길 들은 소민녀석은 어리둥절해하며 말했숩니다.

그래? -_-; - 소민

전 여전히 소민녀석의 품에 안겨서 녀석의 옷자락을 꽈악~ 잡았숩니다.

아까 너무 무서웠숩니다……. 너무 무서워서…….

순간 녀석의 부드러운 목소리가 들렸숩니다.

유수영……. - 소민

왜……? ㅠ_ㅠ. - 수영

나 안 죽었으니까 이제 그만 떨어져라. 내 옷 지금 니 콧물 눈물로 범벅된 거 알지? -_-^ - 소민

@0@! @%#&$#%#ㅠ! - 수영

아아~. 그래그래. -_- - 소민

순간…… 민호오빠의 폰에서 '난 남자야~' -_-;; 라는 벨소리가

목소리로 계속해서 나왔습니다. -_-; 순간 모든 시선이 민호오빠에게 집중됐고 -_-; 민호오빠는 무안한지 헛기침을 하며 -_-; 전화를 받았습니다.
여보세요? -_-;; - 민호
전화를 받는 민호오빠의 인상이 순식간에 굳어 갔습니다…….
뭐지?
민호오빠 저와 지희…… 그리고 소민녀석을 한번씩 둘러보고 힘겹게 입을 열었습니다.
한지민……. 병원…… 실려갔대. - 민호

#90

울지 마……. 너의 그 투명한 눈물…… 지켜주고 싶었어.
허둥지둥 달려온 병원…….
지긋지긋하다 이 하얀색……. 정말 싫어.
민재야……. - 수영
민재는 벽에 주저앉아 있습니다.
도대체…… 무슨 일이 있었던 거야? 응?
이민재……. 갑자기……. - 민호
형……. - 민재
민재……. 눈에 잔뜩 눈물이 고인 채 슬프게 웃으며 말했습니다.
나쁘다…… 정말 나빠. 한지민…… 정말 나빠. - 민재
뭐? - 지희
민재는 여전히 슬프게 웃으며 약간씩 흔들리는 목소리로 말을 내뱉었습니다.
그 녀석…… 힘겹게 걸어 나오더니 나보고 씽긋 웃으며 말하더라……. - 민재
…….
떠날 때가 됐대……. 울더라……. 울면서 웃더라. - 민재
전 저도 모르게 손을 꽈악 쥐었습니다.

떠나? 떠난다고? 누구 맘대로……. 누구 맘대로 떠난대?
놔줘……. 놔줘 민호오빠……. - 지희
지희가 차가운 눈으로 '관계자 외 출입금지'라고 무정하게 써 있는 문을 열려고 하자 민호오빠는 지희의 손을 잡으며 가지 말라고 고개를 흔들고 있었습니다. 지희는 차갑게 눈을 번뜩이며 말했습니다.
이 손 안 놓으면…… 민호오빠 싫어하게 될 거야. - 지희
민호오빠는 지희보다 더욱 싸늘한 눈을 보이며 반항하는 지희를 끌고 어디론가 갔습니다. 제 손을 꽈악 잡아주는 소민녀석을 쳐다보니…… 녀석도 슬픈 듯이 하염없이…… 지민이가 아파하고 있을…… 굳게 닫혀져 있는 문을 바라보고 있었습니다.
오빠……. - 수영
소민녀석은 말없이 절 쳐다보곤 바닥에 주저앉아 있는 민재에게 다가가 멱살을 잡고 높게 치켜 올리더니 낮게 말했습니다.
정신 차려 이민재……. 너…… 이렇게 약해빠진 놈이었냐? - 소민
민재는 가까스로 소민녀석의 눈을 피하며 고개를 추욱 늘어뜨리고 있었습니다. 소민녀석이 털썩~ 하고 의자에 떨어뜨리자 민재는 보랏빛 머리를 숙이고 조용히 말했습니다.
강해지고 싶어도…… 그게 잘 안되는걸. 그게…… 죽고 싶을 정도로…… 안돼. - 민재
민재가 그렇게 말하자 저흰 멍하니 민재를 바라보았습니다.
한지민씨 보호자 들어오세요! - 간호사
다급한 간호사의 말에 민재는 순간 고개를 번쩍 들었습니다. 눈이

빨갰습니다.

울었구나…….

저와 소민녀석 역시 허둥지둥 병실 쪽으로 달려갔습니다. 병실에는…… 하얗디 하얀 투피스를 입고…… 새하얀 미소를 지으며 지민이가 살짝 걸터앉아 있었습니다.

옆에 서 있는 의사를 보니…… 표정이 어둡다…….

한지민? - 민재

지민이는 말없이 웃으며 자신의 품으로 달려드는 민재를 꼬옥 껴안아 주더니 등을 토닥이며 말했습니다.

잠시…… 기다려 줄래? - 지민

지민이는 곧이어 허둥지둥 들어오는 지희와 민호오빠를 보고는 민재를 떼어낸 뒤 조심스레 지희의 손을 잡고 말했습니다.

권지희……. 넌 다 좋은데 어쩔 땐 너무 차가운 게 문제라구……. 다음부터는 그 성질 죽여라 응? 알았지? ^-^ - 지민

지희는 눈물범벅이 된 얼굴로 고개를 끄덕였습니다.

민호오빠는 얘 좀 잘해줘요……. ^-^ - 지민

그래……. - 민호

지민이의 눈이 절 향했습니다. 전 어느새 눈에 눈물이 고인 채 지민이를 보고 활짝 웃었습니다.

웃기로 했어……. 웃을 거야.

유수영……. - 지민

전 조심스레 지민이에게 갔습니다. 지민이도 활짝 웃으며 말했습니다.

웃는 거 보니까…… 맘이 놓인다. ^^ - 지민

지민이의 투명한 눈에…… 더욱더 투명한 눈물이 고여 있었습니다. 전 눈물 한 방울을 주르륵 흘리며 지민이를 보고 살짝 웃어주었습니다.

사랑해…… 지민아……. - 수영

지민이도 살짝 웃으며 말했습니다.

너 레즈냐? 날 좋아하게? 쿠쿡……. - 지민

지민이도 눈물을 주룩주룩 흘리며 웃고 있었습니다. 지민이가 소민녀석을 쳐다보며 씽긋 웃자 소민녀석도 살짝 웃어주었습니다. 지민이의 얼굴이 더욱더 창백해지자 민재가 지민이에게 다가가는 걸 느꼈습니다.

이 바보야……. 남자가 울면 어떡하냐? 쿠쿡……. - 지민

지민인 민재의 눈에 고여 있는 눈물을 닦아주며 씽긋 웃었습니다. 민재는 슬픈 눈으로 지민이를 쳐다보다 힘껏 안으며 말했습니다.

이렇게…… 늦게 깨달아서 미안해. 바보같이……. - 민재

뭘? - 지민

지민인 힘겹게 민재의 어깨에 손을 올려놓고 웃으며 민재를 쳐다봤습니다……. 민재도 그 순간 자신만의 매력적인 웃음을 지으며 말했습니다.

사랑해……. 정말 사랑한다 한지민. 이렇게 늦게 깨달아서 너무 미안해……. - 민재

지민인 햇살이라고 표현해야 할 정도로 활짝 웃으며 민재를 더욱더 끌어안고 말했습니다.

나도…… 나도 사랑해 이민재. 사랑해 민재야. - 지민
우읏……. - 지희
지희는 민호오빠의 어깨에 둘러싸여 눈물을 억지로 참았습니다. 5분 정도 지났을까……. 지민이의 손에 힘이 들어가며 민재의 얼굴을 쳐다봤습니다. 민재는 살짝 웃으며…… 조용히 지민이의 입술을 적셔 갔습니다. 지민인 눈물을 흘리며…… 그리고 웃으며…… 민재의 입술을 받아들였습니다.
민재의 입이 떨어지자 지민인 민재를 끌어안았습니다.
우리…… 나중에 태어나면 죽을 만큼 사랑하자. 이렇게 만나지 말고……. 정말 행복하게 만나자 응? 알았지? 사랑해……. - 지민
민재는 지민이의 어깨에 고개를 묻고 있었습니다.
곧이어 툭……. 민재를 안고 있던 지민이의 손이…… 떨어져 나갔습니다.
민재는 지민이의 손을 잡고 더욱더 끌어안으며 지민이의 어깨에 얼굴을 묻고 눈물을 흘리고 있었습니다.
한지민……. 끝까지…… 끝까지……. 쿠쿡……. - 민재
하늘에선 진눈깨비가 내렸습니다. 비와 눈이 같이 오는 진눈깨비……. 한지민 그녀는 진눈깨비 같은 ……그런…… 슬프면서 아름다운…… 여자였습니다.

제4장
임신을 축하합니다

#91

야~ 너 빨리 밥 안 해!? -_-+ - 소민
오빠가 해~. ……=ㅁ=…… - 수영
-0-^ - 소민
소민녀석…… 뒹굴뒹굴 구르고 있는 제 옆에서 소리쳤습니다.
아아~ 어떡하지? 민재 요즘 지민이 생각에 많이 힘들 텐데~. 우리가 밥이라도 해줘야 하는 건데~. -0- - 소민
-_-^ 알았어! 알았다고! +ㅁ+! - 수영
지민이가 죽은 지 딱…… 20일 되는 날……. 민재는 여전히…… 술독에 빠져 삽니다. 휴……. 저와 지희는 민재의 집에서 번갈아 밥하고 청소하며 지민이의 역할을 대신해주고 있습니다.
쳇. -_-^ 오빠 때문에 잠도 못자고……. 이게 뭐야! 〉ㅁ〈! - 수영
빨리 밥이나 하러 가자고. -_- - 소민
소민녀석은 담배를 살짝 물고 재킷을 입으며 말했습니다. -_-+
난 담배 피는 사람 정말 싫던데. -_-+
지민아~ 좋은 아침! ^-^* 지금 민재 밥해주러 가고 있어~. 이 자식 아직도 술에 빠져 살지 뭐야? - 수영
전 제 방 작은 액자에 끼워져 있는 지민이의 사진을 보고 씽긋 웃으며 인사했습니다. 지민이의 사진은 살짝 웃고 있습니다. 여전히

임신을 축하합니다

아름답게…….

야! 안 가냐? -_- - 소민

가…… 갈게~. ^-^ - 수영

녀석이 흥얼거리며 도착한 곳은…… 민재의 오피스텔. 쓰읍…….
-_-;; 진짜 부자였군.

전망이 제일 좋다는 12층에 위치한 민재의 오피스텔 문을 열자마자 느껴지는 역한…… 술냄새? -_-;; 어…… 어라? -_-;; 언제나 술냄새가 느껴졌는데 오늘은 방도 깨끗해지고…… 좋은 사과 향기가 난다?

야, 뭐해 안 들어가고? - 소민

녀석이 차 키를 휙휙 위로 던졌다 받았다 하면서 멍하게 서 있는 절 툭툭 건드리며 웃고 있습니다. =ㅁ=

조심스레 방안으로 들어가니 화아~ +ㅁ+;; 온통 하늘색…….

야. -_-; 뭐냐? 너 언제 와서 청소했냐? - 소민

아…… 아니. -_-;; - 수영

조용히 민재의 방문을 여니…… 온통 지민이의 사진이 붙여져 있고……. 하늘거리는 하얀색 커튼이 흔들리는 곳에 하늘색 이불을 덮고 행복한 미소를 지으며 잠들어 있는 민재…….

야! 이민재! -O-! - 소민

으음……. - 민재

소민녀석은 민재를 팍팍 차며 -_-; 깨웠습니다.

민재는 짜증난다는 표정으로 멀뚱히 서 있는 저와 소민녀석을 쳐다보더니 활짝 웃으며 말했습니다.

어~ 왔어? ^-^ - 민재

으…… 응……. -_-; - 수영

아, 적응 안돼. -_-;; 언제나 술에 찌들어서 흐리멍텅한 눈으로 저와 소민녀석을 쳐다봤었는데……. =ㅁ=;;

소민녀석도 궁금한지 민재를 툭툭 건드리며 말했습니다.

너 무슨 좋은 일 있냐? - 소민

민재는 열어둔 창문 사이로 부는 바람에 머리를 긁적이며 씽긋 웃었습니다.

꿈에 그 녀석이 나타나서 깨끗이 좀 하고 살래……. ^-^ 그래서 뭐……. ^-^ - 민재 ^-^……

그래? 밥해줄게! 뭐 해줄까? 먹고 싶은거 다~ 말해! 〉ㅁ〈! - 수영

진짜? O_O - 민재

구럼~ 구럼~. ^0^! - 수영

으음…… 양고기 스테이크……. =ㅁ= - 민재

-_-+ - 수영

그…… 그래~. 간단히 김치찌개. ㅠ_ㅠ - 민재

다시 촐랑이 이민재로 돌아와 너무 기쁩니다. ^-^*

전 앞치마를 둘러매고 열심히 김치찌개를 끓이고 민재에게 밥을 챙겨 줬습니다.

야~ 맛있다~. ^-^ - 민재

그래? 많이 먹어~. ^-^ - 수영

전 민재 앞에 털썩 앉아 민재가 먹는 걸 즐겁게 봤습니다. ^-^

이제 기운 차려서 너무 다행이다…….

야! -_-^ - 소민

어어? O_O;; - 수영

소민녀석 무언가 화가 났는지 절 마구 끌며 민재에게 말했습니다.

나 간다. -_-^ - 소민

어? 응. -_-; - 민재

민재는 약간 당황했는지 밥을 먹다말고 숟가락을 입에 문 채 잘 가라며 -_-; 손을 흔들어 줬습니다. =ㅁ=; 전 마구마구 저를 끌고 가는 녀석에게 소리쳤습니다.

왜 그래! 왜 갑자기 화난 거야! >ㅁ<! - 수영

소민녀석은 우뚝 걸음을 멈추고 절 빤히 쳐다보며 말했습니다.

못 보겠어. -_-^ - 소민

뭐…… 뭘. -_-;; - 수영

소민녀석은 눈앞으로 살짝 흘러내리는 머리를 후~ 하고 불며 잔뜩 화가 난 표정으로 소리쳤습니다.

니가 민재한테 밥 차려주는 거 못 보겠다고! - 소민

뭐? =ㅁ=;;;; - 수영

하도 벙쪄서 녀석을 쳐다보니 녀석은 제 어깨를 마구 흔들며 소리쳤습니다.

누가 보면 니네 둘이 결혼한 줄 알겠다! 너 민재한테 아침밥 차려주면서 실실 웃음 흘리고! 나 기분 엄청 더러운 거 알아!? - 소민

=ㅁ=;;;;; (황당함 -_-;) - 수영

그…… 그러니까 화난 이유가…… -_-; 내가 민재 아침밥 차려주고 실실 웃는 거 때문이었어!? -_-;;;

제가 황당한 듯이 녀석을 쳐다보니 녀석은 잔뜩 심통 담긴 목소리로 말했습니다.

너 나 좋아해서 결혼한 거 맞아? -_-+ - 소민

하아……. -_-;;; - 수영

막막한 한숨만이 잔뜩 나왔습니다. =ㅁ=…….

전 소민녀석의 팔을 잡으며 말했습니다.

오빠. ^-^ 오늘 내가 뭐 만들어 줄까? 응? ^-^ - 수영

뭐? 내가 그런 걸 바라는 게 아니라……! *-_-* - 소민

그런 걸 바라는 게 아니라면서 얼굴은 왜 불그죽죽 -_-;; 빨개지는데? =ㅁ=;;

하지만 전 씨익 웃으며 말했습니다. ^-^

오빠가 좋아하는 떡볶이 해줄까? 응? >ㅁ<! - 수영

소민녀석은 얼굴이 빨개지다가 제 손을 꽈악~ 잡으며…….

응……. - 소민

^-^* - 수영

전 녀석의 손을 잡고 조용히 중얼거렸습니다.

정말…… 귀엽다니깐…… 쿠쿡……. - 수영

#92

그…… 그래 ㅇ_ㅇ. 민재가 드디어 정신을 차렸다고? 까후~ 좋은 일이야~. 〉_〈 – 지희

그러게 말야……. ^-^ – 수영

지희는 긴 생머리에 로맨틱 웨이브를 줘 부드러운 느낌이 물씬 풍겼습니다. ^-^

강의 끝나고 쇼핑하러 가자~. 나 가방 살 거야~. 〉_〈 – 지희

응? 응~. ^-^ – 수영

대충대충 강의를 듣고 시내로 나갔습니다. 오랜만에 즐겨보는 행복감이라 괜히 웃음이 실실 나왔습니다. ^-^

야, 근데 니네 아기 언제 만들 거냐? -_- – 지희

푸웃~. 〉ㅁ〈! – 수영

야! -_-+ 물 다 튀겼잖아! 아으씨~. – 지희

아…… 아기? 무…… 무슨 그…… 그런……. *0_0* – 수영

아기라……. 내 뱃속에 애새끼가 뒹굴뒹굴 굴러다니는……. 윽~. -_-;; 그 느낌은 생각도 하기 싫습니다. -_-;; 그리고 소민녀석과는 '18세 미만' 까진 가본 적도 별로 없는……. -_-;;;

지희는 방긋 웃으며 말했습니다.

솔직히 …… 니 핏덩어리 가지고 싶지 않냐? ^-^ 요즘 너 아기옷

에 눈길 많이 가고 그러지 않아? - 지희

전혀……. -_-;;;;;;;; - 수영

심각하구나. -_-;;; - 지희

지희는 제 옆에 오더니 소곤소곤 말하기 시작했습니다.

소민오빠가 너한테 아기 갖고 싶다고 그러지 않아? O_O - 지희

그런 말은 추호도 안 들어봤어. -_-^ - 수영

괜히 열 받습니다. -_-^ 쳇. =ㅁ=^ 그러고 보니 나한테 아기 비슷한 말도 안 꺼…… 가 아니지 참. -_-;; 아기라고 말하면 무조건 실실 헤헤거리며 웃음을 짓곤 했지……. 암.-_-;;;;;

뭐야? 그런 적 있었다는 표정이네. -_-; - 지희

응.-_-;; 뭐…… 말론 하지 않았지만……. - 수영

소민오빠도 불쌍하다. -_-;; 너처럼 둔탱이 만나서. =ㅁ= - 지희

뭐야!?!??! -_-+ - 수영

지희는 장난스럽게 웃으며 말했습니다.

미리미리 아기옷 사놓는 것도 괜찮지 않겠어? ^-^ - 지희

뭐? *-_-* - 수영

지희는 절 백화점 아기용품점으로 끌고 갔습니다.

떠흑~. +ㅁ+! 지…… 진짜 옷……. 귀…… 귀엽다. ㅠ_ㅠ.

어때? 이쁘지? ^-^ - 지희

응…… 이쁘다. 너무 이뻐……. *ㅠ*……. - 수영

지희는 이리저리 돌아다니다가 노란색 병아리 쫑쫑 -_-;; 흠 -_-;; 이게 아니고 샛노란 아기옷을 사주면서 말했습니다.

내가 사주는 거야~. -_- 아기 낳으면 꼭 내 옷부터 먼저 입혀야

돼! 알았지? -_-+ - 지희

으...... 응. ~ ^^* 고...... 고마워~. *-_-* - 수영

이쁘다....... 너무 이뻐....... 울 엄마도 결혼했을 때 이렇게 아기용품을 사며 기뻐했을까? 지금...... 너무 기쁩니다.

제가 계속 실실 웃으며 걷자 지희도 씽긋 웃으며 말했습니다.

그렇게 좋으면서....... ^-^ - 지희

지희와 웃으면서 바이바이 헤어지고 집에 도착하니....... 어두운게...... 소민녀석...... 아직 안 왔나? -_-;;

아직 안 왔나 보네....... 흐음. -_-...... - 수영

전 편안한 티와 반바지를 입고 거실에 털썩 주저앉아 쭈봉이와 포도를 재운 다음 노란색 병아리 옷을-_-; 꺼내 살펴보며 소민녀석이 흔히 말하는 빙신처럼 -_-;;;;; 실실 웃었습니다.

헤헤헤....... -v-*....... - 수영

순간...... 제 머리 속에 스쳐가는 것은....... 녀석과 제가 아기를 안고 밝게 웃으며 놀이동산을 가는 것. 그리고 아이에게 아이스크림을 사주며 즐겁게 돌아다니는 것. 화르르르륵~. *)ㅁ〈*

까하~ 까아~ 몰라~ 몰라~. ()_〈)( )_()()_〈)( )_()

그렇게 제가 생쇼를 하고 있을 동안-_-;;;;; 띵동~ 거리며 벨이 울렸습니다....... 전 녀석이겠지~ 하고 문을 열며 환한 미소로.......

오빠! 〉ㅁ〈! 왔....... 누구세요? - 수영

술이 잔뜩 취해 술냄새를 풀풀 풍기는 녀석을 부축하고 있는 여자....... 누구지?

미안. 잠시 들어가도 될까? 우리 소민이가 많이 취했거든. - ??

#93

흐음……. 니가 유수영이니? - ??
누…… 누구신데 제 이름을 아는 거죠? - 수영
그 여자는 정말 매력적이게 생겼습니다. 눈도 크고, 코도 오똑하고, 풍부한 웨이브 머리에 몸매도 좋네 젠장! -_-^ 저보다 가슴도 큰 거 같습니다. -_-+ (헉! -_-;)
아~ 이름을 말 안 했니? 나 박소희야. ^-^ - 소희
소희? -_-^ 무슨 베트남이나 방콕에서 온 이름 같네. 흥~. -_-+ (소희란 이름 가지신 우리나라 분들께 정말로 죄송 -_-;;) 근데…… 어디선가 비슷한 이름을 들어본 거 같은……. -_-;;
아~ 박가희 언니가 나야. 박소희. ^-^ - 소희
박가희……. 나에게 엄청난 상처를 준 여자. 도대체 어디까지 상처를 주려고 하는 거야.
제가 잔뜩 독기 서린 눈으로 쳐다보자 소희란 여자는 씽긋 웃으며 말했습니다.
니가…… 내 동생 가희를 완전히 밟아버린 장본인이구나? - 소희
밟아? -_-;; 그런 적 없는데? -_-;;
제가 멀뚱히 서 있자 그 여자는 어느새…….
꺄아! >ㅁ<! 뭐하는 짓이에요! - 수영

뭐야? -_- 나보다 가슴 작잖아? -_- 소민녀석이 왜 이런 어린애와 결혼을 한 거지? -_-? - 소희

소희란 여자는 -_-;; 어느새 제 가슴 앞에 와 쓰윽~ -_-;; 손으로 만져보곤 제가 소리를 지르며 후다닥 ~ 도망가자 씨익 웃으며 말했습니다.

되게 순진하네. -_- 그런데…… 이 말하면 순진한 아가씨 상처받겠네? ^-^ - 소희

뭐…… 뭔 말인데요? -_-;; - 수영

제가 조심스레 물어보자 그 여자는 매력적인 웃음을 지었습니다.

진짜 이쁘게 웃네……. -_-;. 특히 눈웃음이 남자들을 홀릴 거 같았습니다.

너 그거 아니 순진한 아가씨? - 소희

제가 말해달라는 눈빛을 보내자 소희란 여자는 매력적인 웃음은 어디론가 사라지고 차가운 눈빛으로 냉소적인 웃음을 지으며…….

가희랑…… 소민이는 결혼하기로 한 사이였어. - 소희

뭐? 아…… 아니야. 이런 거 안 믿어…….

소민오빠랑 가희언니가 많이 사랑했다는 거 알지만…… 지금 오빠는…… 저만 사랑해요. - 수영

제가 잔뜩 화가 난 눈빛으로 쏘아보자 그 여잔 씨익 웃으며…….

그런데 어떡하지? 이 순진한 아가씨야, 미안하게도 지금 소민이는 가희 생각 때문에 술 먹고 오는 길이야. - 소희

거짓말 말아요! - 수영

제 소리에 놀랐는지 그 여잔 몸을 움찔댔고…….

하지만 거짓말이라고 했던 제 말을 무심하게 만드는 녀석의 한마디…….
박가희…… 좀…… 데려와. - 소민
뭐? 뭐라고 했어?
그 여자는 비열한 웃음을 지으며 소민녀석을 부축한 채 얼어붙어 있는 절 차갑게 지나쳤습니다. 그리고 재미있다는 듯 중얼거렸습니다.
게임오버야…… 순진한 아가씨. 쿠쿡……. - 소희
그 여자가 집에서 나가는 걸 느끼자마자 전 바닥에 털썩~ 주저앉았습니다. 믿지 않았습니다. 아니 믿고 싶지 않았습니다. 주저앉고 싶었던 그 마음을 꾸욱~ 누르고 서 있었는데…… 콰앙~ 하는 문소리와 함께…… 제 머리 속에서 조용히 몇 글자가 지나갔습니다.
유수영……. 넌 행복하게 살지 못해…….
쿠쿡……. - 수영
바보같이……. 거실 바닥에 아무렇게나 널브러진 노란 아기옷을 보니 눈물이 주르륵 흐르더군요. 전 그 아기옷을 깨끗하게 개서 가슴속에 품고 주룩주룩 눈물을 흘렸습니다. 아기옷에 투둑투둑 눈물이 떨어져 번져 갔습니다.
결혼이란 거 이렇게 힘들고 괴로운 거라면…… 하지 않는 게 더 나았을지도 몰라.
하아……. - 수영
아기옷을 옷장 깊숙한 곳에 집어넣고 방에 들어가 침대에 푸욱~ 파묻히듯이 누웠습니다. 그리고 눈을 감고…… 울지 않으려 애쓰

면서 조용히 잠이 들었습니다.
……
야! 유수영! 일어나! -_-^ - 소민
……? - 수영
어? 너 어제 울었냐? 눈이 빨개. - 소민
아침인가 봅니다. 소민녀석은 제 방에 들어와 소리를 질러댔습니다. 자리에서 일어나 침대에 이불을 덮고 앉아 있는데 녀석이 제 눈이 빨개졌다며 만지려고 했습니다. 전 '탁!' 하고 녀석의 손을 쳐내었습니다. 녀석의 눈이 크게 커지며 절 쳐다봤습니다.
전 아무런 감정이 실리지 않은 목소리로 말을 내던졌습니다.
내 몸에…… 손대지 마. - 수영

#94

아무런 소리도 없이…… 조용히 몇 초가 흘렀습니다.
뭐? -_-? 너 광고 찍냐? -_-; 니가 무슨 모델이냐? 손대지 말라고 하게? - 소민
울컥! -_-^ 이게 장난인 줄 아나……. -_-+
전 다시 분위기를 잡고 조용히 말했습니다…….
그렇게…… 여자 만지고 싶으면 가희 만나면 되잖아! - 수영
뭐? 다시 말해봐 유수영. - 소민
소민녀석의 눈빛이 차가워졌습니다.
무…… 무섭긴 하지만 -_-;; 전 꾸욱 참고 무표정으로 말을 이어갔습니다.
그렇게…… 가희를 보고 싶으면 말을 하지 그랬어? 그렇게 술 먹고 외칠 정도였으면 나랑 결혼하지 말지 그랬어? 안 그래? - 수영
무슨 소리 하는 거야? - 소민
됐어. 오빠랑 말하기도 싫어. - 수영
아……. 말이 심했다. 이제 소민녀석 화내겠지? 큰소리를 지르면서 너한테 내가 그 정도밖에 안 되냐고 마구 그럴 거야. (자기 맘대로 생각하는…… -_-;)
하지만 제 예상과 빗나간 목소리…….

그래? 하……. 말조차 하기 싫다? - 소민

잔뜩 슬픔이 묻어나는 목소리에 놀라서 뒤를 돌아보니 소민녀석이 손으로 머리를 올리며 잔뜩 눈에 눈물이 고여 있습니다. 빛에 반사되어 반짝 빛나는 건…….

오빠……. - 수영

됐어. 그래…… 니 말대로 해줄게. - 소민

소민녀석…… 상처받았어.

전 흔들리는 눈으로 뒤돌아가는 녀석을 쳐다보다 덥석! -_-; 녀석의 손을 잡았습니다. 녀석은 움찔 하며 걸음을 멈추었습니다.

오빠……. - 수영

손 놔! 말하기도 싫은 녀석이랑 손도 잡기 싫을 거 아냐! - 소민

잔뜩 가라앉은 목소리가 제 마음을 싸~ 하고 스쳐갔습니다.

전 녀석의 앞에 섰습니다. 소민녀석 눈물을 흘리지 않으려고 눈이 빨개진 걸 느꼈습니다. 전 까치발을 해서 옷소매로 녀석의 눈을 닦아주며 조심스레 말했습니다.

어제…… 가희 언니라는 소희란 여자가 찾아왔었어. - 수영

소민녀석의 눈이 커지는 걸 느끼며 전 조용히 말했습니다.

그 여자가 말하더라. 오빠랑 가희언니랑 결혼을 약속했던 사이라고……. - 수영

그건! - 소민

됐어. 말하지 않아도 알아. 그래……. 소민오빠 가희 사랑했다는 거 알아. 그리고 지금은 날 사랑해 주고 있다는 거……. - 수영

소민녀석의 흔들렸던 눈이 안정을 되찾고 절 쳐다봤습니다.

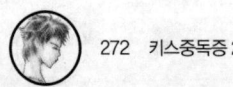

하지만 말야 내가 화나는 건……. - 수영

소민녀석은 제 손을 꽈악 잡았습니다.

왜…… 어제…… 가희를 찾았어? - 수영

한참 절 내려다보던 녀석의 입에서 나온 소리는…….

너…… 도대체 아이큐가 몇이냐? - 소민

응? -_-;; 오빠…… 난 진지해. - 수영

소민녀석은 어느새 장난기 가득한 눈빛으로 돌변하고…….

너 아이큐 몇이냐고 물었잖아. 너 물고기 아이큐냐? 순간마다 까먹게? 아님 너 닭이랑 아이큐 비슷하냐? - 소민

아…… 아니야! +ㅁ+;; 내가 무슨! - 수영

소민녀석은 씨익 웃으며 말했습니다.

내가 솔직히 너를 냐두고 바람 필 거 같냐? 난 오히려 니가 날 두고 바람 필까봐 무섭다. 알았냐? 그리고 말야…… 니가 아침에 깨어나면 말해주고 싶었던 게 있었는데……. - 소민

뭔데? - 수영

소민녀석은 자기만의 매력적인 웃음을 살짝 비쳐 보이고 절 안으며 말했습니다.

잘 들어야 돼……. ^-^ - 소민

응. - 수영

소민녀석을 올려다보자 제가 언제나 반하게 되는 녀석의 환한 웃음이 제 눈앞에 있었습니다. 얼굴이 빨개진 채로 고개를 숙이자 소민녀석은…….

어제 소희누나를 만난 거 사실이야. 원래 소희누나랑 조금 친해서

오랜만에 만나 술 좀 마시고 그랬지. 그런데…… 내가 술 용량이 넘어서인지 -_-; 소희누나가 부축해 주는 걸 느끼며 잠이 들었어. 거기서 꿈을 꿨는데…… 니가 어떤 감옥에 갇혀 있지 뭐야? 그래서 구하려고 하는데 나도 감옥에 갇혀 있는 거야. 너하고 한 500m쯤 떨어져서……. 그때 박가희가 니 감옥 열쇠를 휘휘 휘두르며 날 쳐다보고 있는 게 아니겠어? 그래서 박가희 보고 소리쳤지. 박가희! 유수영 좀 데려와! 라고……. 그래도 박가희가 자꾸 장난만 치고 널 구해오지 않는 거야~. 그래서 열을 받아 마구마구 감옥을 치고박고 했는데…… 일어나보니 -_-; 내가 침대에 머리를 받고 있……. 수영아? - 소민

우…… 우읔……. 우허허헉~. ㅠ^ㅠ. - 수영

야! 너 왜 우는 건데! +ㅁ+;; - 소민

오빠 미안해~ 미안해~. ㅠOㅠ! - 수영

술만 먹으면 자기가 했던 말 같은 건 잊어버리는 녀석입니다. 그런데…… 어제 그 말도 잊어버렸을 텐데……. '박가희 좀 데려와' 하는 말이 '박가희, 유수영 좀 데려와' 란 거였구나. 술이 취해서 말이 잘 안 나왔던 거구나…….

전 오빠를 의심했던 미안함에 잔뜩 주눅이 들어 마구 울음을 터뜨렸습니다.

야! 그만 좀 울라니까! - 소민

우어어엉~. ㅠOㅠ! 미안해~ 오빠 미안해~. ㅠOㅠ! - 수영

-_-=33……. - 소민

소민녀석은 울고 있는 절 바라보다 옷장을 뒤져 박스티를 한벌 꺼

내주며 말했슴니다.

너 민소매만 입고 찔찔 짜면서 가슴팍 다 드러나는 거 더는 못 보겠다. *-_-* - 소민

뭐? -_ㅠ? - 수영

전 -_-;; 끈만 있는 민소매 티를 입고 잤던 것입니다.-_-; 전 박스티로 후닥닥 갈아입고 눈물을 그친 채 박스티를 찾느라 어지럽혀진 옷을 정리하고 있는 녀석을 빤~ 히 바라봤슴니다. 너무나 다정하지만…… 어쩔 땐 너무나 차가운 녀석…… 하지만 제가 너무나 사랑하는 녀석입니다.

야, 유수영! -_-;;;; - 소민

왜? =�口= - 수영

앗, 녀석이 들고 있는 건…….

너 이 아기옷…… 니가 산 거냐? *0_0* - 소민

노란색 병아리 아기옷! ㅠ0ㅠ! 어어엉~ 쪽팔린 거~. ㅠ0ㅠ! (별걸 다 가지고 운다 -_-;) 저흰 둘 다 얼굴이 빨개진 채 서로를 바라봤슴니다.

저…… 저기 그게 말야 오빠……. ///// - 수영

소민녀석은 고개를 숙이고 있었슴니다……. 지희가 괜히…… 사준 건가? 왠지 녀석이 싫어하는 것 같슴니다.

쿡……. 귀엽다. - 소민

뭐? -_-;; 귀…… 귀엽다? 제가 벙찌게 바라보자 소민녀석은 귀엽게 아기옷을 살짝 들어올리며 말했슴니다.

이 옷 입힐 아기가 있었으면 좋겠어……. - 소민

#95

뭐…… 뭐!? ㅇㅇㅇ! 소민오빠가 그런 말을 했다고!? @0@! - 지희
그만해. -_-;;; - 수영
지희에게 대충 설명하자 지희는 놀라움과 경이에 찬 눈으로 절 쳐다보며 말했습니다.
야, 너 빨리 애새끼 만들어야겠다. +_+! - 지희
그…… 그런데 말야……. -_-;; - 수영
그런데? O_O - 지희
전 솔직하게 지희에게 털어놓았습니다.
무서워……. -_-;;;; - 수영
뭐? -_-;; 하긴…… 너처럼 순진빵……. - 지희
순진빵이라고 하지 마! -_-+ - 수영
소흰가 뭔가가 순진한 아가씬지 개뿔인지 -_-^ 할 때부터 순진이란 말 그 자체가 싫어졌습니다. -_-+
그…… 그래. -_-;;; 어쨌든 무섭다는 건 뭐 -_-; 그 상황이 되면 사라진다는데……. *-_-* - 지희
그…… 그래? -_-;; - 수영
야! 이제 그런 얘기 그만하자! -_-; 얼굴이 뜨거워. - 지희
지희는 손으로 휘휘~ 부채질을 하면서 더 물어보려는 절 -_-; 말

렸습니다.

쳇! -_-; 지도 초짜면서~. -_-;;;

저와 지희는 강의를 빼먹고 같은 강의를 듣는 아이에게 대출을 부탁한 다음 -_-; 미용실로 뛰었습니다.

야! 미용실 가서 뭐하게? O_O - 수영

니 머리 좀 하자~. 너 블리치 넣는 거 어때? O_O - 지희

블리치? -_-;; - 수영 (태어나서 한번도 염색해본 적 없음 -_-;)

블리치라....... -_-;; 소민녀석이 염색했다고 뭐라 그러면 어떡하지? -0-;;

야. -_-;; 다른 건 없냐? - 수영

왜? O_O - 지희

아니 그냥....... -_-; 언제 한번 머리 잘랐다고 발광한 적이 있어서. =ㅁ= - 수영 (키스중독증 33편 참고 -_-;)

그래? -_- 그러면 넌 그냥 구경만 해~. 후음~ 그럼 난 갈색으로 해볼까? >_< - 지희

부럽다...... 부럽다!+ㅁ+! (염색 못해본 아이의 슬픔 -_-;)

나...... 나도 할래! +ㅁ+! - 수영

뭐? -_-; 너 소민오빠가....... - 지희

괜찮아! 내가 이겨! +_+! - 수영

그...... 그래. -_-;; - 지희

어깨 너머까지 길렀던 머리를 다듬고 내추럴 웨이브인가 뭔가 -_-; 를 해준다고 미용실 언니가 말했습니다. =ㅁ=

3시간이 지난 후....... -_-; 저흰 방금 마치고 온 삐까번쩍한 머리

를 하고 -_-;; 어느새 저녁이 되어버린 하늘을 보며 각자 집으로 헤어졌습니다.

다녀왔습니다……. 헉! 오빠! +ㅁ+! - 수영

너 머리가 이게 뭐야!? - 소민

오…… 오빠. 잡아당기지 마~. 아프단 말야~. ㅠㅇㅠ! - 수영

소민녀석은 들어오자마자 제 머리를 쭈욱~ 잡아당기며 버럭버럭 소리를 질렀습니다. -ㅁ-;

너! 내가 곱슬머리로 파마하고 오면 좋겠어? -_-^ - 소민

아니. -0-; - 수영

그럼 내가 긴 머리 하고 록가수처럼 하면 좋겠냐? -_-^ - 소민

아니~. -0-;; - 수영

그럼 내가 삭발했음 좋겠어? -_-^ - 소민

아니! +ㅁ+! - 수영

삭발은 안돼. =ㅁ=;;

그런 거와 같은 거야! -_-+ - 소민

하…… 하지만……. - 수영

소민녀석 앞에서 우물쭈물하다가 보니까 문득 녀석 뒤에 잔뜩~ 쌓여진 비닐봉투가 있었습니다. +_+!

근데 오빠, 저건 뭐야? ㅇ_ㅇ - 수영

어? -_-;; 아…… 아무것도 아냐. - 소민

소민녀석이 당황한다. 고로…… 저건 굉장한 물건이다! +_+! (단세포 -_-;)

전 후다닥~ 빠르게 -_-; 소민녀석의 옆으로 비닐봉투를 향해 달

려갔습니다. -ㅁ-;
야! 아…… 안돼! - 소민
우르르르르르~~. 이게 뭐야……? -_-?
아씨……. /////// - 소민
비닐봉지 하나를 우르르~ 바닥에 쏟으니……. 억! -_-; 이것은 아기들 생활용품……. =ㅁ=;; . 우윳병에 딸랑이……. =ㅁ=;;
어쩔까나. =ㅁ=;; 제가 소민녀석을 멍하니 보니 소민녀석 당황하는 기색을 보이며 더듬더듬 말했습니다.
그…… 그냥 사온 거야! -_-;; 사…… 사람은 미…… 미리미리 대비해야 한다고 하잖녀! *-_-* - 소민
아…… 알았어. -_-;; - 수영
전 그 물건들을 허둥지둥 담았고 소민녀석은 애꿎은 리모컨을 이리저리 눌렀습니다. 그러자 -_-; TV에서 딱 나온 건…….
아기용품을 30%로 싸게 드립니다~. 이번이 기회……. - 홈쇼핑
-_-;;;; - 수영
-_-;;;; - 소민
저흰 서로 당황하여 눈을 마주쳤지만 다시 자기가 할일을 열심히 했습니다. =ㅁ=;
소민녀석은 당황해 하며 다시 리모컨을 눌렀습니다.
아유~. 이런 천사 같은 아기들을 갖고 싶지 않으세요? 사랑의 집에서는 이런 귀여운 아기들을……. - 사랑의 리퀘스트 -_-
-_-;;;; (_*) - 수영
무…… 무슨 이런 거밖에 안 하냐? -_-* - 소민

소민녀석은 리모컨을 던졌습니다. =ㅁ=; 그 리모컨에 포도가 꽥~ -_-; 거리는 소리를 내며 맞았고 -_-; 포도는 소민녀석을 원망스런 눈으로 쳐다보다 쭈봉이와 함께 자신들의 잠자리로 들어가 쿨쿨 자더군요. -_-;

아기용품을 다 담아서 거실 한쪽 구석에 쓰윽~ -_-;; 집어넣고 소민녀석이 앉아 있는 소파 옆에 앉았습니다. -ㅁ=

오빠. - 수영

왜? -_- - 소민

소민녀석은 물을 벌컥벌컥 마시며 말했습니다. 그것은 마치 이대근이 "예~ 마님" -0- 할 때처럼 강한 힘이 느껴졌습니다. -_-;; 혹시 전생에 난 마님 녀석은 돌쇠~? -_-;;

야! -_-+ 너 왜 사람 불러놓고 아무 말도 안 해. - 소민

어…… 엉. -_-; 그…… 그게 말야. - 수영

소민녀석의 검은 눈동자가 나른하게 절 쳐다봤습니다. 말하려면 빨리 말해 -_- 라는 눈빛이었습니다. =ㅁ=;

그래. 그냥 말하자.

저기 있잖아……. - 수영

뭔데? -_- - 소민

나…… 있잖아……. - 수영

뭐! 빨랑 말해. -_- - 소민

전 침을 꾸울꺽~ -_-;; 삼키고 말문을 열었습니다.

오빠…… 나 무섭다? - 수영

뭐가? -_- - 소민

아기 생긴다는 거……. (_*) - 수영
소민녀석은 벙찌게 절 쳐다보았습니다. -_-;
그래. -_-;; 그 반응 나올 줄 알았어…….
전 고개를 푸욱~ 숙이고 귀까지 빨갛게 익은 채 말했습니다.
오빠……. 도대체 아기가 생기려면 어떻게 해야 돼? O_O. - 수영
뭐? -_-;; - 소민
소민녀석은 황당한 표정을 짓더니 무언가 곰곰이 생각했습니다.
그러곤 킥! 웃었습니다.
뭐…… 뭐야? =ㅁ=;;
오…… 오빠? O_O - 수영
소민녀석은 웃음을 가득 머금은 눈으로 절 쳐다보며 말했습니다.
쿠쿡……. 아기가 생기려면 어떻게 해야 하냐고? 푸핫~. 유수영~
너 순진한 거냐, 순진한 척하는 거냐? 쿠쿡. - 소민
순진한 척하는 게 아니라 -_-;; 저…… 정말 모르는데…….
제가 멀뚱히 녀석의 눈을 바라보자 녀석은 웃으며 말했습니다.
어떻게 하는 거냐고? - 소민
응. O_O……. - 수영
소민녀석은 제 허리와 손을 살짝 감싸 안으며 말했습니다.
이제 곧…… 어떻게 하는지…… 알게 될 거야. - 소민

#96

까아아악! >ㅁ<! - 수영
뭐…… 뭐야? O_O? - 소민
ㅠ_ㅠ…… - 수영
아침입니다. ㅠ_ㅠ.
어젯밤……. 녀석이 제 허리와 손을 끌어안고 잠이 든 기억은 나는데……. 왜…… 왜! 둘 다 발가벗고 있는 거야? 우흑! ㅠ_ㅠ……
야. -_- 너 왜 그래? - 소민
우아앙~. 어떡해~ 어떡해~ 순결을 잃어버렸어~. 우어엉~.
우흐흐윽~. ㅠOㅠ! - 수영
제가 하얀 이불을 온몸에 감고 침대에서 뒹굴뒹굴 구르자 -_-;; 소민녀석은 주섬주섬 -_-; 옷을 입고 저에게 자신의 박스티와 반바지를 주면서 말했습니다.
입고 말하자. -_- - 소민
ㅠ_ㅠ……. - 수영
전 녀석에게 보지 마! 하고 소리친 다음 -_-; 재빨리 옷을 입고 소민녀석을 쳐다봤습니다. -_- 소민녀석은 씨익 웃더니 절 꼬옥~ 안아주며 말했습니다.
이넘아…… 지금 웃음이 나오냐? 우어엉~. ㅠ_ㅠ……

미안……. - 소민

웃으면서 미안하다고 그러는 게 어딨어! ㅠ0ㅠ! - 수영

-_-^ 그래. 엄청 미안하다. - 소민

ㅠ_ㅠ……. 나 학교 갈래. - 수영

오늘 일요일이야. -_-^ - 소민

전 후닥닥~ 소민녀석의 품에서 벗어나 방문을 열고 쭈봉이와 포도에게 밥을 준 다음 부엌에 들어가 눈물을 훔치고 열심히 밥을 했습니다. 소민녀석은 그런 저의 모습을 식탁에 앉아 쳐다보는 듯했습니다.

야. - 소민

왜? =ㅁ= - 수영

진짜 이쁘다……. - 소민

뭐가?=ㅁ=; - 수영

소민녀석은 씨익 웃곤 그냥 절 쳐다보기만 하더군요.

뭐야? -_- 혹시 내가 이쁘다는 건가? 우헬헬헬~. = V =* (다시 도졌다 -_-;)

그러다 전 무심코 제 목을 보았습니다.

떠헉! @0@!

웬놈의 키스마크가 곳곳에 뿌려져 있는 거야……? -_-;

목티 입고 다녀야지. -_-

너 목티 입고 다니면 죽는다. -_-+ - 소민

뭐…… 뭐? -_-;; - 수영

무서운 놈……. -_-;;

목티 입고 다니지 말라고! -_-+ - 소민

왜! -O-- 수영

아무튼 목티 입어봐~. 죽음이야. -_-+ - 소민

-_-;;;;; - 수영

저흰 어느새 밥을 먹고 소파에 앉아 쭈봉이와 포도를 안고 TV를 보고 있습니다. 아…… 무료해. -_-

오빠. 나 심심해. -O- - 수영

그래? 흐음……. - 소민

소민녀석은 씨익 웃더니 말했습니다.

우리 …… 오랜만에 고등학교 한번 가볼까? - 소민

……

……

정말 이렇게 가도 되겠어? -_-;; 걸리면 어떻게 해? - 수영

괜찮아. 내가 이겨. -_- 그리고 우린 머리 염색도 안 했으니까 모를거야. - 소민

소민녀석은 여전히 못마땅한 표정으로 웨이브를 한 제 머리를 쳐다봤습니다. -_-;; 전 녀석의 손을 끌며 마구마구 소리쳤습니다.

가…… 가자! 들어가자! ^-^ - 수영

예전에 입었던 교복을 입고 가서인지 다행히 통과했습니다. ^-^ 조심스레 학교를 보니…… 아직도 꾸질꾸질하고 -_- 더럽고 꼴통 학교인 건 변함이 없더군요. -_-

야, 쟤 뭐야? +ㅁ+! 수군수군. - 여자애들

여자애들의 목소리가 들리는 걸 느끼며 소민녀석을 바라보니 녀석

도 학교가 꽤 반가운지 제가 제일 좋아하는 녀석만의 미소를 짓고 햇살을 살짝 받으며 웃고 있었습니다.
그래. -_- 저 교복 입은 고삐리 -_- (지도 고삐리였으면서 -_-)들이 왜 저렇게 수군대는지 알겠다. -_-;;;
전 울컥! 해서 녀석의 팔에 팔짱을 끼고 말했습니다.
오빠! 우리 옛날 우리 반 갔다 오자! 응? - 수영
전 제가 지을 수 있는 최대한의 밝은 미소를 지으며 소민녀석을 쳐다봤습니다. 소민녀석은 눈을 크게 떴다가 살짝 웃어주고는 알았다며 고개를 끄덕였습니다.
와와~ 여기가 오빠 반이었어? O_O - 수영
기억 안 나냐? -_- 니가 그때 여기 유민힌가 뭔가그렇게 구라 까고 왔잖냐. - 소민
-_-;; 그런 건 기억하지 말아줘. - 수영
5층까지 있는 학교 복도를 이리저리 돌아다녔습니다. 변함이 없었습니다. 변함이 있는 건…… 지금 이 학교에 우리가 아닌 다른 아이들이 숨쉬고 있다는 것…….
너무나 기분이 좋았습니다. 여기서 소민녀석을 만났고 여기서 소민녀석과의 사건 사고도 많았습니다. 새록새록 옛날 기억을 하면서 계속 웃음을 짓자 녀석은…….
너 그렇게 기분 좋냐? - 소민
그럼~. ^-^* - 수영
니가 기분 좋으니까 나도 좋다. - 소민
응? 뭐라고? O_O - 수영

저…… 분명히 들었습니다. ^-^
하지만 장난 삼아서……. ㅋㅋㅋ-_-;;
녀석은 제 머리를 콩콩 때리곤 울상 짓는 저를 바라봤습니다.
오빠. 나 화장실 좀! - 수영
전 화장실로 달려갔습니다. 손을 씻고…….
수업시간이라 그런지 복도에는 아무도 없었습니다. ^-^ 씽긋 녀석 생각을 하며 손을 씻고 나오는데…….
까아! 으읍! - 수영
누군가 제 입을 손으로 막았습니다.
남자 향수인데……. 남…… 남자…… 인가? ㅠ_ㅠ.
어메~ 소민오빠야~. ㅠ0ㅠ! (이럴 때만 소민오빠 -_-;)
그 남자는 절 옥상으로 끌고 가더니 손을 놓아주며 말했습니다.
누…… 누구세요? ㅠ_ㅠ. - 수영
아씨~! 난 여자가 질질 짜는 거 싫은데! -_-+ 야! 됐다니깐! 아무 짓도 안할 거니까 울지 마! - ??
어? 꽤 귀엽게 생겼다? 교복 입은 걸로 보아…… 이 학교 학생이네. 고2. 명찰…… 이현호?
제가 눈물을 잔뜩 머금은 눈으로 쳐다보자 그 아인 절 당황스럽게 바라보며 말했습니다.
야! 너 왜 그래? 너 고1인 거 같은데……. 야! -_-;; 아씨! 아우~ 진짜! - 현호
아악~! 때리지 마세요! ㅠ0ㅠ! - 수영
현호란 남자가 하늘로 손을 치켜들자 전 때리려는 줄 알고 몸을 움

찔거리며 소리쳤습니다. 하지만 제 눈앞에 보이는 건…… 하늘색 손수건……?

야 닭아. -_- 참 나. 내가 널 때리겠냐? - 현호

고…… 고맙습니다. ㅠ_ㅠ. - 수영

손수건으로 눈물을 찍어내고 돌려주자 현호란 아인 절 빤히 쳐다보더니 말했습니다.

너 처음 보는데…… 이름이 유수영이냐? - 현호

네……. =ㅁ= - 수영

근데…… 내가 왜 -_-; 이런 꼬맹이한테 꼬박꼬박 존댓말을 하는 거지?-_-; 난…… 대학생인데……. -_-;;

하지만 그 녀석이 자꾸만 얼굴을 들이미는 바람에 전 생각할 겨를도 없이 그 꼬맹이 -_- 의 얼굴을 밀며 말했습니다.

전 임자 있는데요! >ㅁ<! - 수영

-_-;;;; 누가 너 덮친대? -_- - 현호

-_-;; - 수영

전 헛다리를 짚었나 봅니다. -ㅁ-;;

하하하. -_- - 수영

근데…… 너…… 입술 은근히 이쁘다? - 현호

그렇게 현호란 꼬맹이가 제 턱을 잡고 말하는 순간…… 옥상문이 콰앙! 굉음과 함께 열렸습니다. 제 눈에 보이는 건…… 숨이 턱까지 차서 헉헉거리며 잔뜩 화가 난 눈빛으로 입술을 앙다물고 절 쏘아보는 소민녀석이었습니다…….

이…… 이거 오해하기 쉬운 장면이다. =ㅁ=;

유수영……. - 소민

뭐야? -_- 니 깔이냐? - 현호

제발…… 꼬맹아 ㅠ_ㅠ. 그만해라!

너 뭐야? - 소민

뭐? -_- 아니 이게 어디서……. - 현호

현호 꼬맹이는 아무런 거부감 없이 소민녀석에게 대들었습니다. 소민녀석이 잘생기고 카리스마 있게 생긴 얼굴이라면…… 현호자식은 귀엽게 생긴 얼굴에 은근히 카리스마가 풍긴다고 할까……? 전 소민녀석에게 후닥닥 ~ 달려들어 말했습니다.

오빠! 가자! 응? - 수영

소민녀석은 절 빤히 내려다본 다음 제 머리를 쓰윽 쓰다듬으며 말했습니다.

너…… 저런 자식이랑 같이 놀았냐? - 소민

아…… 아니.-_-; 내가 우는 거 보고 손수건까지 건네준 사람이야. - 수영

물론 나를 옥상으로 납치했지만……. -_-;

현호란 사람은…… 멍~ 하니 저와 녀석을 쳐다봤습니다.

야……. 너 이름이 뭐야? - 소민

이현호인데? -_-^ - 현호

소민녀석은 잠시 무언가 생각하는 듯하더니 약간 풀린 얼굴로 말했습니다.

난 안소민이다. - 소민

현호란 꼬맹이가 잠시 얼굴이 굳으며 말했습니다.

안소민? - 현호

잘 기억해. -_-^ 이 어리버리 둔탱이는 내 영원한 동반자고 난 이 녀석의 영원한 동반자니까. -_-+ - 소민

내가 왜 어리버리 둔탱이야! @0@! - 수영

그럼 니가 어리버리 둔탱이 아니면 뭐냐? 아 참…… 너 돼지였지? -_- - 소민

됐어! -_-+ - 수영

현호란 꼬맹이는 저와 소민녀석을 벙찌게 바라보다 다시 한번 꽤 멋진 미소를 지으며 말했습니다.

안소민 선배님. - 현호

뭐야. -_-^ - 소민

현호란 아이는 절 쳐다본 다음 소민녀석에게 도전적인 눈빛을 보내며 말했습니다.

선배님의 영원한 동반자…… 제가 뺏어야겠는데요? ^-^ - 현호

#97

싸아아……. -_-;;
차가운 바람이 옥상을 가르고 갔습니다. 소민녀석은 황당한 듯 현호를 쳐다보고 있고 현호는 당당히 녀석을 쳐다봤습니다.
뭐라고? - 소민
선배님의 여자친구 유수영을 뺏어가겠단 말입니다. ^-^ - 현호
퍼억!
까악! 오빠! +ㅁ+! - 수영
소민녀석이 어느새 현호에게 주먹을 날린 뒤였습니다.
오메……. =ㅁ=;;
전 소민녀석의 주먹을 잡으며 말렸습니다. +ㅁ+;; -_-; 언젠가 선민이를 죽일 듯이 때렸던 기억이 났기 때문입니다. =ㅁ=;
쿨럭~. - 현호
소민녀석은 누워 있는 현호의 멱살을 잡으며 말했습니다.
다시 한번 말해봐. - 소민
소민녀석의 검은색 눈이 차갑게 번뜩였습니다. -_-;;
전 후닥닥~ 소민녀석의 머리를 마구 당기며 말했습니다. -O-;;
아야야야……, - 소민
그…… 그만해! +ㅁ+;; 애가 농담하는 걸 거야~. 그…… 그치? 응?

- 수영

전 '제발 농담이라고 말해'. -_-; 하는 눈빛을 보냈습니다. -_-;;
그 눈빛을 알았는지 현호는 아무 말도 안 하고 그저 고개만 숙이고 있더군요. -_-;;

오빠…… 가…… 가자~. - 수영

소민녀석은 잔뜩 화가 난 눈빛으로 현호를 쳐다보며 말했습니다.

다시는…… 까불지 마라……. 그리고…… 유수영이 아니라 선배 유수영이야. 알았냐? - 소민

현호는 모르겠단 눈으로 절 쳐다봤습니다.
전 어색하게 웃으며 현호를 쳐다봤습니다.

나 너보다 2살 많아……. ^-^;; - 수영

웃지 마! 누가 저 새끼 보고 웃으래!?!??! - 소민

알았어! 알았다구! -_-+ - 수영

소민녀석은 제 손을 잡고 옥상에서 1층으로 내려왔습니다.
계단에서 엎어질 뻔했고…… -_-; 공중에 붕붕 떠서 왔다고 해도 믿을 거 같았습니다. -ㅁ-;;

헉헉…… 오빠. 수…… 숨차 뒤지는 줄 알았……. +ㅁ+;; - 수영

쳇. 이현호……. 야, 이현우 동생이 이현호 아냐? -_-^ - 소민

아…… 아니야. -_-; 현우 동생 없어. - 수영

소민녀석은 의심스런 눈으로 절 쳐다보며 말했습니다.

그런 거 어떻게 알아? - 소민

전 당황해하며 -_-;; 손짓발짓 다해서 설명했습니다.

치…… 친구~. 하하하하! -_-;; - 수영

그래? -_-^ - 소민

-_-;; - 수영

전 조용히 땀방울을 닦아냈습니다. -_-;;

오늘은 꽤 위험천만 아슬아슬한 하루였습니다. -_-;;

집에 들어가 푹신한 침대에 누워 스르르 잠이 들었습니다.

…….

야! 너 강의 안 들어가? -_-^ - 지희

니가 대출 좀 해줘~. ㅠ_ㅠ - 수영

강의 들어! 너 이번 학기에 F학점도 있더라~. 소민오빠……. - 지희

알았어! -_-+ 들어가면 되잖아! - 수영

오늘은 월요일……. -_- 제가 제일 싫어하는 변태교수 시간이라 안 들어가려 했건만……. -_-……

전 울며 겨자 먹기로 강의에 들어가서 -_- 교수에게 뻐큐만 -_- 열나게 날려주고 나왔습니다.

푸하하하~ 너 그 교수 표정 봤냐? 까하~. >ㅁ<! 통쾌해! - 수영

죽이긴 죽이더라. 쿠쿡. - 지희

나 이제 집에 갈래! - 수영

벌써? o_o - 지희

응~ 자고 싶어~. ^-^ - 수영

지희와 수군거리며 교문을 막 나가려는 순간……. 아이들이 왜 교문 앞에 모여 있는 거지? o_o;; 소민녀석이 왔나? o_o

소민오빠 왔나? o_o - 수영

전 마구 교문으로 달려갔습니다. 교문에는 어떤 남자애가 모자를

푸욱~ 눌러쓰고 땅에 있는 돌멩이를 툭툭 차고 있습니다. -_-;
어? 소민녀석 아닌가? -_-;;
제가 멀뚱히 서 있기만 하자 지희가 헉헉 뛰어오며 말했습니다.
뭐야? ㅇ_ㅇ 유수영, 소민오빠 아니야? - 지희
지희가 제 이름을 크게 부르며 뛰어오자 그 모자 쓴 남자아이가 고개를 들었습니다.
헉! +ㅁ+;;; 저…… 저 자식은……?
어? 수영누나! - 현호

#98

^-^ - 현호

-_-;;;;; - 수영

+_+ - 지희

여기는 학교 앞 카페입니다. -_-;;

현호는 제 이름을 부르자마자 절 마구 끌고 카페 안으로 들어왔습니다. -_-;

저기……. 너 이름이 뭐니? - 지희

이현호요. ^-^ - 현호

까우~ 너 귀엽구나~. 내 동생 해라~ 응? >_< - 지희

권지희! -_-+ - 수영

흠흠. -_-;; - 지희

전 똑바로 현호를 쳐다보며 말했습니다.

너 도대체 여기 왜 온 거니? -_-^ - 수영

누나. 내가 여기 온 거 싫어요? - 현호

아니…… +,.+ 가 아니라! 시…… 싫은 건 아니고! -_-;; - 수영

현호가 살짝 짓는 미소에 껌뻑 넘어갈 뻔했습니다. -_-;;

그럼 매일매일 찾아올게요. ^-^ - 현호

저…… 저기……. -_-;; - 수영

난 결혼한 유부녀의 바람 같은 건 싫어. -_-;;;
그래~ 매일매일 찾아와~. ^-^ 너 정말 보면 볼수록 귀엽게 생겼구나? 까하~. - 지희
지희는 현호의 볼때기를 쭈욱~ 쭈욱 -_-; 늘이며 즐겁게 웃었습니다. -_-
현호가 잠시 눈썹을 꿈틀거리자. -_-;; 전 사태를 파악하고 지희를 떨어뜨리며 말했습니다. -O-;
지…… 지희야! 아…… 아프겠다~. 하하하~. -_-;; - 수영
너 볼이 뽀~ 얀 게…… 너무 귀여워~. >_<* - 지희
야 권지희! -_-^ 너 가라! - 수영
왜? -_ㅠ - 지희
가! -_-+ - 수영
지희는 쓸쓸히 가방을 메고 사라졌습니다. -_-
현호는 어느새 제 옆으로 와 앉았습니다. -_-;
누나. - 현호
전 마음을 다부지게 잡고 말했습니다.
현호야. - 수영
왜요? ^-^ - 현호
귀…… 귀엽다……. *-_-*…… 아…… 이게 아니지! +ㅁ+;;
니가 만약 날 좋아한다면……. - 수영
나 누나 안 좋아해요. ^-^ 그리고 사랑하지도 않아요. - 현호
그…… 그럼 왜? =ㅁ=;; - 수영
현호는 씽긋 웃으며 말했습니다.

나 누나를 소유하고 싶어요. 내 작은 손안에 누나를 가둬서 언제나 가지고 다니고 싶어요. 몰라요……. 이게 사랑인지 집착인지……. 지금은 무조건 누나를 소유하고 싶어요. - 현호

전 순간 흔들렸습니다. 현호의 모습이 너무나 진지했기 때문입니다. 하지만 순간 제 눈앞에 소민녀석이 지나갔습니다.

난…… 난 결혼한 여자야. - 수영

그래서요 누나? 결혼 안 했으면 내가 누나를 가져도 된다는 소리로 들려요, 난. - 현호

아…… 아니야. 그…… 그건……. - 수영

현호는 점차 제 얼굴…… 제 몸쪽으로 다가왔습니다. 이상하게도 몸을 움직일 수 없습니다. 무언가 팽팽하게 긴장이 되어 몸이 굳어버린 듯…… 움직일 수가 없습니다.

누난…… 정말 이뻐요. ^-^ - 현호

돼…… 됐어! 떠…… 떨어지기나 해! 〉ㅁ〈;; - 수영

누나가 날 밀면 되잖아요. - 현호

전 고개를 푸욱 숙이고 말했습니다.

밀지…… 못하겠어. - 수영

왜요? - 현호

전 외쳤습니다.

손에 쥐났단 말야! 〉ㅁ〈! - 수영

-_-;;;;

현호는 당황하는 얼굴을 보이더니 -_- 제 손을 주물럭거려주며 말했습니다.

누나 진짜 황당하네요. -_- - 현호
ㅠ_ㅠ. 지…… 진짜 아팠어. - 수영
순간, 전 현호가 만지고 있는 손을 획~ 뺐습니다. -_-;
나…… 난 말이야……. 난 소민오빠……. - 수영
순간…… 현호는 제 두 손을 압박하고 입을 덮쳤습니다. 전 눈을 크게 뜨고 마구 발버둥치다가……. 몇 초가 안돼서…… 크게 떴던 눈을 잔뜩 눈물이 고인 채 감고 말았습니다. 그때 크게 뜬 제 눈에 가희논과 함께 환하게 웃으며 소민녀석이 이 카페로 들어왔기 때문입니다.
뭐야? 얘네 되게 대담하다~. - 가희
그러게……. - 소민
오빠. 우리도 할까? 응? ^-^ - 가희
농담 좀 작작해라. -_- - 소민
소민녀석이…… 현호와 키스하고 있는 저를 지나쳐 저 멀리 떨어져 있는 테이블로 갔을 때, 그때쯤 현호는 저에게서 입을 떼었습니다.
전 눈물을 주르륵 흘렸고…… 현호는 미안해하며 말했습니다.
미안해요 누나……. 하지만……. - 현호
됐어……. 됐어……. - 수영
뭐야? 뭐가 어떻게 되어가는 거야? 다 잊었다며……. 가희논 다 잊었다며……. 날…… 이렇게 비참하게 만들어야겠어?
제가 계속해서 눈물을 흘리자 현호는 그 하늘색 손수건을 건넸습니다.

고마워. - 수영

누난 내가 처음 볼 때처럼 울기만 하네요. - 현호

어제 저에게 싸가지없게 굴었던 현호는 꼬박꼬박 존댓말을 하며 저를 달래주고 있습니다.

도대체…… 뭐가 어떻게 되어가는 거야?

고마워. 팽~. -_-;; - 수영

뭘요~. ^-^ - 현호

현호는 저를 집까지 데려다주며 말했습니다.

누나가 힘들면 언제나 기대요. 사랑 같은 거 기대 안 해요. 그저…… 나에게 기대줘요. 가끔씩 한번 기대줘요. 난…… 언제나 따뜻하게 안아줄게요. - 현호

그 말에 조금…… 제 심장이 뛰기 시작했습니다.

#99

유수영……. 일어나……. - 소민

오빠? - 수영

일어나. 밥 먹고 학교 가야지……. ^-^ - 소민

오빠……. - 수영

아침에 밝게 웃으며 절 깨워주는 녀석을 껴안았습니다.

어제…… 너무 무서웠어. 무언가…… 계속해서 뒤틀리는 듯했어.

야, 왜 그래? - 소민

오빠. ㅠ_ㅠ…… - 수영

왜 그래? O_O. - 소민

전 눈물을 꾸욱 삼키고 녀석에게 물어봤습니다.

어제 가희…… 가희 만났어? - 수영

그것 때문에 어제 그렇게 울다 지쳐서 눈 퉁퉁 부은 채로 자고 있었던 거야? - 소민

전 말없이 고개를 끄덕였습니다. 어제…… 분명히…… 녀석과 저 사이에 무언가 끼어든 게 틀림없습니다. 무언가…….

수영아……. - 소민

응? - 수영

나 믿어주라. 날 믿어줘……. 가희는 이제 정말 친구야. 나한텐 지

금 너밖에 없는 거 알면서 왜 혼자 울고, 날 오해하고 속 썩이는 거야……. 이제 울지 마. 내가 가희랑 만나고 있다면…… 그건 그저 친구로서 잠깐 만나는 거야. 내가 가희랑 만나고 있을 때, 니가 와서 오빠라고 부르면 되잖아. 그럼 내가 너한테 갈게. - 소민

ㅠ_ㅠ…… 나…… 어제 무서웠어……. 수영

그래…… 알았어. 울지 마. - 소민

소민녀석은 다정하게 절 무릎에 앉히고 머리를 쓰다듬어 주면서 말했습니다. 녀석의 품은 언제나 따뜻합니다.

그냥…… 오늘 학교 가지 말까? - 소민

응……. 가지 말자. - 수영

순간 제 머리 속에선 절 매일매일 기다리겠다는 현호의 생각이 스쳤지만…… 다정하게 살짝 웃어주는 소민녀석을 보니 도저히 가고 싶지 않았습니다. 소민녀석이 이렇게 웃다가 또…… 어디론가 내 눈에 안 보이는 곳으로 사라지면……. 그건…… 생각도 하기 싫습니다.

하지만…… 지금은…… 비가 내리는데…….

오빠……. 나 오빠한테 고백할 게 있어. - 수영

뭔데……? - 소민

전 소민녀석의 손을 꽈악 잡으며 말했습니다.

현호…… 어제 우리 학교 교문 앞에 와서 날 기다렸어. 그리고 매일매일 기다린다고 했어. 지금…… 비 오잖아. 걱정돼. 너무 걱정돼……. - 수영

전 왠지 모르게 떨리는 음성으로 말했습니다.

지금 누가 들으면 내가…… 현호를 사랑하는…… 그래서 걱정하는…… 그런 목소리로 들릴 거 같았습니다.
그렇게…… 걱정되니? - 소민
미안……. 미안해 오빠. - 수영
나…… 모르겠어. 지금은 그냥…… 현호만 생각나. 나……. 어떡하지 오빠?
전 소민녀석을 쳐다봤습니다.
무척이나…… 아픈 표정. 무언가 굉장히 쓰라린 표정……. 그리고 무언가 다짐한 듯 다물어진 입…….
가……. - 소민
오빠……. - 수영
지금 비 많이 온다. 가……. - 소민
전 소민녀석을 쳐다봤습니다.
왜…… 꼭……날 포기한 사람처럼 쳐다보는 거야? 언젠가 선민이가 절 포기한다는…… 그런 말을 할 때, 그 표정이었습니다. 아예…… 떠나보내겠다는 그 표정…….
오빠…… 있잖아 난……. - 수영
무언가 오해하는 거 같아 말을 하려다가 문득 현호 생각이 났습니다. 지금은…… 이렇게 말을 나눌 시간이 아니었습니다. 비는 더욱더 억세게 내렸고…….
녀석은 절 빤히 바라보다 핏 웃곤 말했습니다.
데려다 줄게. - 소민
소민녀석은 키를 들고 나갔습니다.

녀석의 차를 타고 가는 동안 무거운 침묵이 저희를 눌렀습니다.
학교에 도착하자 보이는 건…… 차가운 비를 쏟아지듯 맞고 있는 현호…… 였습니다.
전 튕겨지듯 차에서 내려 현호에게 달려갔습니다.
현호야! - 수영
누나……. ^-^ - 현호
현호는 절 보고 씽긋 웃고 있었습니다.
전 현호를 흔들며 마구마구 소리쳤습니다.
너 누가 이렇게 비 맞고 있으래!? 응? ㅠOㅠ! - 수영
누나가 올 줄 알았거든요……. ^-^ - 현호
현호는 스르륵…… 쓰러졌습니다. 전 놀라서 현호를 부축하다가 소민녀석이 생각나 뒤를 돌아보니……. 분명히 녀석의 차가 있었는데 지금은 너무나 허무하게…… 아무것도 없습니다.
현호야, 니네 집 어디니? 응? - 수영
제가 흔들며 소리치자 현호는 힘겹게 말을 했고…… 전 계속해서 소민녀석의 차가 있던 곳을 바라봤지만 없습니다. 전 아무것도 없는 그곳을 가슴 쓰리게 쳐다보며 현호를 부축하여 현호의 집으로 갔습니다.

#100

여보세요……. - 소민
오빠? 나 수영인데! - 수영
뚝! 띠…… 띠…… 띠…….
오빠!? 오빠! - 수영
현호네 집에 와서…… 현호의 머리에 물수건을 올려주고 소민녀석에게 전화를 했습니다. 하지만 잠깐 녀석의 목소리만 들릴 뿐…… 나중에 들리는 건 끊어졌다는 긴 통화음뿐입니다.
휴……. - 수영
전 길게 한숨을 내뱉었습니다.
갑자기 침대에 누워 있는 현호가 미워졌습니다. -_-^
현호가…… 날 기다리지만 않았어도…… 이렇게…… 무너지진 않았을 거야.
녀석과 나의 다리가…… 이렇게 끊어지진 않았을 겁니다.
누나……. - 현호
어? o_o. 현호야. 왜 나와 있어? - 수영
누나 미안해요. 나 때문에……. - 현호
니 때문인 건 아냐? -_-+
그렇게 -_-;; 말하고 싶었지만 겉으론 억지로 웃으며……. -_-

괜찮아……. -_- 그럴 수도 있지 뭐. - 수영

현호는 밝게 웃었습니다.

아아 -_-;; 난 여전히 꽃미남에게 약한가? -_-;;

현호는 밝게 웃으며 제 손을 잡고 말했습니다.

오늘 내가 맛있는 거 많이 해줄게요. 고구마 맛탕 할 줄 알아요 누나? ^-^ - 현호

너 몸 안 좋잖아. - 수영

누나가 간호해줘서 다아~ 나았어요~. ^-^- 현호

전 현호가 이끄는 대로 부엌으로 들어갔습니다.

고구마를 깎고 있는데 자꾸만 소민녀석 얼굴이 겹쳐 보였습니다.

그때…… 너무…… 아파 보였는데……. 아무래도…… 가봐야 하는 건가…….

현호야…… 저기. - 수영

누나……. - 현호

응? - 수영

현호는 쓸쓸한 눈빛을 지으며 조용히 말했습니다.

조금만…… 조금만 더…… 내 곁에 있어줘요. - 현호

현호는 순간 흔들리는 제 눈빛을 보았는지 더욱더 간절하게 부탁했습니다.

전 당황하며 말했습니다…….

현호야…… 있잖아……. 난 말이야 난 역시…… 소민오빠밖에 없는 거 같아. 난 널 그냥 동생으로만 생각할래. - 수영

필요 없어요. 내가 말했잖아요. 날 사랑하지 않아도 돼요. 날 죽도

록 증오해도 괜찮아요. 그냥 내 옆에 있어주기만 해요. - 현호
전 더 이상 아무런 말도 하지 않았습니다. 현호의 눈에 금방이라도 떨어질 듯한 눈물이 맺혀 있었기 때문입니다.
맛탕이 다 만들어지자 저흰 식탁에 앉아 먹기 시작했습니다.
누나 맛있죠? 내가 제일 잘 만드는 거예요. ^-^ - 현호
응……. ^^…… - 수영
그때 띵동…… 하는 벨소리가 울렸습니다.
내가 나갈게. ^-^. - 수영
전 조용히 현관문을 열며…….
누구세요? - 수영
어? 순진한 아가씨! O_O. 니가 왜 여기 있는 거야? - 소희
박소희……? 전 놀란 눈으로 그 여자를 쳐다봤어……. 그 여잔 현호를 보고 말했습니다.
야! 이현호! 진짜 너 작업 성공한 거 맞구나! O_O. - 소희
누나! - 현호
이현호……. 이게…… 무슨 소리야? - 수영
수영누나! 누나가 생각하는 그런 거 아니에요! - 현호
야~ 이현호 죽인다~. 아까 호프집에서 소민이랑 가희랑 같이 있기에 설마 했는데 이 아가씨가 니네 집에 있네? O_O. - 소희
뭐라구요? - 수영
믿을 수가 없어 그 여자에게 물어보자 그 여잔 매력적인 웃음을 지으며 말했습니다.
순진한 아가씨, ^-^ 내가 말했잖아. 게임 오버라고. ^-^ - 소희

시끄러워! - 현호

전 뚜벅뚜벅 현호에게 다가갔습니다.

누나…… 수영누나. 내 말 좀 들어봐요. - 현호

야! 이현호! 너 그새 이 아가씨 좋아진 거야? O_O 완벽하게 소민이랑 이 아가씨 깨지게 해준다고 그러더니 말야. 쿡……. - 소희

소희란 여자는 지금 이 상황을 무척이나 즐기고 있었습니다.

너무 가증스러워. 너무…… 너무 증오해.

짜악!

누나……. - 현호

너! 이…… 이게 무슨 짓이야! - 소희

정말…… 재수 없어! - 수영

전…… 소희논에게 손을 날렸습니다. 그리고 신발을 신으며 싸늘하게 최대한 차갑게 말했습니다.

이제 둘 다 내 눈에 보이지 말아 주었으면 좋겠어. - 수영

누나! 수영누나! - 현호

전 죽어라 뛰었습니다.

바보 같았어. 내 눈앞에 있는 소민녀석을 두고…… 저런 자식을 걱정한 내가…… 정말 바보였습니다.

#101

오빠! - 수영
전 허둥지둥 집으로 달려왔습니다. 오면서 동네 호프집이란 호프집은 다 뒤졌지만 녀석이 없어 집으로 왔습니다. 하지만 절 반겨주는 건 밥 달라고 낑낑대는 -_-^ 쮸봉이와 포도뿐이었습니다.
올 거야…… 그치? 소민오빠 올 거지, 쮸봉아…… 그치? - 수영
쮸봉이는 절 외면했습니다. -_-;;;
전 방안 구석에 웅크리고 앉아 있었습니다……. 무섭고 불안할 때 제가 하는 버릇 중 하나입니다. 소민녀석이 언젠가 이러는 절 보고 바퀴벌레라고 -_-; 놀렸었는데…….
우훅……. ㅠ^ㅠ……. 오빠아……. - 수영
전 하염없이 문을 바라봤습니다. 저 문을 들어서며 수영아~ 라고 불러줄 거지? 아니 돼지라고 불러줘도 괜찮아. ㅜ_ㅜ. (헉 -_-;) 아니면 빙신이라고……. 아니 바퀴벌레라고 놀려도 좋아……. 바보라고 놀려도 좋으니까 눈앞에 나타나줘……. ㅠ_ㅠ…….
한참을 벽에 웅크리고 앉아 있을 때 따르르릉~ 전화벨 소리가 울렸습니다.
전 잽싸게 전화를 받아 소리쳤습니다.
오빠야!? 응? 어디 있는 거야! - 수영

수영아…… 나 민혼데……. - 민호
퓨숙……. 김 빠지는 소리……. 도대체…… 어디 있는 거야?
수영아……. 빨리 내 오피스텔로 와줄래? 지금 소민이 녀석 여기 있……. - 민호
갈게요! ㅠOㅠ! - 수영
전 달칵! 하고 급하게 전화를 끊어버리고 마구마구 뛰었습니다. 민호오빠의 오피스텔은 별로 멀지 않아 미칠 듯이 뛰어……. 헉헉 거리며 민호오빠의 오피스텔 문을 쾅쾅쾅 두드렸습니다…….
오빠! 저…… 수…… 수영이에요……. 헉헉……. - 수영
벌컥~ 문이 열리는 것과 동시에 놀란 눈으로 날 쳐다보는 민호오빠…….
너…… 벌써 온 거야? O_O. 전화 끊은 지 5분밖에……. - 민호
소민오빠! 소민오빠 어딨어요! 네!?!? - 수영
수영아, 진정하고 들어가자. 응? - 민호
왜 그래요? 네? 무슨 일인데 그래요! - 수영
민호오빠를 밀치자 보이는 건 키스를 나누는 두 남녀……?
소민…… 소민녀석이잖아……. 그런데 누구야…… 저 여잔?
지금 상황으로 보아…… 녀석은 몸을 못 가누고 있고 여자가 녀석의 몸과 허리를 붙잡아 억지로 키스하고 있다.
박가희! - 민호
또……. 또 너야? 박가희……. 도대체…… 어디까지 날 비참하게 만들어야 되는 거니?
민호야! ^-^ 소민이가 나랑 키스했다? 알지? 우리 옛날에 키스하

고서 소민이가 나랑 결혼하자고 약속했었잖아. 알지? ^-^ - 가희
박가희…… 너…… 정말 미쳤구나. - 민호
그래…… 나 미친 거 이제 알았어? 이렇게 안소민이란 남자한테 미친 거 이제 알았어? 안소민이 얼마나 멋진지 알아? 응? 이 붉은 입술에 내 입술이 닿았을 때…… 그만 내 심장이 탁 터져버리는 줄 알았다구……. 어? 유수영 아냐? 쿡……. 어때? 볼 만했어? ^-^ - 가희
박가희…… 나 여자 딱 두 번 때려봤다……. 너 알지? - 민호
알지…… 알구말구……. 이민호란 사람 아주 잘~ 알지. ^-^ 너도 내 남자친구였잖아. 킥. - 가희
세 번째가 되기 싫으면…… 당장 꺼져! - 민호
너나 꺼져…… 이민호. - 가희
민호오빠는 가희논을 높게 들어올리더니 어떤 방안에 처박아 놓았습니다.
아…… 아프겠다. -_-;;; (생각하는 게 참…… -_-:)
민호오빤 그 방에 자물쇠를 건 다음 절 보고 말했습니다.
이 자식 데리고 가……. 아깐…… 알지? 이 년이 강제로 한 거……. - 민호
고마워요 민호오빠. - 수영
문 열어! 저 년이 소민오빠 데리고 가면 안돼! 안된단 말야! 까아아악! - 가희
박가희……. 넌 정신병원 수속이나 해놔……. 빨리 가라 수영아. 앤 내가 알아서 할게. - 민호

네 고맙습니다. - 수영

전 완전히 축 늘어진 소민녀석을 힘겹게 업고 집으로 낑낑대며 왔습니다.

녀석을 침대에 눕히고 보니……. 녀석의 검은색 머리칼은 잔뜩 흐트러지고…… 술냄새가 역하게 풍기면서 힘겹게 늘어진 몸……. 지친 듯 보이는 눈……. 가희년이 더럽게 만들어 놓았을 녀석의 붉은 입술이 제 마음을 흔들어 놓았습니다.

절대…… 용서 안 해.

오빠……. - 수영

나가……. - 소민

오빠…… 깨어 있었어? - 수영

소민녀석은 눈을 감은 채 말을 하고 있습니다. 제 얼굴도 보기 싫다는 걸까요…….

오빠……. - 수영

나가……. 나…… 지금 너 어떻게 할지 모른다. - 소민

괜찮아……. - 수영

순간 소민녀석의 몸이 움찔거리는 걸 느꼈습니다.

날…… 날 아무렇게 해도 좋아. 날 아무렇게 버려놔도 좋아. 오빠니까……. 오빠라면…… 난 좋아. 정말 좋아. 소민오빠가 좋아. 뭐라고 말을 못하겠어. 난…… 난 말야……. - 수영

전 잔뜩 울면서 말했습니다.

볼 사이로 눈물이 흘렀습니다. 그리고 막 마지막 말을 이어가려는 순간…… 소민녀석이 절 안았습니다…….

녀석의 심장소리와 제 심장소리가 심하게 울려퍼지는 걸 느끼며 전 녀석의 등을 끌어안고 녀석의 어깨에 눈물을 뚝뚝 흘렸습니다.
죽는 줄 알았어. 너…… 가는 줄 알고……. - 소민
안 가……. 죽어도 안 가……. 안 떠날 거야. - 수영
소민녀석은 절 더욱더 안아주며 말했습니다.
난 한번도 널 잊은 적이 없어. 널 처음 보는 순간부터 사랑했다…… 유수영. - 소민
전 더욱더 크게 울음을 터뜨렸습니다.
이렇게 사랑하는데…… 이렇게 서로 아끼는데 왜…… 상처를 줬을까요?
오빠…… 나 키스해줘. - 수영
뭐? -_-;;; 너 지금 맨정신으로 말하는 거 맞지? - 소민
전 약간 쑥스럽게 말했습니다…….
아까…… 가희논이 오빠 입술에 지 입술 비볐단…… 우읍! - 수영
녀석은…… -_- 제 말이 끝나기도 전에 이미 제 입술을 덮쳤습니다. *-_-*
녀석의 입에선 잔뜩 술맛이 났고…… -_-;; 입술을 떼었을 땐…… 제 입에서도 술을 먹은 듯 술냄새가 났습니다.
신기한 건…… 이 녀석은…… 아무리 술을 먹어도 무언가 화나는 일이 있으면 무서울 정도로 평상시처럼 차갑다는 겁니다. =ㅁ=;;
우읙~ 유수영……. 너 술 먹었지? 술냄새 나. -_- - 소민
오…… 오빠가 그…… 그……. =ㅁ=;; - 수영
전 황당해서 말을 잇지 못했고, 소민녀석은 그런 절 보고 씨익 웃

으며 말했습니다.
잃어버리는 줄 알았어……. 내 작은 꼬맹이……. - 소민

#102

우물우물……. ㅡ,ㅡ - 수영
야! 작작 좀 먹어! -_-^ - 소민
왜……? 오빠두 먹을래? 우물우물. ㅡ,ㅡ - 수영
-_-^ - 소민
나른한 오후……. -_- 정확히 녀석과 싸우고 일주일 후.
그 일주일 동안 전…… 벌써 5kg이나 찌는 쾌거를 -_-; 이루었습
니다. -_- 먹어도 먹어도 배가 고픈……. -_-;
녀석은 일주일 전부터 무지막지하게 먹어대는 절 한심하게 쳐다보
고 있습니다. -_-;;
쓰읍~. 오빠도 먹을래? O_O - 수영
너나 처먹어! -_-^ - 소민
괜히 그런다……. 우물우물. ㅡ,ㅡ - 수영
전 빵을 한 개 쓰윽~ 물면서 말했습니다. -_-
소민녀석은 점차 늘어나는 제 배를 바라보며 말했습니다. =ㅁ=
헤유……. 저 뱃속에 애새끼도 들어있지 않으면서 비계만 늘어나
니……. -_-^ - 소민
소민녀석은 -_-; 그 야리꾸리한 -_-* 일이 있은 이후 계속해서 제
뱃속을 만져보며 애 아기가 안 생기는지 심각한 딜레마에 빠졌습

임신을 축하합니다 313

니다. -_-;;

오빠! - O - ! 어디 가! - 수영

너 빵 먹다가 삼키지 않은 채로 입 열지 마. -_-^ - 소민

꿀꺽~. -_-;;

어…… 어디 가는데? -O-; - 수영

어디 가긴 어딜 가! -O-! 못생기고 뚱뚱한 마누라 먹여 살리려 일하러 가지! -O-! - 소민

-_-^ 자…… 잘 갔다 와. - 수영

소민녀석은 한심한 눈초리로 절 쳐다보곤 쾅~ -_-; 소리와 함께 사라졌습니다. -_-;

전 심각하게 불룩~ -_-;; 튀어나온 제 배를 바라보며 혼자 중얼거렸습니다.

병원 가서 -_- 비만수치를 검사해봐야 하는 건가?

……? -_-;; - 수영

전 벌떡 일어나 생각했습니다. +_+!

그래! 지금 헬스장 가서 살을 빼자! +ㅁ+!

전 대충 옷을 챙겨 입고 헬스장으로 후닥닥~ 달려갔습니다. -_-

가입하러 오신 거예요? -_- - 직원

네! +_+! 한 달간 가입하려구요! - 수영

직원의 눈길이 제 배로 향하더군요. -_-;

직원은 착잡한 표정으로 -O-; 무뚝뚝하게 말했습니다.

그러세요. -_- 15만원입니다. - 직원

네? -_-;; - 수영

15만원이라구요. -_-^- 직원

15…… 15만원? ㅇㅁㅇ

그 돈이면 떡볶이가 얼마치며 500원짜리 곰보빵이 몇 개냐? 꿈에 그리던 돈가스 풀코스를 10번은 먹을 수 있는 돈이며 햄버거는 50개도 넘게 사먹을 수 있구나. ㅇㅁㅇ…… (무조건 먹을 것과 연관시키는…… -_-;)

하지만 전 꾸울꺽~ 침을 삼키며 힘들게 대답했습니다. -_-;

네네……. -_-;; 이…… 입금시켜드릴게요……. - 수영

꿈나무 헬스장 회원이 되신 걸 축하드립니다! -_- 직원

아아아…… 꿈나무 헬스장. -_-.

내가 다녔던 유치원 이름이 꿈나무 유치원이었다지……. -0-;;

전 러닝머신으로 달려갔습니다. -_-;;

맨 처음이시니까 3단계부터 하세요. - 직원

네. -0- - 수영

조금씩 움직이는 발판. -_-; 전 5분도 안돼 헉헉대며 죽을 듯이 러닝머신을 뛰고 있었습니다. =ㅁ=; 너무나 힘들어 정지 표시를 누르려다 퍼뜩! +ㅁ+! 소민녀석의 말이 생각났습니다.

못생기고 뚱뚱한 마누라……. ㅇㅁㅇ…… 못생기고 뚱뚱한 마누라 아아아~. -_-;; (에코 처리 -_-;)

헉헉……. @0@! - 수영

뛰어야만 돼~. 뛰어야만 돼 유수영~. +ㅁ+

전 순간 마라톤 선수의 슬픔을 알 것 같았습니다……. -0-;

머리가 어지럽고 옆에 서 있는 직원의 얼굴이 두 개로 겹쳐 보입니

다. 귀에선 소민녀석의 못생긴 어쩌꾸 -_-; 가 울려 퍼지고 있었습니다.

아아아……. 이대로 죽는가……. @0@. (꼴값 떤다 -_-;)

꼴까닥~. @0@

손님! +口+;;

어머! 어떻게 해! 쓰러졌어! 으…… 빨리 응급차 불러요!

소…… 손님! - 직원

나 죽네에~. (@0@)/…….

……

유수영! 저…… 정신 드는 거야!? - 소민

우음……. -口-…… - 수영

재수 없는 면상때기 소민녀석의 얼굴이 -_- (못생기고 뚱뚱한 마누라 할 때부터 삐져 있었다 -_-;) 보이는 걸로 보아 천국은 아닌가 봅니다. -_-

오빠…… =口=…… 여기가 어디야? - 수영

소민녀석은 세상을 다 가진 듯한 표정으로 절 마구마구 안아주며 말했슙니다.

너 알았던 거냐, 몰랐던 거냐? - 소민

뭐…… 뭘……? =口=;; - 수영

어리벙벙하게 쳐다보자 소민녀석은 제 얼굴을 보고 말했슙니다.

너…… 임신했다. 니 뱃속에 내 애새끼 들어 있다구! ^-^ - 소민

#103

몸에 각별히 유의하셔야 합니다. -_- 특히 러닝머신 같은 그렇게 뛰는 운동은……. -_- - 의사
네. -_-…… - 수영
아이를 위해서 클래식이나 좋은 책을……. - 의사
크…… 클래식이오? -_-;; - 수영
아이에게 제일 좋은 음악이 클래식이라고 평판이 나 있습니다. 흐음! -_-^ - 의사
그…… 그러세요. -_-. - 수영
선생님. ^-^ 이제 퇴원해도 되죠? ^0^ - 소민
네. -_- - 의사
하루 동안의 입원이 끝나고 -_- 집으로 컴백하는 날입니다. 예전과 좀 다른 점이 있다면 -_- 내 뱃속에 꿈틀꿈틀 애새끼가 있다는 것……. -_-;;
소민녀석은 싱글벙글 아주 웃음을 달고 있습니다. -_-.
아 난 드디어 완벽한 유부녀가 되는 걸까? -_-. 우리 엄마처럼 뱃가죽이 늘어나진 않겠지? -_-;;
수영아~ 뭐 먹고 싶은 거 없어? o_o 응? - 소민
없어. -_-. - 수영

그래도~ 있을 거 아냐~. 말해봐~. >ㅁ<! - 소민

없대두! -_-.- 수영

뭐라도 있을 거 아냐! -_-^ - 소민

-_-;; - 수영

제가 흠칫! -_-; 놀라자 녀석은 순간 -_-; 차갑던 얼굴을 스르륵~ -_- 풀고 아기처럼 방실방실 웃으며 다시 말했습니다.

뭐 먹고 싶은데에~. ^-^ - 소민

오빠. -_- 무서우니까 그런 표정 짓지 마. -_- 안 어울리는 거 알지? - 수영

-_-^ - 소민

소민녀석은 입을 꾸욱~ -_-;; 닫고 뭐라고 하려고 했지만 -_-; 제 뱃속에 있는 아기 덕분에 위기를 모면했습니다.

오호~ +_+. 이거 꽤 쓸모 있네! +_+! (득도한 표정 -_-;)

와~ 이거 정말 귀엽다~. +_+! - 수영

전 인형가게에 있는 곰돌이 인형을 보며 외쳤습니다. -_- 평소에 가지고 싶었던 인형이었습니다. +ㅁ+!

그게 뭐가 이쁘냐?-_- 절라 싸구려 티 나는구만. -_-- 소민

울먹~. ㅠ_ㅠ.

우리 아기가 이쁘다구 하는데~. 우리 아기~. ㅠ_ㅠ. - 수영

소민녀석은 돌아가려던 발걸음을 우뚝 -_- 멈춰 세우고 슬금 절 쳐다보며 말했습니다.

후후후…… 딱 걸렸어. -_-+

아…… 기? -_-;;;; - 소민

응~. 우리 아기~ 우리 아기~. ㅠOㅠ! - 수영

저의 연기는 절정에 달했고 -_-; 결국 5분 뒤 -_- 제 손엔 곰인형이 들려져 있었습니다. -_-;;;

헤헤헤~ 오빠 고마워~. -v-* - 수영

뭐…… 뭘……. -_-…… - 소민

집에 얼마 안가 도착했습니다.

쭈봉아~ 포도야~ 니네 엄마 왔다~. 〉ㅁ〈 - 수영

멍멍~ -_- 거리며 즐겁게 반겨주는 쭈봉이와 포도를 안은 채 소민녀석에게 말했습니다.

오빠! 우리 아기 생긴 거 쭈봉이랑 포도도 좋아하나봐~. - 수영

그러게 말이야. -_- - 소민

소민녀석은 무뚝뚝하게 대답했습니다. -_-;

곰인형 가격이 너무 녀석에게 부담을 줬나 봅니다. =ㅁ=;;

하지만 꼬박꼬박 욕도 안 쓰고, 돼지 -_-; 이런 말도 안 쓰는 걸 보니 노력은 하고 있나 봅니다. -_-.

야, 빨리 자자. -_-. - 소민

응? O_O - 수영

뭐야 -_-; 그 표정은……? - 소민

전 소민녀석이 두려워하는 말을 끄집어 냈습니다.

오빠……. 나 딸기 먹고 싶어……. O_O. - 수영

냉장고에 있잖아. -_- - 소민

산딸기……. O_O……. - 수영

소민녀석은 고개를 매정하게 획~ -_-; 돌려버리더군요. -_-;

전 울먹울먹거리며……. -_-

아기가 먹고 싶대~ 산딸기가 먹고 싶대~. ㅠㅇㅠ! - 수영

소민녀석은 몸을 약간 움찔하더니…….

이 야밤에 무슨 산딸기야! -_- - 소민

우리 아기가 이거 못 먹으면 죽을 거 같대! ㅠㅇㅠ!

어떻게~ 해~ 오빠! - 수영

결국 소민녀석은 외투를 집어 들고 문을 나섰습니다. -_-

너 누가 문 열어달라고 해도 열어주지 마. -_-^ - 소민

응~. (^_^)/ 잘 갔다 와~. - 수영

소민녀석은 덜컹~ 거리는 문소리와 함께 사라졌습니다. -_-

팝콘을 먹으면서 깔깔깔 TV를 보고 있는데 끼이이익…… -_-;;

하고 퇴폐적인 문소리가 울려퍼졌습니다. =ㅁ=;

누구세요? ㅇ_ㅇ 오빠! 산딸기 사왔어? - 수영

어…… 여기……. =_=……. - 소민

전 산딸기를 홱~ 나꿔챘습니다. -_-

그때 전 소민녀석의 기운이 쭈욱~ 빠져 있고 눈밑이 쾡~ 한 것을 못 보았습니다. -_-; 오직 미친 듯이 산딸기에 달려드는 맹수랄까……. -_-;;

그런데…… -_-;; 산딸기의 시큼하고 달달~ 한 -_-; 냄새를 맡는 순간…….

우에에! - 수영

야! 유수영……. 안 먹고 뭐해? 그거 내가……. - 소민

저리 치워! @_@! 냄새나서 죽을 것 같아~. 우엑~! - 수영

뭐……? ㅇ ㅇ ㅇ……. - 소민
저리 치우라고! 우에엑! - 수영
그날 밤……. -_-;;
소민녀석은 분노의 칼을 뿌드득~ -_-;; 갈며 눈물의 산딸기를 먹었다는 전설이……. -_-;;

#104

뭐?! 애기!?!?!? ㅇㅁㅇ. - 민호

홋. -v-*.그렇게 됐지 뭐~. - 소민

-_-;; - 수영

수영아, 진짜야? ㅇ_ㅇ 와~. 거봐~ 내가 그 아기옷 사주니까 직빵으로 애새끼 생기잖냐. (-_-)b - 지희

좋겠다……. 귀여운 손에 그 앙증맞은……. 아흐흐흐~. —,.—

지민아. 수영이 아기 생겼대~. 우흐~. —,.— 내가 두고두고 괴롭혀야지~. -_- - 민재

이민재 뭐라고 했냐? -_- - 소민

형~ -O-;; 왜 이렇게 오징어가 맛있어 보이지? -_-;; 형. -_- 다리 하나 먹을래? ㅇ_ㅇ - 민재

니 다리 묶어도 되냐?-_-^ - 소민

안돼……. -_-……. - 민재

오늘은 오랜만에 모였습니다. -_- 모두들 술은 안 먹고 사이다와 콜라를 마시며 건배~ 건배~ -_- 를 외치고 있습니다. 저 때문에 술은 못 먹게 됐다는군요. -_-;; 저희 옆에는 콜라 한 박스가 떡억 놓여져 있었습니다. -_-

야! -_-^ 넌 콜라도 마시면 안돼! - 소민

왜……. ㅠ_ㅠ. 오빠 제발……. 제발 하루 종일 마시는 거라곤 물 밖에 못 먹었단 말야. 콜라 먹구 싶어! ㅠOㅠ! 내가 좋아하는 815란 말야!! ㅠOㅠ! - 수영

산모는 절대 안정이야. -_-^ - 소민

소민녀석은 콜라를 홱~ -_-; 뺏어가더니 저에게는 밍밍하고 아무런 맛도 없는 -_-;; 물을 주며 말했습니다.

태아는 물을 좋아한대~. ^-^ 물을 많이 먹을수록 아기의 성장 속도와 뇌 발달이 뛰어난댄다~. - 소민

와~ 안소민, 아빠 다 됐네. O_O - 민호

후훗. -v- 이게 다 멋진 아빠 되는 법이란 책 덕분이야. -_- 지금 달달달 외우고 있어~. - 소민

소민녀석은 자랑스럽게 -_-; 잡지책만큼 크고 빨간 글씨로 '멋진 아빠가 되자!' 라고 -_-; 다부지게 써 있는 책을 꺼내며 자랑스럽게 웃었습니다. -_-;;

녀석은 정확히 어제 -_-; 제가 순대를 먹고 싶다고 난리치는 통에 순대를 사오는 길에 이 책을 같이 사오며 당당히 외쳤습니다. -_- "나 멋진 아빠가 될 거야. 결심했어!" +_+ 라고……. -_-;;;

그때부터 저의 수난은 시작되었습니다. -_-^ 탄산음료는 말도 안 되고 -_-^ 오직 물! 물! 물! -_-^ 이었습니다.

전 지희가 마시고 있는 콜라를 하염없이 바라봤습니다.

먹고 싶어? -_-;; - 지희 ㅠ_ㅠ……?

당근이지~. - 수영

그럼 한 모금만 먹어! 조금만 줄게……. O_O;; - 지희

지희는 제 옆으로 콜라를 밀어주었습니다.

아아아~ 콜라야~. ㅠOㅠ! 815 콜라야! ㅠOㅠ! 너의 깜짱하고 달콤하고 토옥~ 쏘는 오이지 같은 -_-; 맛을 난 기다렸단다. ㅠ_ㅠ. 제가 막 콜라를 입에 대는 순간…… 콜라가 들어 있던 컵이 사라졌습니다.

설마……. =ㅁ=;;

수영아. 넌 콜라 먹으면 안 되지. ^-^ - 민호

미…… 민호오빠. =ㅁ=;; - 수영

이젠 민호오빠까지 가담했단 말인가……. OㅁO…… (절망 -_-;)

민호오빠는 리얼리티한 '꼴깍!' -_-; 소리를 내며 저의 마지막 구세주 콜라를 자신의 목구멍으로 넘겼습니다……. 우윽……. ㅠ_ㅠ.

물은 한 1리터를 먹어야 산모에게 좋다는구나. +_+ - 소민

형! 형! 아이에게는 호두가 좋대~ 호두~. 〉_〈 - 민재

호두 먹으면 아토피성 피부 돼. -_-+ - 소민

소민녀석과 민재는 멋진 아빠 되는 법이란 책을 유심히 바라보며 경탄을 금치 못했습니다. 그리고 마지막에 책을 덮었을 때 민재는 조용히 말했습니다…….

생명이란 진귀한 거구나……. - O ……. - 민재

그걸 이제 알았냐? -_- - 소민

우음~ 이제 가야겠다. 콜라 너무 먹었어. -O- - 민재

민재는 갑자기 안쪽 호주머니 깊숙이 박혀있는 지갑을 꺼내 펼쳐 보더니 살짝 웃었습니다.

궁금해서 살짝 뒤에 가보니…… 민재의 지갑 안쪽에는 지민이의

환한 웃음이 자리 잡고 있었습니다……. ^-^ 사진 속의 지민이는 영원히 살아 있는 듯했습니다.
어? -_-;; 수영이 언제 뒤에 서 있었어? - 민재
지민이 아직 잊지 못했어? - 수영
민재는 약간 쓸쓸히 웃으며 조용히 대답했습니다.
잊을 수가 없어. 한지민 그 자체가 날 움직이고 살게 하고 있거든……. ^^ - 민재
전 조용히 민재의 어깨를 두드려주었습니다…….
왠지 민재의 옆에는 지민이가 꼬옥~ 붙어서 지켜주고 있는 것 같습니다…….
〈3권에 계속〉

키스중독증 2

초판 1쇄 찍은 날 | 2003년 7월 10일
초판 1쇄 펴낸 날 | 2003년 7월 15일

지은이 | 유정아(은반지)
펴낸이 | 임동선
펴낸곳 | 늘푸른소나무

등록일자 | 1997년 11월 3일
등록번호 | 제1-3112호
주소 | 서울시 종로구 부암동 208-42 부암빌딩(110-817)
전화 | 02-3940-945~6
팩스 | 02-3940-944
E-mail | esonamoo@naver.com

ⓒ유정아 2003, Printed in Seoul, Korea

ISBN 89-88640-24-1
ISBN 89-88640-22-5(세트)

· 저자와의 협의에 의해 인지를 붙이지 않습니다.
· 잘못된 책은 바꾸어 드립니다.
· 책값은 뒤표지에 있습니다.